ともぐい

一　冬山の主《ぬし》

鼻から息を吸いこむ。決して音を立てぬように深く。零下三〇度の冷気は鼻毛と気管を凍てつかせ、氷塊のように体の中を滑り落ちていく。夜明け頃、一日でもっとも気温の下がる時間帯。その外気が肺を冷やして脳髄を鮮明にしていく。

肺に満ちた空気を、ゆっくりと細く吐く。温かく湿った息は口元を覆った髭に細かな氷の粒を作る。

熊爪《くまづめ》は深い呼吸を三度、繰り返した。

冬の気温による肉体と精神の浄化。この男にとって儀式ともいえるもの。

頭の中で、雷で割れた木の幹から漏れるような声が蘇る。

「ええか。狙いつけたら、肋骨を広げてでかい息をすれ。静かにだ。一、二、三。三度だ。急ぐときは仕方ねえから一度でいい。必ず息、吸え。頭がすっきりして、照準が定まる。忘れんな、息だ」

息だ。言われた通りに息を吸って吐いて、そのたびに、目の前の獣のこと以外は考えられなくなっていく。

明治とか呼ばれる年号になって久しく、街では金を出せば大抵のものは手に入る世の中で、男はただ肉を求めて鹿に村田銃を向けていた。北海道東部の、手つかずの山の中では時間も金も関係がない。

銃口の先では、一頭の鹿が雪の少ないところから笹を引っ張り出して一心不乱に食《は》んでいる。一対の立派な角をもった雄鹿だ。こちらに気付いている様子はないが、笹を咀嚼《そしゃく》するその耳が一瞬持ち上がるのを熊爪は見逃さない。狙いを一時外し、張り詰めた空気をなかったこととして軽く息を吐くと、鹿はまた自らの腹を満たす作業に没頭した。

熊爪の傍らに伏せている犬は主人の緊張が分かるのか、雪の上で尾の先ひとつ動かさずに鹿を見つめている。

ふいに、遠くでパーン、と高い音がした。凍裂だ。木の幹に含まれる水分が凍り、その膨張によって幹が縦に裂ける。鹿もその音を聞き慣れているのか、両耳をひくりと動かしたのみで一心に笹を食み続ける。

今年は雪が深い。あの鹿にとって、ようやくありつけた餌なのだろう。それでも焦げ茶色の冬毛にはつやがあり、その下には豊かな脂肪を蓄えているように見える。

——いい。

——貰う。

熊爪は唇を窄《すぼ》め、ヒュッと音を出した。喧《かしま》しい鵯《ひよどり》や四十雀《しじゅうから》とは明らかに違う、冬の森における異音が木々の間を走り抜ける。途端に鹿は頭を上げた。逃げようと全身の筋肉に力が込められたその瞬間、それこそが熊爪の待ち望んだ瞬間だった。

パン、と凍裂とは異なる、乾いた破裂音が響いた。

一発で仕留めた。二発目を撃ち込む必要はない。鹿の、一瞬だけ上げられた首に弾丸は迷いなく命中していた。

雪の上に血しぶきが散り、鹿は横向きにどうと倒れ込む。

「とった」

喜びが口を突いて出た。当たった、でも、勝った、でもなく、獲った。混じり気のない喜びが体中の毛穴から溢れ出している気がする。もう音にも気を配ることなく、熊爪は鹿へと駆け寄った。一刻も早く、その死に触れたかった。犬が尾を立ててそれに続く。

倒れた鹿はぶるぶると細かく震えながら四肢で雪をかいていた。が、それもすぐに止まった。ただ筋肉が震えただけだ。瞳孔がゆっくりと開き始めていた。濡れて光る目は一層黒々としたものに変わっていく。

もうすっかり死んでいる。

首の黒い弾痕からは血がするする流れ出て、白い雪を融かして小さな窪みを作り、周辺をゆっくり深紅に染め上げていく。鹿の体温と同じ温かさだった血は雪によって冷え、鮮やかな紅色を保っていた。

――きれいだ。

彼は雪中での猟の度にそう思う。自分の手や服についた血はすぐに黒っぽく変色してしまうが、雪に落ちた血は鮮やかさがそのまま保たれる。それは山の奥で秋一番に紅くなる楓《かえで》の色に近い。

　こんなきれいな赤が、鹿の中にも、熊の中にも、自分の中にもたっぷり満たされている。俺たちみんな、この血を入れておく袋みたいなものかもしれん。袋が飯を食い、糞をひり、時々他の袋とまぐわって袋を増やしては死んでいく。熊爪はそのように考えると、生き物というのはそんなものなのだと不思議と合点がいくような気がするのだった。


　埒もないことを考えながら鹿を見下ろしていたのはごく短い間だった。熊爪は肌着の上に羽織った犬皮の上着に手を入れ、内側の隠しに潜ませてある小刀を取り出した。左手で鹿の後肢を持ち、ちょうど人間が仰向けになるように腹を天に向かせる。犬は少し距離をおいてその動きを見守っていた。

「死なねえとならねえな、お前ら、こんな格好には。普通は」

　用心深い草食動物である鹿はすぐに立ち上がって逃げられるよう、普通は座り込むようにして眠る。それに、もともとの骨格と内臓の位置が、仰向けで眠るようにはできていない。

　以前、集落の外れにある牛飼いから聞いた話では、もしも牛が狭い場所で寝返りを打って仰向けになった場合、巨大な胃がおかしな膨れ方をして他の臓器を圧迫し、死に至ることもあるという。

　牛と鹿は体のつくりが似ているから、生きた鹿を無理矢理に仰向けにしたら、やはりそのように死ぬのだろうと熊爪は思う。

鹿の腹に刃を当てながら、かつて一度だけ、山で腹を上にして寝ている鹿を見つけた時のことを思い出した。幾年か前に、春先に猟に出かけて森の小川沿いを歩いていたところ、ふと獣の気配を感じた。

――ヌタ場だ。

鹿が毛の間についたダニやシラミを取るために泥浴びをする場所。熊爪は鉄砲をいつでも撃てるよう構えながら近づいた。春特有の、雪が融けて土が陽光に温められた匂いに加えて、掘り起こされた泥と獣の体臭が混ざったような臭いが、一歩踏み込むごとに強くなっていく。

やがて行き当たった広がりで熊爪は足を止めた。

一頭の雄鹿が寝ころんでいた。

ただ体を横たえているのではない。その腹は天を向いて、肢をばたつかせていた。四肢は空を切り、口の端からは白い泡が漏れている。無様に脱糞もしていた。

――なんだ、こいつ。ばかたれだ。こいつ。

初めて目の当りにする異様な光景を眺めながら鹿の頭の方へ回り込むと、喉笛に小刀をさくりと刺した。そのまま柄に左手を添え、首の横にぐるりと回して動脈を断つ。鹿は一層足をばたばた揺らしたが、その動きはすぐに止まった。口からは血の混じった泡を吹いている。

なぜ鹿はこのような状態になっていたのか。その理由は、熊爪が死体を乾いた土の上に運んでみてすぐに分かった。

解体をするために改めてよく見ると、鹿の腹は普通の状態よりも大きくなっている。いつもと同じ手順で腹に小刀を入れると、裂けたところから膨らんだ胃が飛び出してきた。明らかにこれまで解体してきた鹿と異なる。四つある胃のうち、食道と繋がっている一番目の胃が異常なまでに膨張していた。これが腹の中でいっぱいになって苦しんでいたらしかった。

熊爪はそのまま、膨らんだ胃の表面に小刀を当てた。瞬間、腐った酢のような臭いがたちこめた。空気が抜けて萎《しぼ》んだ胃の中には、春先にようやく生えてきた草の芽がほぼ形を残したままで詰まっている。今の時季は枯れ笹や木の皮ばかり食っているはずなのに。そうして熊爪は理解した。

──食いすぎたんだ。春んなって、青い草がまっさきに生えてるとこで、この鹿、調子こいて一気に食いすぎた。したから、腹、おかしくなって、ヌタ場にはまって立てなくなった。

──食いすぎたら、駄目なんだ。

それなりに若い鹿で、しかも殺してすぐだったにもかかわらず、その肉も内臓もひどく不味かった。以来、そんな鹿に出会うことはなかった。

熊爪は蘇る肉のえぐみを舌に感じながら、今仕留めたばかりの鹿の腹を裂き始めた。朝の張り詰めた空気に温かく緩んだ蒸気が立つ。それがむわりと鼻の奥に粘りつく。少しだけ、人の股座《またぐら》の臭いに似ていると思う。命の匂いだ。立ち昇る湿気が瞬時に凍り付き、日の出間もない力強い陽光を受けて金色に輝いていた。

開かれた腹の中には、剝《む》き出しの鹿の内臓がつやつやと横たわっている。裂け目に近い腹筋が、魂は消え去ったというのにひくひくと動いた。腸も、胃も、動きを止めて、汗で粘ついた白粉《おしろい》のような白さを晒《さら》している。その白さが、肝臓の鮮やかな赤紫色を引き立たせていた。

ざっと見るに、健康で美味そうな内臓だ。熊爪は腹腔から内臓をあらかた引きずり出し、雪の上に広げた。絶え間なく湯気が立ち昇り、その生臭い匂いが獲物を仕留めた喜びを心の中に広げていく。寒さなどには決して屈しない体に、快感による鳥肌が押し寄せる。

内臓の塊の中から、心臓、肝臓、膀胱《ぼうこう》を切り取って少し離れた雪の上に置いた。小腸は胃の境と大腸の境で切った。片方の端近くを親指と人差し指でしごき、もう片方の端から中身を捨てていく。あとで丁寧に水洗いをせねばならないが、今はざっと中身を出しておく。暗褐色のどろりとした糞のもとが流れ出しては、雪を汚していった。

熊爪は汚れた手の指を雪でぬぐうと、赤紫色をした肝臓に手を伸ばした。持ち上げるとずしりと重い。胃と腸を除けば肝は内臓の中でも大きくて重い器官だ。ここが綺麗でないと健康な個体とはいえない。それは鹿でも兎でも熊でも同じだ。おそらく人間もそうなのだろうと思う。そして、猟師にとって大きな価値のある内臓だ。

胆管《たんかん》の苦い汁がつかないように丁寧に切り取ると、朝の日光を反射してつやつや輝いていた。肝臓の端を親指の幅一本分ぐらいの大きさに切り取る。切った断面がしっかりと形を保ち、内臓に巣食う虫の痕跡がないことを確認して、勢いよく口の中に放り込んだ。

鹿の温もりがほのかに残っている。歯を立てると、さくりと心地よい音がしそうなほどに張りがある。そして、甘い。血と肉の旨味を凝縮したような濃厚な味わいが噛みしめるごとに口腔に広がり、滋味が鼻から抜けていく。

飲み下してしまう前に慌ただしくもう一切れを切り取り、続けざまに食った。結局、肝臓の四分の一ほどを平らげてしまった。

——うまい。

肉ももちろん美味いが、仕留めたばかりの鹿の肝臓は格別なものだ。

自分が見つけて、自分が弾を撃ち込み、命中させ、その命を終わらせた獣の体の一部を、こうして自分の腹におさめた。春になればちゃんと雪が融けるような、そんな正しさが腹の中から自分を満たしていくのを感じる。己《おのれ》の体が隅々まで喜び、満足し尽くしていた。

熊爪は残りの肝臓と他に分けておいた内臓を一塊にして寄せると、残った内臓と腹腔からちぎり取った横隔膜を、傍らで待っていた犬に放ってやった。しかし馳走を前にしても、犬は座った姿勢で微動だにしない。

「食え」

短い許可の言葉を耳にした途端、犬は茶色い身体を震わせ、内臓にむしゃぶりついた。尾がぶんぶんと振られている。ガフ、ガフという荒い吐息が、咀嚼する音と混ざって聞こえてきた。狐より一回り大きい程度の犬だが、狩りと食う時は勇ましい。

こうして、夜が明ける前まで一頭の鹿だった肉は、ひどく簡単に一人と一匹の体に同化していく。肉と内臓を売ってそれが他の人間の口に入れば、鹿はさらに誰かの体の一部となるだろう。

犬は満足がいくまで食ったのか、しきりに口周りをべろべろと舐め、機嫌良さそうに尾を振っている。残りの内臓は昼までには鳥や狐が食い尽くすだろう。

「春には、熊だ」

熊爪の独り言を理解したかのように、犬は頭を上げた。もう少し暖かくなれば、穴に籠って冬眠していた熊が姿を見せる。

――春、熊。

熊爪はもう一度頭の中で唱え、想像した。雪が融け、草と木の芽が一斉に伸び出す頃、熊たちはのそりのそりと巨体を揺らしながら起き出してくる。ひと冬の間の留守を経て、山と森の、最強の主《ぬし》が返り咲く。

――それを、撃つ。俺が。

里の人間と比べて体が大きいとされる熊爪よりもさらに重く、強いあの生き物を、棒切れのような村田銃一丁で倒す。そしてこの鹿のように、切って、食って、体の一部に取り込む。想像するだけで熊爪の口の端が自然と持ち上がった。

肉自体は秋の方が脂肪を蓄えているし、春の熊は冬眠明けの痩せ肉ではあるが、長い冬が明けて最初に仕留める熊の肉は、理屈抜きで美味く感じられる。その味を思い浮かべて、口内に唾を溜めた。

その唾を呑みこんで、熊爪は引き続き作業にかかる。内臓を干した蕗《ふき》の葉でくるんで腰の袋に入れると、横向きにした鹿に背を向けるかたちで腰を落とした。

前肢二本を右手の親指と人差し指、中指との間にそれぞれ一本ずつを通すようにして摑む。そのまま鹿の上半身を右肩で担いだ。右手に力を入れて鹿の体を持ち上げつつ、自分の腰を鹿と雪の間に潜り込ませるようにして、左手で鹿の後肢一本を摑む。それから一度息を吐いて、吸った。

「そいやっ！」

強いて大きな声を出し、腰と膝を伸ばす。近くの梢で鶫がヒィヒィ鳴きながら飛び立った。立ち上がって、担ぎあげた鹿を一度大きく揺らすようにして重心を調整する。四肢を首の前で纏めて持てば、簡単にずり落ちることもない。

狐の襟巻ならぬ、鹿を首に巻いたような体勢だ。十分な膂力《りょりょく》を具えた熊爪だからこそできる芸当だった。

熊爪は自分の歳を知らない。三十回ほど冬を耐えた記憶がある。十回ぐらいの時は鹿は背負えず、十五回ぐらいでできるようになった。

今は冬で、鹿のダニがうつる心配もない。血と、腹腔に残る内臓の匂いと、獣の体臭が熊爪の鼻孔を占める。腹の裂け目から、抜けきらなかった血が首筋をじわりと伝う感触がした。肩のあたりで適当に切り、首の後ろで雑に束ねた髪の中にもまた、血が染み込んでいく。もうすっかり冷たかった。傍では犬が立ち上がり、緊張しながら主人の所作を見ていた。

「重い。ええな。重い」

熊爪は肩の鹿に語り掛けた。立派な体と、立派な角。左手で四肢を支えながら、空いた右手をだらりと垂れた鹿の頭へと伸ばす。指で唇を捲《めく》ると、下顎から生えた門歯がすり減って隙間が空いていた。永久歯に生え変わった後、四年は経っている。今さっき撃たれるまで、大人鹿として立派に生きてきたに違いない。

角が自分の身体に当たらないように気を配りながら、熊爪はカンジキを前に進めた。犬は僅かに足音と呼吸の音を立てながらついてくる。

——静かだ。

カンジキが雪にめり込んでいく、静かな音が響いている。内臓を置いてきた場所にはそろそろ烏がたかり始めている頃だろうが、そこから少し離れて森の中に入れば、周囲は実に静かだ。息を吐くたびに、白いそれが森の空気に同化していくのを感じる。犬の息もだ。背負った鹿はもう息を吐かない。熊爪と犬だけが、今、森と空気を共有している。

時折、空の方でカサッと音がしたかと思うと、木の枝に積もっていた雪がさらさらと落ちて来た。樹上で木鼠が動いているに違いなかった。煩《うるさ》い懸巣《かけす》や鶫たちは、今は姿を消している。木鼠の気配はすぐに消えた。一人と一匹の吐息と足音は静かに雪に吸収されていく。

今頃、熊は土の中でまだ眠っていることだろう。重いカンジキを前に進めながら、熊爪は無性に彼らが羨ましくなった。

——俺も、冬の間、寝ててえなあ。

ふとそんな思いが脳裏を過《よ》ぎる。鹿の重みを肩に受け、真っ白な雪の上にカンジキを下ろして歩きながら考えるのは、意味も益《やく》もないことだ。

何年か前の春、熊爪は熊が出た後の穴を覗いたことがある。鋭い爪で掘られた穴ぐらだった。熊が戻ってこないのを確認してから入ったところ、臭くて狭いのに土の温かみが肌に馴染んだ。土壁の向こうに感じられる草や木の根の気配。床には乾いた笹の葉が存外丁寧に敷き詰められていた。そのまま横向きになって、熊のように丸まって瞼《まぶた》を閉じてみた。暗く暖かく狭く、その暗闇はひどく居心地よかった。

熊爪は単純な憧れを抱く。火を焚き、雪の混じった隙間風をやり過ごさねば生きていけない冬の間、あんな暖かいところでずっと眠っていられたなら、どんなにいいだろう。薪の残量とも、あかぎれの痒さとも無縁で、空腹を抱くこともなく一冬眠る。そして、目が覚めたらそこはもう春なのだ。

——ずりいじゃ、熊は。

肩に鹿の重さを感じながら、あの穴にいたであろう熊を想像して、少し恨めしく思う。自分も、他の動物も、一面を雪に覆われる季節には、何もかも死んだように冬眠してしまえばいいのだ。鹿も、鳥も、狐もだ。そうして春になったら一斉に起き出して、同じように起き出した草木や他の動物を食って、寒くなったらまた眠ればいい。

——冬眠明けの飯、美味かろうな。

春に冬眠から目覚めた熊が、蕗《ふき》の薹《とう》などの草や木の芽を美味そうに食っていた姿を思い出す。いや、空腹にあの苦さはきつい。自分ならやはり鹿を仕留めて生肝を食いたい。

空腹でむしゃぶりつく肝の甘さを夢想しながら、熊爪は黙々と足を進める。小川を越え、森を横切り、二時間ほど歩いた頃には、裸の樹の幹の間に小屋の屋根が見えてきた。

熊爪の小屋は渓間の、沢から少し距離を取った場所に建てられている。北と西と東を山の斜面に囲まれているから陽が当たる時間は短いし、湿気も溜まりやすいが、山崩れと鉄砲水の恐れがない場所を選んである。

板壁に隙間ができれば自分で木を伐り出して塞ぎ、補修しながら使っている簡素な小屋だ。狭い土間と寝るための板の間のみで、窓代わりの板を開け閉めしてかろうじて光を入れる。それでも、以前ここに建っていた笹葺きの拝み小屋からすると、十分上等だと気に入っていた。

犬は入り口のそばで横になり、尾に鼻先を埋めるようにして眠り始めた。ここが定位置なのだ。熊爪は出入り口の戸板を外して中に入り、担いでいた鹿と腰につけていた内臓入りの袋を板の間に下ろした。急に体が軽くなったように感じる。ずっと力を入れていた左肩が痛むが、休むことなく土間の梁《はり》に縄を渡した。縄は両端に金属の鉤が括《くく》りつけてある。

熊爪は横たえた鹿に小刀を向けた。両の後肢の、腱と骨の隙間に刃を通す。それから鹿を持ち上げて、その穴それぞれに鉤を通した。

こうして鹿はぶらりと逆さ吊りになった。一度吊ってしまえば、皮を剝ぐにも肉と関節を外すにも都合がいい。熊爪は土間の端に置いてある水瓶《みずがめ》から柄杓《ひしゃく》で水を三杯飲むと外に出た。小屋の裏にある木箱に雪を詰め、消化器官以外の内臓を持ってきて載せ、さらに雪をかぶせる。蓋の上にさらに重石を置いた。これで、町に持っていくまで保存がきくし、鳥や狐に食われることもない。

小屋の中に戻り、犬皮の上着をようやく脱ぎ、汗ばんだシャツと下穿きだけになって逆さ吊りになった鹿に向き合った。小刀の柄を逆手に持ち、後肢から順に刃を入れる。

熊爪が慣れた力加減で皮を引っ張りながら肉との境目に刃を入れると、衣服を脱がせるようにするする皮が剝《む》かれていく。脛、腿と順番に皮を剝ぎ、尻尾は関節を外して皮の側に残す。さっき引き千切った直腸の辺りは、肛門付近にぐるりと刃を突き刺すようにして脂肪と共に汚れた肉を抉《えぐ》った。

後肢、腹、胸、肩、前肢と、上から下に手際よく皮を剝ぐと、全身の形が露わになっていく。しっかりした骨格に、十分な量の筋肉。そしてそれらを覆うたっぷりとした脂肪。熊爪は思わず、太ももの外側を覆う固い脂肪を少し削ぎとった。口の中に入れて咀嚼していると、口内の体温に応じてゆっくりと融解して鼻から匂いが抜けていく。少し甘くて美味い。

剝かれた全身の皮は鹿の頭のところで脱ぎかけの肌着のように引っかかっている。首と頭の境目ぎりぎりまで皮を剝いて、顎の下にある首の関節に小刀を入れた。複雑な形をしている骨の形状に逆らわないように刃先を細かく動かして腱と脊髄を切断していく。もう少し、というところで壁に立てかけてあった盥《たらい》を下に置き、最後の腱を切った。

ガン、と大きく硬い音を立てて皮と首が一緒になった塊が落ちる。熊爪はしゃがみ込むと、裏返しになった皮をひっくり返して鹿の頭を出した。頰の皮を引っ張って剝ぎとり、その奥にある頰肉を切り取る。次に口内の奥まで小刀を突っ込んで、舌を切り出していく。舌は口内にある肉だけでなく、根元の塊になったような部分が美味い。切り出した頬肉と舌を小屋裏の木箱に突っ込み、首と皮を丸めて土間の端に置いた。これもそのうち皮を鞣《なめ》したり頭を地面に埋めて頭骨にしたりと、やるべきことがある。

熊爪は板の間に腰を下ろし、棚から虎杖《いたどり》の紙巻き煙草を取り出して火を点けた。煙を胸の奥まで吸い込むと、甘く苦い煙が肺に満ちる。吐き出すと、そこだけ夏の名残のような青臭さが蘇る。暗い室内に、吊るされた鹿がぼんやりと赤い肉と白い脂肪を晒している。外はもう太陽が傾き始めていた。

今夜は竈《かまど》に火を入れず、冷涼な状態で肉を吊るしっぱなしにしておく。そうすれば肉が締まって切り分けやすくなる。毛皮を被って寝てしまえば、屋内が寒いぐらいはどうということはない。

首と四肢の先の切断面、そして腹の切れ目からは、血が順調にぽたぽたと落ちて土間に小さな血だまりを作っていた。いつの間にか起きた犬が入り口からその血をじっと見つめていたが、近づくようなことはない。子犬の頃、熊爪の許しなく勝手に室内の肉を漁り、棒で強《したた》かにぶたれたのを忘れずにいるのだ。

熊爪は温かい煙を吸い込む代わりに、体に冷えを感じた。いつの間にかじっとりと汗に濡れていた肌着を脱ぐと、肌から湯気が立ち昇る。生き物を殺すこと、それを解体することは、いくら慣れているとはいえ体力を要する。夕暮れ近くの気温が熱い身体をすぐに冷やしていく。心地よい冷たさだ。

肌のほてりが落ち着き、火の消えた煙草を竈の中に落とすと、熊爪は脱いであった犬の皮と汚れたズボンをまとった。もう一本煙草に火を点け、小屋の外へと出る。煙は茜色に染まりつつある空にゆるゆると溶けていく。その行方を見つめてから、目の前にある小屋を眺めた。

屋根に積もる雪はこまめに落としているから潰れてしまう心配はない。壁板の隙間から風と雪が入る箇所は先日塞いだばかりだ。昨日、川の氷を割って汲んできた水はまだたっぷりある。やるべきこと、やり遂げたことを煙を吸いながら数え上げ、思考は吊るされた鹿にたどり着く。今日は、首尾よく鹿が獲れた。肉も皮も内臓もいい。空を見上げると夕暮れの方向は晴れているから、雪は降りそうにない。やはり明日は獲物を町へと持っていこう。そう決めて、熊爪は足元に捨てた煙草を藁沓《わらぐつ》で消し潰した。

「いい鹿だ。いい肉だ」

明日、金が入れば米と芋と酒が買える。虎杖ではなくちゃんとした煙草の葉を買うのもいい。次の猟のための弾丸も買えるから、また安心して獲物を狩れる。そしてまた食べ、売り、狩る。それが熊爪の生活の全てだ。

犬はいつの間にか丸くなって眠っている。今日、たらふく内臓を食わせすぎたのかもしれない。明日明後日は飯を抜かねば、猟で俊敏に動かない。ぼんやりと考えながら、今夜冷え込むであろう夕焼けの空を眺める。辺りには静寂と満足だけが満ちて、澄んだ空気が鼻毛を凍らせるまで、熊爪は空を眺め続けた。

二　人里へ

夜が明け、東の地平線が紺色から橙色に変わりつつある頃に熊爪は小屋を出た。これから昨日撃った鹿を、近隣で一番大きな町まで売りに行かなくてはならない。熊爪の気は進まない。人が多い。喧《やかま》しすぎる。しかし赴いて金を手にしないと、銃弾も米も芋も手に入らない。片道だけで半日近くかかるが、致し方ない。

内臓を腰の袋に詰め、それ以外の肉は後肢・腰・肋骨周り・前肢・肩に分けて組み合わせ、背嚢《はいのう》に突っ込んである。一抱え分は干すか燻《いぶ》すかして自分の食料にするために除いた。皮は干して鞣してから、別の時に改めて売りに行く。そうでないと重くて運び辛いし、町には熊爪ほど皮をきれいに鞣せる人間がいないので、それだけでも金になる。背嚢の大鲃《おひょう》の皮を編んだ肩紐がきりりと食い込む。鹿の、命の重みだ。

早朝の森は静かで、時折、思い出したように鳴く鳥どもの声が葉のない木々に反響する。積雪の表面は固く凍り、歩きやすいのだけが救いだ。全天にうっすら雲がかかり、太陽が昇り始めてもその姿はなかば雲に隠れている。このまま、雪は降らない、と熊爪は判断した。明日の獲物が分からない身であっても、天気がどう変わるかは大体予想がつく。

熊爪は河原に沿って、カンジキで一歩一歩固い雪を踏みしめた。雪が薄くてカンジキなしでも歩けそうではあったが、時折雪の深いところがあるので用心するに越したことはない。もう少しの辛抱だ。夏ならば、川沿いであれば歩きやすい地面になる。

雪の心配がない曇天は暖かくていい。木々の間を縫うようにして流れている小川も、氷が薄くなっている部分からじわりと水がしみ出し始めている。

既に一番寒い季節は過ぎ、足元もわずかに弛《ゆる》み始めていた。木々の根元にある雪がうっすら融け、時折、ごく狭いその隙間から野鼠が走り出ていくのが見えた。朝陽が当たっているわけでもないのに、蝦夷松《えぞまつ》に積もっていた雪がバサリと落ちる。その反動で松の枝が反対側に反り返って空気を切る。耳を少し澄ませるだけで、春の気配が森と山に響き始めているのが分かる。

犬の毛皮の内側で、肌着がうっすら湿っていた。

まだ遠い。しかし、春は確実に近づいてきている。歩きながら、周囲の森の風景全てが、冬の終わりを知らせているのを感じた。

——ああ、身体、伸ばして眠れるじゃ。

熊爪の寝床は板の間に熊の毛皮を二枚敷き、その間に潜り込むだけの簡素なものだ。身体が頑丈で我慢することにも慣れている。しかし、やはり冬には寒さに耐えて身体を犬のように丸めて眠ることになる。

——手も足も、好きなだけ伸ばして、寝れる。

その伸びやかな眠りを思い出すだけで、熊爪は背の肉の重さも、カンジキの重さも忘れてしまえる。厳冬の季節をようやく終えた、その事実に肉体が喜んでいた。

やがて森が切れ、雪の平野の向こうにぽつぽつと建物が見えてくる。その更に向こうには、灰色の海が広々と横たわっていた。

白糠《しらぬか》の町だ。

白糠は古くからアイヌの人々が暮らし、早くから和人も集った集落だ。明治以降、よそから渡ってくる和人の数はさらに増え、切り立った崖の前に広がる海からの海産物をもとに栄えている。

熊爪が白糠の町を訪れたのは二か月ぶりだった。厳冬期を挟んだにもかかわらず建物の数は増え、町それ自体がじわりと太ったようにも見えた。鉄道、とかいう物ができたお陰なのだという。熊爪にはそれが良い事なのか悪い事なのか、分からない。

目抜き通りに足を踏み入れると、熊爪はカンジキを脱いで藁沓だけになった。ここでは雪は人に踏みつけられ、人いきれに融かされて、黒々とした地面が見えている。

行き交う人々に、以前から住んでいる漁師たちだけでなく、どこかから流れてきた男たちの姿が目立った。彼らは藁沓や、ましてやカンジキなど履いていない。地下足袋や革の靴を履き、薄汚れたシャツと上着に身を包んでいる。大抵は三人以上で固まっていて、酒臭い息で道行く娘をからかったりしていた。

――嫌な奴ら、おる。

熊爪は彼らと目を合わせないように、なるべく猫背で道の端を歩いた。氷の薄い川面は歩かないのと同じように、面倒なことは避けて通るべきだ。

この地方で冬山に入ってまで猟をするのは、冬に手が空いた農家か、季節ごとに移動して狩りをする本格的な猟師集団しかいない。通年で山にこもり、猟だけで暮らしている熊爪は、この白糠の町でいやな目で睨《にら》まれることがしばしばあった。

「おかしな奴だ。いくら誘っても絶対に集団で狩りに出ねえ。犬一匹だけとしか猟をしない」

「持ち込む毛皮に穴が極端に少ない。鉄砲の腕が滅法いいのは確かだが、巻狩りでなく単独で山に入ってそれだけで仕留めるのは、上手すぎて却《かえ》っておっかねえ」

「町で普通に働いてればおまんま食いっぱぐれることはねえはずなのに、わざわざ山入って、動物ば殺生して、何が楽しいんだ。極楽行けねえぞ」

などと、顔見知りだけでなく初めて会う者からさえ悪しざまに言われることがあった。中には激しく罵倒してくる者もいたが、熊爪にはその意味も理由も分からない。別に何かを言い返すこともないが、腹の中に泥のような気持ちが溜まるのが嫌だった。

だから、訳のわからない文句をつけてきそうな連中には近づかない方がいい。熊爪は昼間から飲み屋の軒先で赤い顔を突き合わせて笑っている連中から距離を取って見ないように努め、ただ目的の場所へ向かって歩いた。

「おいこら、そこの、邪魔だ。どけやあ！」

熊爪の背後で怒号が響いた。次いで、バカバカと規則正しい足音が地響きのように近づいてくる。固い蹄《ひづめ》が土を蹴る音。しかし、地面を震わせるそれは鹿とはまるで異なる。考えるよりも先により道の端に寄り、それから声のしたほうを見た。

大きな馬に曳かれた馬車だった。馬は一頭でつやつやと黒く、身体がくまなく分厚い筋肉で覆われている。成熟した雄鹿三頭分ほどの体重はあるのではないか。脚はそれほど長くないが、むしろそのせいで胴体と肩、尻周りの肉が際立っていた。野の獣にはないその毛艶が、熊爪の目にはひどく胡散臭く映る。馬を使う人々にとって、こういう馬が『良い』とされることを、熊爪も知っている。大きく、力があり、人に従順で、そして死んだら沢山の肉を残してくれる。

しかし、熊爪の目にはどうしても『良い』生き物には見えなかった。

――人に使われてる四つ脚だ。でかいが、不味そうだ。

馬は白い息を吐きながら黙々と近づいてきた。熊爪は馬が通り過ぎる前に、焦点の分からないその濡れた黒い目を見る。森の獣がもつ鋭さのようなものはそこには認められない。

――でかい体だ。お前。

敵意でも、害意でもなく、熊爪は落胆のような心持ちを視線に滲ませる。がっかりだ。お前。でかいのに。使われてるのか。

――がっかりだとも。

途端、ブフッと馬が大きく息を吐きだして、歩様《ほよう》が乱れる。速度が変わったせいで馬車がガクリと不自然に揺れ、御していた男が「うおっ」と情けない声を上げた。

それでも熊爪は馬の目を見続けた。馬がバタバタと足踏みしながら、顔を右に左に揺らす。

口の端から涎《よだれ》が周囲に飛び散った。

熊爪はふんと小さく鼻を鳴らすと目を背けた。

馬車は乱れた音を立てたが、すぐに馬は冷静さを取り戻した。そのまま、順当な馬の歩みによって何事もなく過ぎて行った。熊爪の他に往来を歩いていた人間の幾人かがその様子を目で追い、再び興味なさそうにそれぞれ歩き始めた。熊爪もまた歩き出した。

熊爪には畜産というものが分からない。犬のように役立たせるためのものだ、とは思うが、産まれさせ、こき使い、さらに子を産ませてそれを肉にする、という道理が分からない。その馬を駆り、偉そうにしている人間の考えも理解できない。

熊爪にとって、生き物とは山と森に生きるものが全てだ。その外側にいる奴は、動物であっても人間であっても、どうにも分かりきれるものではなかった。


程なくして、町の外れ近くにある大きな商店に着く。『門矢商店《かどや》』という看板が掲げられている。熊爪はただ、『かどやのみせ』という響きだけを覚えていた。

店先を掃き掃除していた丁稚《でっち》の少年が、大きな背嚢を背負い、犬の毛皮を纏った熊爪の髭面を目にして、箒《ほうき》を落とした。町の人間と、山暮らしの自分が異なる見てくれであることは熊爪も分かっている。

「鹿の肉、あるんで」

そう言いながら丁稚を無視して暖簾《のれん》をくぐると、太った丸眼鏡の中年男が「はいよ」と奥から顔を出した。番頭の幸吉《こうきち》だ。

熊爪と顔見知りの彼は、特段変な顔もしないまま、店内の大卓を指し示した。熊爪が卓いっぱいに肉と内臓を広げると、うんうん頷きながら帳面に文字や数を書き込んでいく。

暖簾の陰から丁稚がこちらをちらちら覗いているが、熊爪は気にせず持ち込んだ品物の評価を待った。

「今日は、ふんふん、鹿肉が、これだけな。ああ、いい質だ。うん、いいだろう。料理屋が喜ぶ。なんせ、肉食いたい奴が増えているからな」

「増えている？　肉、食いたい奴、が？」

熊爪の問いにも幸吉はうん、と几帳面に頷く。

「数年前にここいらで新しい炭層が見つかっただろ。その勢いで最近、新規の炭鉱が増えているからなあ、うん。釧路《くしろ》も、庶路《しょろ》も、大賑わいだ。まだ他にも調査が進んでいるから、うまく行けばまた増えるんじゃないかね。お陰でうちの旦那様の商売も捗《はかど》るのなんの。他所《よそ》からどんどん働き手が入ってきて、そういう奴らはね、うん、体動かすから肉をよく食いたがる。そういう訳だよ、うん」

熊爪の脳裏に、さっき往来で見た赤ら顔の男たちの姿が浮かんだ。幸吉の『タンコウ』という言葉も、それで肉がよく売れるとかいう話も、どうやらあの男たちと関係があるらしい。幸吉の機嫌よい語りを聞きながら、熊爪は分からないまま頷いた。

この商店は獲物を買い取って、料理屋や毛皮加工の職人や薬屋に卸してくれる。古い付き合いだ。知らない人間といちいち話をするのが面倒な熊爪にとっては、大層助かる場所である。

「じゃあ、今日はこれだけ渡しておくよ、うん。あとは裏に回って、旦那様に挨拶してきてくれ」

「どうも」

熊爪は両手で金を受け取りながら、頭を下げた。どんな条件でも金というものをもらう時はそうするものだ、と最初に幸吉に言われて続いている習慣だ。

——米、食える。たらふくだ。

貰った紙幣と硬貨の価値が高いかどうかはあまり気にしない。ただこれだけあれば、弾丸と食糧と酒は十分に買えることを知っている。山で獲れる獣の肉や山菜以外の、舌が美味いと感じる食料も買えれば十分満足だ。

米が食えるのは久しぶりだった。あれは、よく噛むと甘くてうまいし、しばらく体に力がみなぎる。

熊爪はもう一度頭を下げると、商店の脇に回り込み、塀の間に入って屋敷へと足を踏み入れた。玄関で拭き掃除をしていた女中は、丁稚と同じようにぎょっとして雑巾を取り落とした。

女中に通された応接間には、あらゆるものがごちゃごちゃと置かれていた。西洋式の椅子が一揃いに、蓄音機、地球儀、鳥や獣の剝製もあれば、ガラスの箱に入った張り子の芸者人形など、物置きかと思われるほど雑多に物が置かれている。

ひと際目を惹くのが、床の間に置かれた人の骨の模型だった。大人の半分ほどの背丈だが、精巧で、針金で繋がれ立った姿勢になっている。

熊爪はいつものようにその模型に近づくと、目を凝らしてじっと見た。

――鹿と熊と同じなところも、違うところもある。

ふいに背後で「それが好きだな、お前は」という声がして、振り返った。

背丈は熊爪と同じ、肌の張りからして年齢も同じ程、なのに体重はおそらく半分ぐらいの細い男が、眼鏡の奥の目を細めて笑っていた。綿を入れた着物にさらにゆったりとした羽織を纏っているが、それが却って体の細さを際立たせている。肉のついていない女みたいな体だ、と熊爪はいつも思う。

井之上良輔《いのうえりょうすけ》。『かどやのみせ』の店主で、白糠の町一番の金持ちだった。熊爪の持ち込んだ肉を買い取り続け、どういう訳か屋敷に寄るよう言ってくる。妙にゆっくりとした動きで対面になった洋式の椅子に腰かけると、熊爪にも座るよう促してきた。

「幸吉さんから聞いた。今回もいいものを入れてくれて助かるよ」

「雄の、いい肉のやつだ。美味い」

「店屋に売る前に俺も一切れ食わしてもらうよ。で、肉の他に、頼んでた物も持ってきてくれたか」

熊爪は卸した内臓とは別に包んでおいたものを腰の袋から取り出した。油紙の包みを卓の上に置くと、良輔がすぐに手にとって開く。青白い頬にぱあっと血の色が差した。

「これだ、これ！　すぐに氷室に入れて、明日ゆっくり解剖しよう。やあ、やっと手に入った」

良輔は鹿の睾丸《こうがん》を摘《つ》まみ上げ、嬉しそうに目を細めた。

「食うんでないのか」

「食わないよ、本に書いてあった通りなのか、調べるんだ」

熊爪はてっきり特別な食料、つまりは精力剤として頼まれたのかと思っていたが、どうもそうではないらしい。

良輔は肉や皮以外に、時折こうして熊爪に奇妙な依頼をする。ある時は珍味らしいからと熊の掌《て》の干したものを頼んできたり、薬になるからと毒茸を欲しがったこともある。かと思えば、今回は鹿の睾丸をわざわざ調べるのだという。

――金玉切って、見て、どうすんだ。

その頼みごとの理由が熊爪にはさっぱり分からない。しかし、こうして手に入れたものを差し出して喜ばれること自体は、決して嫌な感じではなかった。

良輔はそのまま熊爪に泊まっていけと言い、女中に食事の用意を命じた。

座敷に移り、膳に並べられた料理と酒を前にして「さあ、何か変わったことはあったか」と良輔は話をねだってきた。これも、いつものことだった。

久々の酒を味わいながら語る熊爪の話は、べつだん特別なものではない。山や森のこと、猟の話、川の流れの変化など、毎日ただ目にしていることだ。

「それこそが面白いのだよ」

良輔はそう言い、時折紙に何かを書きつけながら、眼鏡を光らせて熊爪の話に耳を傾ける。

「熊はどうだ。面白い熊はいたか」

そう請われ、以前仕留めた熊の話をした。

農場で羊を食い荒らす熊を頼まれて撃った時のことだ。高く売れるはずの胆嚢《たんのう》がまるで羊の脂のようにこちこちで、干しても干してもうまく乾かなかった。熊が羊の脂ばかり食いすぎたせいだろう、という失敗談だ。

熊爪にとっては苦々しい話だが、良輔は前かがみの姿勢で、ずり落ちそうになる眼鏡を押し上げ押し上げしながら真剣に聞く。

「なにが面白い。熊の話の、なにが」

「面白いとも。ここで籠って算盤《そろばん》弾いてたんじゃけっして知ることのない話だ。一番の酒の肴《さかな》なんだよ、俺にとっては」

そう言って、実際、良輔は真に美味そうに杯を傾ける。

——へんな奴だ。話すの、面倒くさいのに、なんでか、話しちまう。

話の切れ目に、良輔が「そうだ」と顔を上げた。

「お前、馬は飼わないのか」

「なんでだ」

馬、という単語に熊爪の眉が勝手に寄る。

「俺とお前は長いつきあいだが、恐らく年齢も同じぐらいだろう。俺ももう三十五だ。お前もそろそろ楽をする手段を考えていいはずだ」

「楽、とは」

「移動するにも、山から荷物運ぶにも、馬があれば楽だぞ。安くはないが、熊の毛皮のいいのが一枚あれば、そこそこのやつを買えるだろう。何なら馬を飼ってる知り合いに口利きしてもいい」

「馬、いらん。犬、いればいい」

熊爪は口を曲げて杯を置いた。大きな音がしたが良輔が気にする様子はない。

「馬、町だらともかく、山の中はそんなに走れねえ。繋いでおいたら、熊に食われるべし」

「まあ、確かに。持つものが増えれば心配も増えるともいえるが……」

「馬は、俺ば嫌いだ」

良輔はほう、と杯を置いた。

「なんでそう思う。なんで馬はお前を嫌う」

熊爪は面倒くさかったが、ぽつりぽつりと、昼間あった往来の馬車の話をした。話すごとにはっきり思い出してしまい、不快感が腹に蘇る。

一方で、話を聞いた良輔は、ははっと笑った。

「そりゃお前らしいことだ。実にお前らしい。奴らは草食って生きる四つ脚だ。襲われる側の奴らだ。自分を戸惑いなく殺せる生き物を恐れるんだろうよ」

「馬、殺さねえ。理由ねえ」

熊爪は憮然と答えた。森に馬がいるわけではない。稀にいたとして、どこかから逃げたものだ。狩れば面倒事になると分かっていて殺すこともない。

「そうではなく。お前が殺そうと思わなくても、いざとなったら殺せる側の奴だ、ってことだよ。馬も、それが分かるのさ」

「兎も鹿も、逃げる。馬も逃げる」

「そうさな。兎も鹿も、雀が近くにいたって別に逃げない。だが人がいれば逃げる。怖いからだ。馬も、お前が怖いんだろうよ」

良輔は言い聞かせるようにゆっくりと語る。口を開くごとに眼鏡が光を反射して、細い目が見えなくなった。熊爪は憮然としたままで話を聞く。

――馬は、俺のことが怖い。

「犬は」

「犬はお前が主人だから従うんだろ。怖がってるのとは違う」

熊爪は頷いた。犬は自分の言うことをよく聞く。だめなことを叱れば耳を伏せ尾を下げて反省する。しかしその目は鹿や馬が逃げる時のそれとは違う。だから、犬は傍に置いている。

「あんた違うのか」

熊爪はふと聞いた。

「ん？」

「あんたは、怖がられないのか、馬に」

熊爪の真面目な問いに、良輔は堪《こら》えきれずにぶはっと噴き出した。行儀悪く酒の飛沫が飛ぶ。

「怖がられんよ。普通の人間は馬を殺すつもりで見たりしないからな」

良輔は徳利を傾けて熊爪の杯をなみなみと満たした。そして、「お前と違って、そう易々とは殺せない」

「銃か小刀使えば、誰でも」

「そりゃ確かに銃持って、指動かすだけなら問題ないさ。だが、その指一本を動かせるか動かせないか、気持ちの問題だ」

――何考えても、死なすのは、同じなのに。

分からない、眉間に皺を寄せる熊爪に、良輔は妙に神妙なそぶりで頷く。

「俺の場合は、馬どころか、鹿もできんさ。ああ、庭先で鶏を絞《し》めるところを見るのも嫌だ」

良輔が杯を置く。

「お前はそんな俺を腰抜けだと思うか」

「……いや」

熊爪は静かに否定した。目をうろうろ動かし、口を開け閉めするのを三度ほど繰り返して、ようやく言葉を発した。

「腰抜け、とかでない。殺せない、というのが分からない」

言葉数の少ない熊爪が、精一杯捻り出した答えだった。良輔は「うん」と頷くと酒を一口含み、呟いた。

「だからお前は面白い」

　嬉しくも、腹立たしくもならないまま、熊爪は黙っていた。目の前の男が何を考えているのか分からない。そのままにしておく方が良い気がした。

「お前、今日犬はどうした」

　ふいに犬のことを聞かれて、熊爪は口に入れていた昆布の煮物を飲み下した。

「おいて来た。前に、嫌がられた。町の奴に」

「そうか。なあお前、あの犬は大事に思っているか」

「大事だ。要《い》る奴だ」

　犬は五年前に熊爪の小屋に迷い込んできた雌犬が産んだものだ。まだ若くて、茶色の毛並みが美しい雌犬だった。誰かが連れて来た猟犬がはぐれてどこかで孕《はら》み、迷ってきたのだろう。

　熊爪は産まれた五頭の子犬のうち、足が一番太くて熊爪の声にすぐ反応する一頭を残し、あとは全て殺した。雌犬と子犬の二頭を手元に置いていたが、雌犬のほうはいつの間にか姿を消し、子犬だけが残った。まあまあ言う事を聞くため、そのまま飼い続けている。

　それをよく知る良輔は、わざとらしく意地悪そうな声音で尋ねた。

「なあ。もし、あの犬を殺せと言われたら、お前、殺せるか？」

「まだ使えるから、殺せない。同じ犬、育てるのは、簡単でねえ」

　その答えに満足したように、良輔は膝を叩いた。

「そういうことだよ。俺は理由がないから鶏を殺したくない。馬も鹿もだ。お前と同じことだ」

「腹減って、他に食うもん、ないのなら？」

「魚を食うさ」

「そうか」

良輔の言葉に熊爪はいたく納得した。理由がなければ殺さない。それは熊爪にとってもそうだ。この男には捕らずとも他に食うものが山ほどある。金もある。ならば確かに鶏を殺す理由はない。なら殺さない。もっともなことだ。

熊爪が奇妙な納得を得た時、控えめな足音が近づいてきて、声がした。

「失礼します、よろしいでしょうか」

「おう、いいよ」

襖が開かれ、廊下の床に膝をついていたのは良輔よりもさらに細っこい身体をした女だった。ぴしりとしたえんじ色の着物と伸びた背筋で若々しく見えるが、深く伏せられた顔から覗く額はやけに白っぽい。良輔の妻、ふじ乃《の》だった。

「お客さんに、お風呂の用意ができてます。後でどうぞ」

妙に高い、震えているのかと思えるほど張りのない声で、ふじ乃は言った。良輔が「うん、分かった」と応じると、音もなく徳利と刺身の小皿、焼いた魚が載った皿、続いた女中が櫃《ひつ》と茶碗が載った大きな盆を置いた。熊爪は息を詰め、身を硬くしてその様子を見ていた。

「あとはご自由に、ごゆっくり……」

音もなく襖を閉めて、ふじ乃は部屋を出ていった。追加された大きな焼き魚の匂いが部屋を満たしているのに、部屋の温度が少し下がったように熊爪は感じた。

「まあ、そんなわけだ。飯食ったら風呂に入って来てくれ。こんなことを言うとなんだが、さっぱりして横になった方が互いに気持ちよいというものだろう」

「ああ……」

良輔の屋敷は立派な内風呂を備えている。熊爪は普段は川から汲んだ水で体を拭くぐらいで、熱い湯に浸かる習慣はない。しかし町の人間に獣臭いと思われていると思えば、どうにも断れる流れではない。熊爪はただ大人しく頷いた。

一瞬の沈黙の後で、良輔は盛大に噴き出す。

「お前、うちの嫁さんのこと、苦手だなあ」

「何言ったらいいか、分かんね」

熊爪は目を逸らすように乱暴に飯を盛った。良輔はふうっと息をつき、表情から笑みを消した。

「可笑しいし、腹が立つね」

「なぜ」

「鹿を狩り、馬を驚かせ、熊が出てくればそれも仕留めるお前が、どうして町に来ると、か細い女一人にさえ縮こまる」

「それは、ここは、俺の縄張りでねえべし。でも、もし、町の人間が俺の小屋で勝手したら、俺は、怒る」

熊爪は人間同士の世の中の道理というものをよく知らない。それでも、町の世界ではその道理を優先しなければならないことは理解している。金を得たら頭を下げるのと変わらない。そう言おうと良輔を見ると、彼はふーっと長い溜息をつき、再び笑った。薄い唇の間から見える歯はやけに白かった。

その笑いに熊爪は一瞬、ふじ乃に対するのとは異なる緊張が身体に走るのを感じる。獣は笑わない。だから熊爪は人間の笑顔を直感的に恐れる。人の笑いの種類を見分けられない。良輔の笑いが何に向けられたものか分からず、背筋が妙に冷える。不快だった。

「なあ。客間に布団を一応用意させたが、お前はまた布団じゃなくて服着たまま床で横になるつもりか」

良輔の一転して朗らかな声に少し安心して、熊爪はぎこちなく頷いた。

「ああ、いつもそうだ」

「どうしてだ。夜着に着替えて柔らかい布団で寝た方がぐっすり眠れるし、疲れも取れるだろう」

「床の方が、寝れる」

偽りはない。良輔が柔らかい布団を厚意で勧めているのは分かるが、以前試したところ、慣れない感触のせいで眠れず、やはり床で寝たのだった。

良輔は少し目を細めて笑った。

「お前の幸福というものは、何だろうね。あるいは、幸福というものを感じる能力が、お前にはあるのか、ないのか、どちらだろう」

「……毎日、なんも変わらなければ、それでいい」

熊爪の言葉に、良輔は今度は手元の徳利を引き寄せて撫でた。そして、先程のふじ乃のように芯のない声で呟く。

「人間は羽がないから鳥がどんな気持ちで空を飛ぶのか分からんだろう。逆に、鳥は羽がなくて地面を歩くしかない生き物の気持ちは分かるまい……」

呟きながら、良輔は片手で徳利をゆっくりと撫で廻した。そのなだらかな表面を確かめるように、指と掌を沿わせていく。

意味が分からず、熊爪はただそれを眺めていた。良輔の言っていることが自分に向けられていないことだけは分かった。夜の静けさが妙に耳につく。

やがて良輔は手の中の徳利を傾けて、熊爪の杯が満ちるまで酒を注いだ。

「まあいい。布団で寝るのが気にならないぐらい酔っぱらってしまえ。酒は好きだろう。飲みたいだろう。肴も悪くなかろう。昨日、前浜で上がった畳一畳ほどの鰈《かれい》を漁師が持ってきてな。昆布締《こぶじ》めにしておいた。美味いだろう」

「ああ。川の干魚より、美味い。全然違う」

熊爪がそう言って皿を持ち上げて鰈を口に流し込むと、良輔はまた笑った。

――やっぱり、へんな奴だ。

山にはない生の魚の肉を噛みしめながら、熊爪はそう思った。


熊爪は勧められるまま酒を呑み、米を食らい、それからしぶしぶ湯を浴びた。変にばりばりと固い感触の浴衣に着替えた後、先程のふじ乃が客室へと案内した。

「こちら、どうぞ」

先を歩くふじ乃はやはり細っこい。胴回りなど熊爪の上腕のほうが太いのではないかと思われた。

――川っぺりの、柳みてえだ。

酒があって、食い物もたらふくあるというのに、何故この家の人間は皆痩せこけているのか。熊爪は疑問に思ったが、酒でぼんやりとした頭ではふじ乃の規則正しく動く白足袋についていくのがやっとだった。

「何かあれば、女中か誰かに声を掛けて下さい」

熊爪が客室に足を踏み入れると、ふじ乃は沼の氷のように平板な声と表情のまま去っていった。足音はしなかった。部屋の静けさを確認してから、熊爪は手に持っていた腰の袋を入り口の襖近くに置いて、ようやく畳に腰を下ろした。

熊爪は良輔が思っているよりもふじ乃を苦手としていた。町の一部の連中が向けてくる敵意には理由があると感じられる。それに比べてこの女房は、ただただ冷たい。

松葉一本ほどの関心も、嫌悪さえも、熊爪に抱いていないように見えた。熊爪の矢も銃の弾も届かない高みから地面を見下ろす鳶《とび》の目に似ていると気づいた。

――あれは、雄の目か、雌の目か。

しかし床に寝ころんでいるうち、結論の出ないまま熊爪は眠りに落ちていった。


翌朝、腹いっぱいになるまで朝飯を馳走になり、熊爪は井之上の屋敷を後にした。山に帰る前に、幾つかの商店に寄っていかねばならない。

屋敷の門から外に出ようとすると、視界の端に何か白いものが見えた。積もった雪の白さとは違う。干された布か何かだろうか。そう思ってそちらの方を向くと、華奢な人影が建物の陰にいた。

――白い女だ。

実際は白地に小花柄のブラウスと、象牙色のスカートを着た女なのだが、衣服の模様や生地の知識を持たない熊爪は、その服と、日焼けを知らない肌とが相まって、ただそれを白い女と認識した。初めて見る顔だった。

「血の臭いがする」

赤い唇が動いた。少女の瞼は閉じられていた。睫毛と、おかっぱの髪がやたらに黒々としているせいか、余計に肌が白く見える。

「だれ」

少女は続けて声を上げる。盛りの時季の鹿みたいな声だ、と熊爪は思った。張りがあって遠くまでよく響き、甘えがない。

血の臭いの正体は自分の上着に染みついた臭いに違いない。その声に応じようか熊爪が戸惑っているうちに、少女は少し顎を上げて神経を嗅覚に集中させているようだった。

「陽子《はるこ》さん、陽子さん？」

屋敷の奥からふじ乃の声が聞こえてきた。今まで聞いたことのないほど大きく、険のある声だった。少女は瞼を閉じたままではっと屋敷のほうを向くと、壁に手をつきながら建物の裏へと向かった。一度、立ち止まって後ろを振り返り、またすぐに前を向いて歩み去ってしまった。

熊爪は他の人間の気配がないのを確かめてから、少女が振り返ったあたりに向かった。同じように目を閉じてみるが、自分が発している血の臭いは鼻が慣れ切ってしまってもう分からない。それだけでなく、白粉の臭いも椿油の臭いも残っていなかった。

熊爪は珍しい鳥を見た時と同じように感じた。今いた鳥は本当にいたのか。そんな気持ちで屋敷の門から往来へと出た。

弾丸や塩、米などの必要な品を買い求め、あとは来た道を帰るだけだ。売るべき肉を売り、買うべきものを買った。煙草と油紙も少し買えた。その満足感と共に熊爪は町の外れを歩いていた。この辺りは新しく建てられた建物が多い。ただし、住居というよりは急ごしらえの安宿や飲み屋だ。路地では酔っぱらいがこの寒いのに上着もないまま眠りこけている。町の景色は全てがどこかすすけている。

　熊爪はあの白い服を着た少女を思い描いた。あれだけ真っ白な服はなかなか見ない。鼻に感じることのなかった少女の白粉や椿油の香りを想像してみる。ほんの僅かだけつけているのか。それともこれからつけるのか。

　ふいに、熊爪は女の気怠《けだる》い溜息を聞いた。ほぼ真上からだ。見上げると、安宿の二階に作られた物干し台で年増女がのそのそと洗濯物を干している。色褪せた襦袢《じゅばん》をだらしなく引っかけ、垂れた左の乳房が襟からこぼれていた。口を歪めると右頬の大きな黒子《ほくろ》もつられて歪む。

「ああやだ。魚か土か獣臭い男ばっかりで、こっちの肌にまで染みついちまう。ほんと苦界とはこのことだよ」

　女は通りにいる熊爪をぎろりと睨むと、はみ出た乳房を隠そうともしないまま、しっしっと犬を追い払うような仕草をした。

　熊爪は立ち止まって女を見つめたが、女は鼻白んだような表情をしただけで、奥へと姿を消した。

――殺そうと、殺せると思っていないからか。

　ふいに昨夜の問答を思い出して、腹の底にどろりとした物が渦を巻いた。

　熊爪は女の薄桃色の襦袢と、顔の黒子を覚えておこうと思った。

　もうすぐ春熊が起き出してくる頃だ。うまく仕留められればたっぷりと太った胆が手に入る。上手に干して売れば、熊爪が一年に食べる米ぐらいの金にはなる。

もしも予定よりも大きな胆が手に入ったら、あの黒子の女を買おうか。

熊の胆を運んで血や内臓の臭いが染みついた体のまま、湯を浴びることもなく、怒鳴られても泣かれても無理矢理に組み伏せてやるのだ。

――体、洗わねえまんまで。

銃も小刀もなければそう簡単に死にはすまい。殺すつもりで抱き潰したならば、あの女、昨日の馬みたいに怯えてくれるか。

熊爪の昏《くら》い想像に応じ、股間のものがむくむく興り始めた。厚い蓑で背を覆い、俯《うつむ》いた熊爪を気に掛ける者はもういない。藁沓にカンジキを固く結びつけ、町に背を向け歩き続けた。

空は抜けるような青さだった。昨日は雲に覆われていたため何の問題もなく町まで歩いてきたが、こうも晴れると雪が日光を反射してぎらぎらと眩しい。傷めないように閉じるぎりぎりまで目を細め、古びた手ぬぐいで目以外の顔の部分を覆った。こうしないと、顔の皮膚が焼けて火照るのだ。夏の日焼けなどより余程たちが悪い。

帰りの道行きは肉がないので肩が軽い。良輔の屋敷でたらふく米と魚を食ったので力も湧く。固い雪の中をカンジキで進みながら、熊爪は昨日見た骨格模型のことを思い出していた。

熊爪は全身が綺麗に揃った人間の骨を見たことがなかった。初めて良輔の屋敷であの模型を見た時、自分の身体の中にはこんな形で骨が組み合わさっているものか、と驚いたものだ。

思い出し、歩きながら試しに自分の頭に手をやれば、てっぺんは確かに丸く、目には骨のくぼみがある。鼻に硬い骨はないし、首の後ろは尖っている。熊のような牙もない。鹿と違って門歯と臼歯の間にすき間がない。そんな事実がひどく面白かった。人間の骨とすぐに分かるのはその特徴的な頭骨のためだと理解した。

あとは体の割に大きな骨盤だ。その二つの骨の形をきちんと覚えておけば、野でそれを見かけても人間の骨だとすぐに分かる、そう考えた。

野には時々、骨が落ちている。大抵は腐れた肉と皮がついていて、それが鹿なのか逃げて死んだ馬なのかが分かる。

だが時々、白い骨だけが落ちていることがある。鳥や他の獣に骨の表面に浮いた脂まで舐めとられ、風と日光に晒されて白く乾いた骨だけが転がっているのだ。

——もし、それがあったら。

やがて森に入り、沢沿いに歩いていると、雪がとけて黒い土がむき出しになっている箇所があった。その上に、雪とは異なる白い塊が散乱している。これだ、と熊爪は直感し、その場所へと駆け寄った。

荷物を置き、邪魔な蓑も放り投げて、土を両手で掘る。まだ冷たい黒土を除くたび、小さな白い骨がぽろぽろと出てくる。

ひと通り全ての骨を出すべく、黙々と掘った。

黒い土を掻きだす指が痺れ始めた時、表面がつるりとした骨が出てきた。円い輪郭の骨。確信をもって、さらに深くまで掘った。

出てきたのは、人間の頭蓋骨だった。

しかし、熊爪の大きな手で包み込めるような大きさしかない。

——なんだ。小せえ。

幼児の骨らしかった。死んだか、誰かが殺したのか、熊爪には分かりようがない。すっかり興味を失って骨を元の場所に埋め、その場を去った。


前日に自分がつけた足跡を踏み、あと小山を一つ越えれば小屋へとたどり着く頃となると、風に乗って犬の声が聞こえてきた。ギャンギャン、キャンキャンという吠え方をみるに、主人の帰還に気付いて吠えたてているに違いなかった。小屋からは小山の陰になってこちらの姿は見えず、かつあちらが風上だというのに、まあよく気付くものだ。

これができなければ鹿狩りはともかく熊狩りには連れて行けない。熊爪はけっして犬を可愛がっている訳ではない。ただ、信頼はしていた。冬の吹雪の強風にも吹き飛ばないような信頼だった。

——帰った。

熊爪の体の芯の部分で緊張が緩む。ここが自分のねぐらだ。いくら温かい家に美味い酒と食い物があっても、熊爪にとって町はやはり異邦だ。

小屋が見えるあたりまで来ると、犬が首をぐうっと反らし、青い空に向かって吠えていた。その彼方では黒い影が弧を描いて飛んでいる。高い位置で飛んでいる割には体が大きい。鳶ではなく、大鷲か尾白鷲か。

熊爪は目を細め、さらに空に手を翳《かざ》して指と指の細い隙間から鳥を見た。意識を集中する。僅かに肩の部分が白い。大鷲の成鳥だった。

熊爪が撃つ野鳥は雉鳩《きじばと》と鴨と鴫《しぎ》だけだ。肉も内臓も美味い。本当は大きくて肉が多そうな鶴を撃ちたいが、決まりで禁止されているらしく、撃ったことも食べたこともない。

『鳥は羽がなくて地面を歩くしかない生き物の気持ちは分かるまい』

ふと、良輔の言葉を思い返す。俺は食いたいもの、金になるものを殺し、生きる。変わらなくていい。それでいいはずだった。

三　異物来たる

じわりじわりと春が来た。

まず山に生い茂る木々の幹周りから雪が融け始める。できた隙間を野鼠が行き来し、それを狐や猛禽類《もうきんるい》が狙う。

熊爪は冬の間に熊の冬眠穴を三つほど見つけ、暖かくなり始めてから五日に一度は見に行くようにしている。大抵の冬眠穴は、土手のような傾斜地を利用して掘られている。それが彼らが一冬を過ごすねぐらだ。

雪が深く積っていた頃はその存在は隠れていたが、春が近づいて雪が薄くなるにつれ、中にいる熊の体温がじわじわと内からも雪を融かし、やがて雪の表面に割れ目を生じさせる。いずれ中の熊が起きれば、薄くなった雪を押しのけて外へと出ていくのだ。

「もうすぐだ」

熊爪はその日も雪をかき分けて熊の穴を見に来た。まだ彼らが起きる気配はないが、喜びから零れた声は熊を起こさないように自然と、密やかなものとなる。

クゥン、と足元で鼻を鳴らした犬の額を、指先で軽く弾いた。

春が近づいてくると、木がまっさきに変化を見せる。芽が膨らみ始めるのだ。特に猫柳は早い。小枝の先が膨らみ、硬い殻が割れて小さな毛の塊が姿を見せる。

熊爪はその毛玉を触るのが好きだ。獣ではないのに、毛に覆われているこの小さな芽が不思議でたまらない。しかも猫柳の毛は手触りが良い。光沢のある灰色の毛はごく短いものだが、生える方向が揃っていて、密度が高い。指先で撫でるたびにその滑らかさに感心する。犬の鼻周りにある毛と少し似ているが、もっと手触りがいい。全身がこれと同じ毛で覆われた生き物がいれば、さぞいい毛皮になるだろうに、と思わずにはいられない。

そんな猫柳の芽も、日を重ねるうちにいつの間にかぼさぼさになり、やがて不細工な毛虫のようになって落ちてしまう。その頃になると、地面の雪も量を減らし、他の植物の芽が顔を出す。本格的な春の訪れだ。

そして熊爪は忙しい時期を迎える。我先にと一斉に伸び始める楤《たら》の芽《め》、蕗の薹を採っては干したり塩漬けにしたりと、やるべきことは多い。もう少し暖かくなると蕨《わらび》、屈《こごみ》、行者大蒜《ぎょうじゃにんにく》、独活《うど》。住んでいる小屋の周辺を半日も回れば背負子《しょいこ》に一杯の山菜が採れる。採りきれずに止むを得ず、ちょうど良い塩梅に伸びた行者大蒜の群落を横目に見ながら帰らねばならない時もあるぐらいだ。

採ってきた山菜は灰汁《あく》抜《ぬ》きと保存処理に手がかかる。熊爪が日常口にする他、可能な限り多く作って白糠の町に降りた時に売って金に換える。獣の肉や毛皮とまではいかなくとも、まとまった金にはなる。そうしてまた銃弾や米を買える。

凪のない春らしい陽差しの日だった。熊穴をいくつか回った後、熊爪は小屋の裏手の斜面を登り、標高の高い場所まで来ていた。松の枝に積もっていた雪は落ちたが、地面はまだ雪に覆われている。それでも太陽は温かく、残っている雪が少しずつ融けていく音が聞こえそうなほどだった。晴れた空の間を行き交う鳥たちの声も陽気で、春の雰囲気を振りまいていた。

小屋に戻ろうと銃を担ぎ直した時、烏の悲鳴に似た声が響いた。一羽だけではない。複数の鳴き声が重なる。熊爪が視線を巡らせると、木々の幹の間をすり抜けて飛んでいく三羽の黒い姿が見えた。この山の烏たちを束ねる三羽だ。

烏は賢い。人間の顔を見分け、その行動すら頭に入れて、うまく距離を取る。殊《こと》にあの三羽は日頃から熊爪の存在を知りながら生活しているようで、時に獲物となりそうな動物がいると、わざと熊爪の前に姿を見せて鳴き、そこまで先導することもある。

こちらを見透かすような行動は腹立たしいが、もし捕えようとすれば苦労する羽目になる。しかもその労力の割には肉の味が好みではない。

それでも、奴らの誘導によって獣を仕留められた場合には、わざわざ内臓の一部や肉から切り出した骨を半分に割って、その辺に放り投げておいた。すると彼らは仲間を呼んでは馳走にありつき、またいつの日か気まぐれに熊爪を呼ぶのだ。

だが、今日の鳴き声はいつもと少し違う。熊爪は背骨に沿って生えている産毛が僅かに逆立ち、肌着を押したのを感じた。

直感が告げる。この気配は、熊でも鹿でもない。ならば、何だ。

熊爪は肩にかけていた銃を両手で持ち、引き金に指をかけた。同時に、傍らを歩いていた犬は一歩ぶん先を行く。

隣の小山の頂上まで登ると、北側の傾斜地に残っている雪の上に、何かが転げ落ちた痕跡が見えた。点々と赤いものが散らばっている。犬はその匂いを嗅ぎ、少しだけ鼻先に皺を寄せる。唸りも吠えもしない。熊爪は少し迷ってから、斜面を下った。

転がった痕の先に、熊の足跡と、人間の足跡と、血痕が残されていた。雪に染みた血痕はまだ鳥や狐に弄《いじ》られてはいない。新しい。

熊爪は目を閉じて鼻をひくつかせる。僅かに硝煙《しょうえん》の臭いを認めた。注意して見回すと木の幹に弾痕があった。まだ新しい。

「ちっ」

顔が歪んだ拍子に舌打ちが漏れた。朝、いや、夜明け頃に発砲したものか、正確には判別がつかない。昨日からまったく風が吹いていないのと、谷間の地形のせいで空気が淀み、時間の経過が読み取りにくくなっている。

熊は、その地点から脇の斜面を昇るようにして立ち去っていったようだった。左前脚の先に僅かに血の跡が残っている。

さほど大きい熊ではないようだが、怪我にもかかわらず歩様の乱れはなく、足跡は斜面に生える笹の茂みに消えていた。その反対方向へ、人間の足跡と、時折雪に掌や膝をついた痕が残る。こちらは熊よりも血の跡がべったりとついていた。烏の声は人間の足跡が向かった先から聞こえてくる。熊爪は両方の足跡を見比べてから、人間の足跡の方に向き直った。

その足跡が自分と同じような大きな藁沓のそれであることを確かめてから、銃を構えたままさらに斜面を降りていく。少し先を犬が行くのは変わらない。

傾斜が緩やかになると、這うような手の跡はなくなり、藁沓の足跡と、数滴の血の跡が続いていた。ただしその歩みはひどくたどたどしく、左右にふらふら乱れて、大きな倒木の向こうへ消えていった。

銃を構え直し、熊爪は犬を睨む。主人に目をやっていた犬はすぐに熊爪の傍に駆け戻って来た。

熊爪はゆっくりと、倒木の反対側に回り込んだ。引き金にかけた指が緊張し、いつでも撃てるようにと小さく息を吸い、止める。烏はいつの間にか黙り、近くの枝から熊爪をじっと見下ろしていた。

大きな木が寿命や強風で根元から倒れると、その根が周囲の地面を巻き込んで引き抜く形となり、洞窟のような穴を作ることがある。

その暗がりに、血まみれの男がいた。

血と泥で汚れた茶色のズボンと上着、足跡と同じ大きさの藁沓を履き、肩には狐の毛皮をかけている。土に塗《まみ》れ、ぐしゃぐしゃになった髪に白髪はない。横向きに倒れ、両腕で顔を覆っているので顔からも年齢は分からなかった。ただ、身長が低そうな割に骨太で筋肉質な印象がある。

　見ているると腹がゆっくりと動いている。傍らに、熊爪が使っている物よりも明らかに新しく状態の良い村田銃が落ちていた。それを音を立てないように取り上げ自分の後ろに置いてから、熊爪は銃口を男の頭に向けた。

「生きてんのか」

　膝のあたりを軽く蹴ると、男は唸るような声を上げて顔を覆っていた両手をはずした。その顔は真っ赤に染まり、特に目から鼻の上の辺りの血はまだ鮮やかだ。両瞼は閉じたまま血と泥がこびりついているようで、目玉は見えない。

「誰、人、人か！　助かった！　助けてくれ！」

　男はがばりと身を起こすと、熊爪がいる方向よりも右に顔を向け、両腕を振り回しては空を切り続けた。驚いたのか、犬は二人から少し距離をとって上体を低くしている。

「目、どうした」

「あああ、あの熊畜生！　熊を追ってきたら、あいつ、先行ったふりして脇の笹藪に潜んでやがった。目のあたり、殴られて、何も見えねえ。殴られた時に引き金引いて、どっか当たって逃げてったみてえだが。見えねえ。どこの誰か知らんが、痛い、助けてくれ」

　男は甲高い声でまくしたてながら、闇雲に宙を掻く。熊爪は銃口を男の頭に向けたまま、一歩下がった。

「なあ、おい、助けろ、助けて下さい。いるんだろう？」

「助けたら、どうなる」

熊爪の問いに、男は動きを止めた。意味を考えているのかしばらく黙り、口を二、三度開け閉めして、意を決したように地面を探り始めた。

「あれ、どこだ、ない、鉄砲、この辺にあるだろ、鉄砲。あんた、猟師でないか？　鉄砲やる。俺のこと医者に連れてってくれたら、鉄砲やるから。だから助けてくれ」

熊爪は答えず、両腕は構えたまま、背後に置いた男の銃をちらりと振り返った。

――この鉄砲、欲しい。

熊爪の愛用している鉄砲は手入れを欠かさず、猟ではもっとも信頼できる相棒だ。しかし劣化はどうにも避けられず、最近は弾の装塡の際に僅かなぶれを感じる。予備の鉄砲があるに越したことはないし、もし自分と相性が悪いなら売るという手もある。

対して、この男の介抱は見るからに面倒そうだった。今は負傷した反動で昂《たかぶ》っているようだが、この後どうなるかは分からない。小屋まで連れて行く間に痛みで騒ぎ立て、傷を負った熊が気づいて引き返してきたら、厄介だ。手負いの熊は気が荒くてたちが悪い。ましてや、自分が負わせた傷ではないのだ。

何より、ここに置き去りにしても、或いは一発撃ち込んで死なせても、どうせ烏や狐や、あるいは男に傷を負わせた熊が死体をすぐに食べ尽くす。こんな山の中では骨を見つける者もいない。どちらにせよ鉄砲は持ち去ってしまえる。

だが熊爪は銃を下ろし、男の肩に手を置いた。

「足は。動くか」

「え、あ、ああ、足は大丈夫だ。斜面から転がり落ちただけだから、捻《ひね》ってもいない」

足の状態を確認している男の後ろに回り込み、脇に両腕を入れて無理矢理に立たせる。男は「ひっ」と体を硬くしながらも、二本の足で立った。

「自分のぶん、自分で背負えるか」

「ああ、大丈夫だ」

男が自分の背嚢を触って確認している間に、熊爪は男の鉄砲から銃弾を抜いて自分の懐に入れた。その銃口側を男に触れさせ、引き金のある側は熊爪が持つ。

「これを摑んで、ついて来い」

男は何度も感謝の言葉を述べながら、両手でしっかりと鉄砲を摑み、熊爪に合わせて歩き始めた。

熊爪は胸の裡《うち》にもやもやと燻《くすぶ》るものを抱えていた。

——面倒臭え。

それに尽きるのだ。男を放って銃だけせしめても別に問題はない。しかし敢《あ》えて助けたのは、熊のせいだ。ひとたび人間の死体を食えばそいつは味を占める。山で出くわした自分を肉として見ることになる。それは良くない。

だから、熊爪が男を助けることにしたのは完全に自分のためなのだ。男はそのようなことなどつゆ知らず、命が助かると無邪気に喜び、時折転びながらも己の身の上をまくしたて続ける。

男は山を越えた先にある阿寒湖《あかんこ》、そのほとりの集落から来た猟師だという。そこから熊を追って、三日をかけてここまで来たという話だった。

「冬眠明けにしては、早すぎる」

「そうだ、阿寒はここより雪が多いし、大抵の熊はまだ寝てるだろ？　俺が追ってきたのは穴持たずだ」

「……穴持たず」

その言葉を耳にして、熊爪は銃床を持つ手に力を入れた。冬眠を逃した熊。それがここに、逃げてきた。男は熊爪の様子に気付くこともなく続ける。

「何せ、冬眠してないから、冬の間に集落を襲い続けていてな。軒先で干していた唐黍《とうきび》も、ヤマベも、全部取られた。それだけでねえ、だんだん人間恐れなくなって、留守の家に入り込んで味噌やら米やらまで食うようになったんだ」

男は語りながら怒りがぶりかえしてきたのか、鉄砲を掴んでいない右手をぶんぶん振り回している。

「それで、集落の話し合いでどうにかしねえとってなって、俺が阿寒からずっと追ってきたんだ。なのに、ここの山に入って、雪が少なくなってきた途端にあの野郎、小賢しく止め足で隠れてやがって、この通りよ」

「そうか」

続けて男はその熊がいかに大きいか、獰猛か、それでも自分がようやく追い詰めてきたのだ、と熱っぽく語った。しかし熊爪は短く相槌を打つだけだ。

——ばかたれが。この野郎。

熊爪は口にこそ出さなかったが、心の中では男にいくら悪態を吐《つ》いても足りなかった。どう言い繕おうがつまりは、気性が荒い穴持たずの熊をこの山まで追い立て、しかも仕留め損なって半端に傷を負わせたままでいるということではないか。

雄の山を越えた移動自体は珍しくない。奴らは子を連れ狭い範囲で暮らす雌と異なり、新たな領地と、そして餌を求めて山脈から山脈へと居を移すことさえある。

ただ問題は、相手が穴持たずだということだ。奴らは往々にして空腹から気が立ち、食い物への執着が強い。

しかも手負いの上、自身でも人間を傷つけた。簡単に殺せそうな生き物だと知ってしまっている。この男を医者に引き渡して終わり、という単純な状況ではない。

厄介なものを引き連れて来た、というのが正直な気持ちだった。

「それで、悪いが、町の医者のところまで連れて行って欲しい。今は見えないが、医者ならこれ、どうにかまた見えるようにしてくれるべ」

「白糠でいいか」

「白糠か、阿寒からは離れてるが……我儘《わがまま》言えん。頼む」

男は医者のいる町に行けば治るとすっかり思い込んでいるようで、怪我の酷さの割に歩みは力強い。

「まず、俺の小屋でええか」

「ああ、助かる。ありがたい。本当にありがとう」

男は明るい声で熊爪に感謝の言葉を繰り返した。熊爪が男の方を振り返ると、後方の木々に三羽の烏が止ってこちらの様子を窺っている。お前らの獲物はねえ、と熊爪が睨むと、鳴かずに山の奥へと飛び立っていった。

時折転倒する男を助け起こしながら小屋にたどり着いたのは、もう日が傾いた頃だった。本来ならば昼浅いうちに帰りつけていたものが、倍以上の時間がかかっている。周囲に残っている煙の匂いを感じたのか、男は小屋に入る前にぺたりと地面に腰を下ろした。

「良かった、生きてる、本当に良かった」

「手当だ。こっち来い」

熊爪は強引に男を立ち上がらせると、小屋に入れて板の間に座らせた。肩にかけた狐の毛皮、上着、肌着を脱がせて、怪我の箇所を確認する。逃げる時に枝で顔や手足を軽く擦っているが、熊から傷を受けたのは顔だけのようだった。

熊爪はぼろ布を持ってきて、その顔面を拭った。男は呻《うめ》き声を上げるが構わない。熊の左前脚の爪は顔の右こめかみのあたりから右目をえぐり、さらに左目の下までを深くえぐったらしい。

「右目、だめだな」

男は、だめだ、という言葉に体を震わせた。

「だめか」

「目ん玉、潰れている。周りの骨もだ」

眼球が破裂したのか、砕かれた骨と一緒に弛んだ瞼の間から、血と、血が混ざった半透明のどろどろした液体が流れ出している。医者も手の施しようがないであろうことは明らかだった。

「だめだな」と熊爪が呟くと、男はもう一度震えた。

左目の方はまだましだった。ただし、眉間から眼頭にかけての骨がやはり砕けているせいか、眼球が眼窩《がんか》から少しはみ出ている。瞼が閉じ切らず、眼球の表面は乾いて、瞳はくすんだ色をしていた。

「左、見えてんのか」

「はっきりとは見えない。全体に白っぽくて、あんたの姿も灰色の影みたいに見えてる。あと、明るいか、暗いかは分かる」

「洗うぞ」

熊爪は男を立たせ、ふらつく腰を支えて小屋を出た。近くの川の、そのまた支流のところまで来ると、男の肩を押して両膝をつかせる。男は黙って従った。

ズボンに差し込んでおいた柄杓で流れる雪解け水を汲み、傷ついた顔の前面にかけていく。

「つめてえっ」

男の抗議にも似た呻きは気にせず、何度もそれを繰り返した。

「つめてえけど、おかげで痛みも分かんなくなってきた」

「そうか」

熊爪は男の頭をがっしり両手で摑むと、潰れた右目の辺りにむしゃぶりついた。間髪入れず、腫れた瞼の間から中身を吸い上げる。

言葉にならない、獣じみた悲鳴が上がった。

「何すんだ！」

男は痛みと驚きと混乱から、両手を無暗に振り回す。熊爪は吸い上げた目玉の一部をぺっと川に吐き捨てると、男の両腕を摑んだ。

「黙れや」

その低い声に、処置の一環であることを理解したのか、男は抵抗を止めてズボンの布を握った。死に際の狸のように全身を強張らせ、歯をカチカチと鳴らしている。

熊爪はよりしっかり男の頭を押さえると、再び右目を吸い出した。男は歯を食いしばりながら、「ぎぃ」「あぐっ」と苦痛の声を漏らしている。熊爪の口内には、血と、どろりとしているだけで特に風味もない液体が溜まった。

——まずい。

口が塞がっているので声は出せない。中身を再び川に吐き出すことを繰り返した。四度目で眼窩に何かの膜のような塊が残っていたので、奥の固い糸と繋がっているそれを歯で嚙み切って、最後に吐き出した。

川の水で口を濯《すす》いでいると、男は処置が終わったことを悟ったのか、その場にぐんにゃりと倒れ込んでいた。

「次、洗うぞ」

声を掛けても男は動かない。熊爪はその首根っこを摑むと、水面に頭を一度沈め、すぐに引き上げた。男の悲鳴にも構わず、ぼろ布で顔の傷を拭い、布を水につけてはまた傷を洗っていった。熟しすぎて腐りかけの猿梨の実のように腫れている。骨が砕けている男は余程痛むようだが、熊爪は皮膚を破らないようにだけ気を配りながら洗っていった。

「待っ、てくれ。痛、いてえ、待て」

「傷洗わねば、腐るぞ」

低くそう脅すと、とうとう男は抵抗をやめ、短い悲鳴を出すのみになった。

――痛いならいいでねえか。

熊爪は思う。痛いなら、辛いなら、苦しいなら、それは確かに生きている証拠なのだ。傍らに落ちていた短い木の枝を拾うと、男の口に嚙ませる。

「中も洗う」

男が身構える前に、布を水に浸し直し、眼球があった窪みへと突っ込む。ぎい、いぎい、という激しい呻き声が上がったが、無視してそれを三度、繰り返した。

ひと通り傷を洗い終えると、男は涎まみれになった枝を吐き捨て、引《ひ》き攣《つ》るようにひっひっと短い呼吸を繰り返していた。気を失っていないだけ上出来だ。顔を伝う水は鼻水と涎と、あとは左目からかろうじて流れた涙であるらしい。

「立って、少し歩いて、小便しろ。糞出るなら糞も」

熊爪が脇を摑んで立たせると、男は細い呼吸の中で何かを言った。熊爪は聞き取れず、「あ?」と眉間に皺を寄せる。もう夕暮れが近いのだ。男にかけられる時間が無限にあるわけではない。

男は傷を洗われる痛みから解放された反動のせいか、だらしなく下顎を垂らしていた。

「そっ、そういや、言って、なかった。俺は、太一《たいち》だ」

痛みを紛らわせるためなのか、唐突に名乗り始めた。熊爪から「はあ」と間抜けな声が出た。

「あ、あんた、あんたは、何て言うんだ」

「熊爪だ」

「熊爪」

それが人の名らしからぬことに気付いてか、太一はきゅっと身を縮めた。熊爪はというと、訊かれたから答えただけだし、この男が何という名だろうが別に関係ない。太一の首を摑むと、川から少し離れた場所で排泄をさせた。

熊爪は傷痕に当て布をしてやり、いつも自分が寝ている板の間に毛皮を敷いて、男を寝かせた。

「悪いな。本当にありがてえ。あとは明日、町に連れてってもらえたらありがたい」

「明日？　明日は町に行かれねえ。おめえ、何日か、動かれねえぞ」

「どうしてだ。確かに目は見えないが、歩くことはできる」

「歩かれねえ。熱、出るぞ。熊の爪と牙は熱になる」

「熱？」

太一は熊爪の説明の意味をよく理解できないまま、泥のように眠りこんでいった。

そして、夜半にその言葉の真意を理解できたようだった。

熊爪が言った通りに、太一は高熱に襲われた。傷痕が腫れ、当て布の下が痛むのか、搔き毟《むし》ろうとして熊爪に押さえつけられる。それでも抵抗してもがくので、熊爪は彼の腕を後ろ手に縛り付けた。太一は高熱と激痛にまるまる一昼夜苦しみ続けた。

熊爪は太一がいかに呻いていても、半日に一度は必ず起こして小屋の外で排泄をさせた。小便はともかく、糞はすぐに犬が近寄ってきて貪《むさぼ》り食う。時に尻まで舐められて太一は悲鳴を上げた。

朦朧としながらも見えない目で睨みつけてくる太一に、熊爪は当たり前のことのように言った。

「売る毛皮だ。汚すな」

逆らえば、または、毛皮を汚すことになったら、きっと殺すと脅す。太一は熊爪に向かって歯を食いしばってあらがったが、熊爪がそれに心動かされることはなかった。

太一がいかに憤ろうが、熊爪は山菜採りや熊穴の観察などの日々の作業の合間に怪我人に水を飲ませ、貴重な芋を塩と水で柔《やわ》く煮て食わせてやった。喚《わめ》いて煩《うるさ》い時には取って置きの飴玉を口に放り込み、さらにはまだ若い蓬《よもぎ》の銀色の芽を集め、すり潰して傷痕に塗ってやった。

やがて太一は腕を縛られずとも暴れなくなってきた。傷は膿むことなく腫れが引き、熱も少しずつ引いていった。熊爪に起こされなくとも手探りで小屋の外に出て、小便と糞を済ませるようになった。犬も少し待ってから糞を食う。少しは遠慮を覚えて客を受け入れていた。

太一が小屋に到着してから、十日。太陽が沈んだ後も鮮やかな橙色が西の空に残ったある夕刻、しばらく晴れが続くと判断した熊爪は、明日、白糠の町に連れていくと決めた。太一は硬い干し肉と茹でただけの芋を自ら口にできるようになり、ようやく気力と体力が戻ってきていた。

その夜、ささやかな夕餉《ゆうげ》として、二人は塩を舐めながら茹でた楤の芽と行者大蒜と芋を齧《かじ》っていた。太一の顔面の酷かった腫れは、蓬の若芽がよく効いたのか、今は赤黒い傷が刻まれただけの状態になっている。顔色自体は悪くない。だが、太一は食う手を止めていた。

「食え。食わねえと、歩かれねえ」

「ああ。食うけど」

太一はしばらく芋を手の中で転がしながら言った。

「あのさ、あんたは、なんでこんな所で一人で住んでるんだ。普段は便利な集落で暮らして、猟の時だけ山に入って泊まればいいだろう」

熊爪は答えずに芋を齧った。中心部にあった硬い部分を吐き出し、土間に伏せていた犬へと投げてやる。犬は地面に落ちるか落ちないかのうちに貪った。

「山で育った。集落では生きない」

熊爪の答えに太一は首を捻った。

「でも、集落にいた方が、周りに人がいた方が、便利なんでないのか。俺みたいに怪我したり、病気になったら大変だろう。ほら、住んでみたら案外気に入るのかもしれんよ」

太一はへらりと弱く笑う。こいつは助けられて、世話になって、医者にまで連れて行ってもらえるというのに、この暮らしを否定するようなことばかり言う。熊爪にはそれが煩《わずら》わしかった。

「嫌だ。なんも変えねえ」

熊爪が低い声で答えると太一はもう何も喋らず、ただ二人で黙々と咀嚼する音だけが響いた。太一は手探りで皿に残っていた楤の芽を取って噛み、白湯《さゆ》で飲み下していた。熊爪は何も言わないまま、最後の芋のひとかけらを犬へと投げた。


翌日、熊爪が予想した通りに朝から空は晴れ渡っていた。空の高いところから雲雀《ひばり》の声が降り注ぐ。

熊爪は背嚢いっぱいに山菜を詰めた。そして、銃弾が装填されている愛用の鉄砲を肩にかける。街の人間が町中で銃を見ると嫌がるだろうが、太一が追い詰めた熊がどこかに潜んでいるかもしれない上、他の熊たちも冬眠から目を覚ましている可能性があるのだ。

それから腰に縄を縛り付け、一端を長く伸ばして太一に摑ませる。

一声だけで、二人は小屋を出た。今日は熊への用心のため犬も連れて行く。

熊爪はいつもと同じ歩様を心掛けながら、足元が悪い場所や小川を渡るときなどは、幾度か後方を振り返って太一を確認する。太一は太一で、ほぼ盲目の視界の中、ついてくるのがやっとのようだった。犬は二人の後ろについて歩きながら、時折止まっては鼻をひくつかせて周囲を警戒した。

「行くぞ」

日が高くなり始めた頃ようやく森を抜け、湿地と農地の間を貫く川沿いの道へと出た。

大分へばっている太一の様子から、熊爪は彼の肩を押して道端に座らせた。塩を少量舐めさせ、水も飲ませて隣に腰を下ろした。呼吸を整え、顔色が良くなった太一は、里に近付いて気が大きくなったのか、思い切ったように口を開く。

「なあ。聞きたかったんだが。あんたは昨日、集落に住むつもりはないと言ってたよな。じゃ、集落から来た猟師と協力して、巻狩りしてはどうだ」

熊爪は答えない。太一はむきになったように言葉を重ねてきた。

「この目で見えたわけでないが、俺が使わせてもらってたあの毛皮、えらくでかい熊のだろう。腕、立つんだろ？　一緒にやりたいって猟師はいるだろ、絶対。例えば、俺とか。目治ったら、一緒にやってもいい」

「一人がいい。お前、うるせえ」

にべもなく言い放たれた返事に、しばらく答えはなかった。熊爪は口をへの字に曲げた。町に着くまでもう何も返事をしてやるつもりはなかった。

「あんたは、一人がいいのか。そうかよ」

疲労に塗れた声が聞こえてきたが、やはり熊爪は応えなかった。太一も町に着くまで何も言わなかった。


「おう、山菜の時季だな。待ってた。なに、山で人を助けたって？」

熊爪が太一を連れて『かどやのみせ』に入ると、すぐに番頭の幸吉が良輔を呼んできた。なぜか陽子の姿もあり、良輔の羽織の端を摑んでいた。

「珍しいな。お前が人を連れて来るなんて」

店の土間の端っこで、太一は疲れからぐったりと椅子に座り込んでいる。

「血の臭い、ひどい」

目の見えない陽子が敏感に血の気配を感じ取った。座っている男は確かに、乾いた血で汚れた布を顔の上部に巻いている。

「山で助けた。医者、呼んでくれ」

熊爪はそれだけ言うと、いつものように背嚢から売り物を出して卓に並べた。今回は毛皮や肉はなく、干された山菜の数々が春の濃厚な匂いを立ち昇らせている。陽子が「わあ」と小さく歓声を上げ、卓の端っこに齧りついた。匂いが珍しいのか、瞼を閉じたまま鼻を突きだしている。犬みてえだ、と熊爪は思った。

良輔が土間に降り、力なく座っている男の肩に手をやった。

「ああ、猟師さんが無理して怪我なさいましたか。どれ。目か」

声をかけられた太一ははっと顔を上げ、慌てて椅子から立ち上がった。

「あんたさんがここの旦那さんですか。阿寒の太一という者です。後生です、医者に連れて行っちゃくれませんか。山ン中で助けられた後も苦しい思いをして、ようやく辿り着いたんで」

太一は良輔の肩にすがりつかんばかりの勢いでまくしたてた。熊爪は、もう後は関係ない、とばかりに今度は布の包みから山菜の塩漬けを出していた。

「お願いします、早く、どうか。山ン中で、芋と山菜ぐらいしかなくて。あんなの、もう、沢山だ」

喋っているうちに興奮してきたのか、それとも人里に着いた安堵から抑えていた不安が弾け出したのか、太一はとにかく喋り続けた。

「分かった、分かりましたよ。幸吉さん、手配頼むよ。店先はまずいな。奥にしよう」

「はい。今、丁稚のヨシ坊を走らせてます。なんか、この人が連れて来た犬も一緒に行っちゃいましたけど、噛みはしないらしいんで」

熊爪は「勘定、早く頼む」と催促した。あとは良輔や店の者がどうにかしてくれる。自分は代金を貰って帰るだけだ。

「あはっ」

ふいに、山菜の匂いを嗅いでいた陽子が噴き出した。ちりちりとした軽やかな笑い声に、熊爪は思わず眉間に皺を寄せる。

「ごめんなさい、その、怪我されて大変な時に。でも、ヨシ坊と犬って、何だかおかしくって、つい」

良輔がうん、と目を細めながら少女に声をかけた。

「陽子。幸吉さんと一緒に、この人、奥に案内してやんなさい。山菜の勘定は私がするから」

「はい」

「ああ、ありがたい。温かい。隙間風がない。獣の気配がない。それに、人がいる……」

太一は箍《たが》が外れたように、移動させられる間も想いの丈を垂れ流し続けていた。とても人間のものとは思えない日々を送っていたと語る甲高い声が遠のいていく。

「勘定」

「おう、そうだった」

熊爪の求めに良輔は帳面をめくり、算盤を弾いた。店の銭入れから金子《きんす》を取り出し、さらに自分の懐から札入れを出すと、熊爪に渡してきた。

「美味そうな山菜だ。初物だし、料理屋に卸す前にうちの連中でみんな食ってしまうことになるだろうな」

「そうか」

良輔の喜びようとは裏腹に、熊爪は仏頂面で金を懐に入れた。

「おい、今日は泊まっていかないのか。あの太一とかいう人、医者が診るまで、見届けていかないのか」

「もうやれる事はない。あとは犬を待つ」

熊爪がそう言うと、良輔は「分かった」とだけ残し、奥へ下がった。


熊爪は帰り支度を急いだ。犬がいるとはいえ、太一が取り逃した熊がどこにいるか分からない状況では、暗くなる前に帰らなくてはならない。

「偉いでないか。あの男、ちゃんと助けて」

奥に入った良輔に代わって店へ戻り、山菜の目方を量っている幸吉からふいに言われて、熊爪は首を傾げた。加えて「ありがとうな」と礼を言われ、さらに目を瞠《みは》る。

「鉄砲くれるっていうし。死体あれば、熊、寄って来るべし」

それだけだ。それに、どうして太一の身内という訳でもない幸吉が礼を言うのか。全く理屈が分からない。

「それでも、あんたはまあ、人に対して真っ当に良いことをしたじゃないか。動機はどうか分からんけども」

「そうなのか」

幸吉が言うならば、そうなのかもしれない。だがうまく自分の腹に飲み込めそうにない。喉に川魚の小骨が刺さったような違和感で、熊爪の顔は変に歪んだ。それを隠そうと、わざと大きな動作で背嚢を背負い直した。

「山菜でも、肉でも、また持ってくるといい。いいのを頼んだよ」

幸吉の言葉に返事をすることもなく、熊爪は商店から往来に出た。ちょうど、向こうから店の丁稚と、黒い鞄を抱えて白い外套をまとった医者らしき男、そして犬がこちらに駆けてくるところだった。

ピュウ、と口笛を鳴らすと、犬は熊爪目掛けて一直線に走ってくる。これで小屋に帰れる。犬が来たのとは逆の方向に歩み出すと、背後から息を切らせた医者と幸吉が店先で何かを話している声が聞こえてきた。

「おい、あんた！　助けたっていう、猟師の人！」

しわがれた大声を聞いて熊爪は足を止めた。億劫に思いながら振り返ると、医者が真剣な顔をしてにじり寄って来る。棒みたいに細い禿げた老人だというのに、眼鏡の向こうのその眼は怒った尾白鷲のそれより激しく光っていた。

「怪我した時の状況とか、傷の経過とか、ああ、あと、薬草を使ったってんならそれも聞かなきゃ。まだ居てもらわにゃ困る」

「いや」

俺はもう関係ない、そう言おうとした熊爪の上着を医者は離さない。思ったよりも強い力で屋敷へと引っ張っていこうとする。ただならぬ気配を察した犬が医者の足元でワンワン吠えるが、医者に「喧しい！」と一喝されて、尾を腹の下に巻き込んだ。

「まあ、諦めて、一晩ぐらい付き合えばいい。旦那様もそう言いなさるさ」

いきなり幸吉が間に入り、ようやく熊爪は小さく頷いた。荒い足取りで屋敷の中に入って行く医者の背中を眺めながら、幸吉に聞こえない小声で「死なせておけばよかった」と呟いた。

四　狩りと怒り

熊爪は小柄な二人に引かれて、しぶしぶ太一が通されている最奥の部屋へと向かった。暗く、しっかりした建材と技巧によって調えられた座敷から立ち昇るひやりとした空気は、熊爪にはとりわけ居心地が悪い。

部屋の中央には神妙な顔をして正座している太一と、それを挟むように主人である良輔、そして春にもかかわらず真っ黒に焼けた顔の青年がいた。やや細身に見えるが余分な肉がない芯の強そうな体軀で、藍に細かな刺し子を施した作業着が薄暗い屋内でやけに目立つ。八郎《はちろう》という地元の漁師だ。若手の纏め役らしい。

熊爪はこの屋敷でかつて顔を合わせ、良輔から紹介されていたが、特に言葉を交わすこともなかった。八郎は一瞬険のある目で熊爪をねめつけてきたが、そうされることに別段心当たりがあるはずもない。

「医者か、やっと、来てくれたんですか」

太一は山で熊爪に助けられた時のように、両手で無為に宙を掻く。良輔と八郎が両側からやんわりとその腕を下げさせた。

医者は挨拶も抜きで太一の真正面に座ると、傷に巻かれている布を取った。

「ああそうだ。どれ診してみなさい。こうか。こうなったか。どれ診るぞ、よし診るぞ。暴れるなよ」

そう言うと、「ふんふん」「うん酷い」とぶつぶつ言いながら傷に触れていく。その傷は熊爪の目には大分良くなってきているように見える。腫れも膿もなく、表面も乾いている。薬草のお陰で痛みも以前よりはおさまっている筈なのに、太一はできたての傷をほじくられたようにかん高く声を上げ続けていた。

部屋の入り口に立ってぼんやりとその様子を見ていた熊爪は、良輔の様子を窺い見た。自分にとっては生き物の傷など見慣れたものだが、鶏も絞められないと言っていた良輔は熊が無残につけたこの傷を見てどう反応するか。少しばかり興味が湧いた。

良輔は表情を変えず、形のいい眉ひとつ動かさないままで診察の様子を見ている。なんだ、そこらの小鳥が糞をひるのを眺めているのと同じか、と熊爪は興味を失った。

ひと通り傷を確認し、医者は時折熊爪の方を振り返っては、当時の様子やどういう処置をしたのか訊いた。熊爪にとっては特に隠す理由もなく、淡々と答える。

「まず泥拭いて洗って、潰れた目ん玉吸い出した」

熊爪が事実のみを話すと、太一はその時のことを思い出したのか身を縮め、八郎はあからさまに眉間に皺を寄せた。良輔と医者だけが表情を変えず、ふんふんと頷いていた。

医者は持ってきた鞄から薬瓶や新しい包帯を取り出し、傷を消毒してきれいに巻いた。それから、太一の方を向いてふうと息を吐いた。

「どうなんですか、俺の目、もとに戻りますか。片目だけでもどうにか」

「どうかな。最初、目を怪我してるって聞いた時は表面に傷がついたぐらいだと思ったんだが、想像よりとんでもなく深い。まさか潰れてたとはなあ。左の眼球に大きな傷は見られないから、周りの骨がくっついて瞼がきちんと閉じるようになれば、目の前のものの輪郭が分かるぐらいには良くなるかもしれんよ。右目はまあもう跡形もないから、どうしたって無理だが」

「そんな。じゃあ、猟師には、もう」

「残念だが、それじゃ鉄砲撃てんと思うよ」

太一はえっ、と喉を引きつらせた。医者に診てもらえばすっかり良くなると思い込んでいたのか、わなわなと肩を震わせている。

「そこの山の人がいてくれて助かったな。おらんかったら、あんた山奥で目見えずに熱で動けなくなって。そのまんま野垂れ死ぬか、熊に食われて人知れずお陀仏《だぶつ》だ」

「こうして生きてるんだから。目が見えなくても生きてて上等だねえ、あんたさん」

良輔がさらにそう言うと、励まされたというのに太一は上体を床に伏せ、言葉にならない声で呻き始めた。泣いているのか、と熊爪は思ったが、眼球が残っている左目はともかく、自分が目玉を吸い出した右目の方は果たして涙を流せるのだろうか、と不思議だった。

我の強い子どものように泣き伏せる太一の背を良輔は撫でてやっていた。午後の光が斜めに差し込む室内で、熊爪にはその口の端が歪み、心愉しく笑っているように見えた。

太一が落ち着いたのを見計らって、良輔は手を叩いた。廊下から湿った足音がして、妻のふじ乃が音もなく襖を開いた。

「さっき八郎さんが来た時に使った湯、まだ温かいだろう。この人連れて行って、つからせてやんなさい」

「はい」

余りに細く、白く、熊爪には川辺で枯れかけた柳のように思えるふじ乃は、夫に言われるまま太一の腕を取って立たせると、そのままゆっくりと湯殿の方へと案内していった。

目の見えない太一を風呂に入れる。服を剝いで浴槽に突き落として終わり、ではないだろう。あの女が世話するのか、それとも他の使用人に任せるのか。熊爪が閉まった襖を眺めてどうでもいい考えから我に返ると、八郎も同じように襖を見つめていた。

診察が終わったのだから、と熊爪は小屋に帰ろうとした。しかし思ったよりも午後の太陽は傾いており、良輔が勧めるままにまた屋敷に泊まる羽目になった。

普段ならば小屋に着く頃に多少暗くなっていても問題はないが、太一が阿寒から追ってきた熊が徘徊している可能性を考えると、熊爪も無理はできない。

不貞腐《ふてくさ》れていつも通される客間へと廊下を歩いていたところ、帰りがけの医者に腕を摑まれた。

「さっきは色々教えてくれて助かったよ。おお、おお、さっきも思ったがあんた、いい肉と骨してるな。筋肉が多く、骨もがっちり硬いな。いいなこれは」

「やめれや」

掴んだ腕を上着ごしにべたべた触る医者が気持ち悪く、熊爪は腕を振り払った。

「ああ悪いね。どうも、最近は漁師でも炭鉱夫でも、流れてきたモンが細《ほ》せぇ体で無理して怪我で運び込まれてくることが多くての。あんたみたいに、体ができてる男は安心できる」

医者の誉め言葉よりも、勝手によその人間と体を比べられたことが熊爪の癪に障った。医者に背を向けて去ろうとすると、今度は上着の背を掴まれる。

「なあんた、山の中で暮らして長いのかい」

「ああ」

人の家の中でなければ殴り倒しているところを、としぶしぶ振り返った。熊爪より頭一つ小さい医者の顔がずいと寄せられた。

「もう少し話聞かせてくれんかね」

「あいつが怪我した時のことは全部話した」

「いやそこを、もう少し。あんたのことについてさ。破裂して中身出た目玉なんてさ、放置してたらたちまちのうちに骨も肉もグズグズに腐らせて、顔の上半分、今より酷いことにしちまうとこだ。あんたみたいに組織吸い出して洗うなんて普通の奴は考えんよ」

さっき奥まで引っ張っていかれた時ほど力は入っていないのに、小柄な老医者が見上げてくる眼鏡の奥の目からなかなか逃げられない。ああ、木菟《みみずく》の目に似ているのだ、と熊爪は山の記憶を掘り起こした。夕暮れ、木の皮に紛れる羽毛の中からじっとこちらを見ている、橙色の円い目に似ている。害こそないが、熊爪は何となく苦手としている鳥だ。見られていると不快になる。

「応急手当の後にしても、普通の者なら熊にやられると熱がでるなんて知らんし、焦って山から連れて来ようとして、熱と化膿と痛みで途中で死なすのが関の山だ。なあ。なあなあ。蓬使って手当するとか、処置の方法は、誰から教わった？」

医者はとうとう鞄を床に置き、両手で躊躇なく熊爪の垢じみた上着を握りはじめた。何か話さないと終わりそうもない。熊爪は、医者の爛々《らんらん》とした目から顔を背け、窓の向こうの庭を見ながら答えた。

「俺のこと、育てた男から教わった」

「どんな人だ。親父さんか？　戦争いってたことある人かね？」

叩き潰すまで付きまとい続けるしつこい虻《あぶ》のようだが、さすがに叩き潰す訳にはいかない。熊爪はうんざりしながらも口を開いた。

「親ではねえ。よく知らねえけど、アイヌの集落で育ったらしいから、やりかたは多分、そっから来てる」

「そうか。ほう、あんたを育てた人がねえ。その人も猟師かい」

「知らんが、鹿の殺し方も、熊の仕留め方も、手当も芋の茹で方も、教わった」

ぽつり、ぽつりと、面倒くさそうに語る熊爪の言葉から、それでも何かの納得を得たのか、医者は上着を摑んだ両手を下ろした。

「ほう、なるほどねえ、納得したよ。なあ、あの太一って人があんたのお陰で助かったのは、間違いない。生きていくには多分これから大変だろうが、命あっての物種さね」

医者は鞄を持つと、勝手に小さく頷きながら玄関へと歩いて行った。摑まれた上着の辺りを、熊爪は何となくさっと払う。汚れた訳ではないが、あの妙な人間の触った箇所をそのままにしておきたくはなかった。

――だから町は嫌だ。

誰もいなくなった廊下で、熊爪は細く深い溜息を吐いた。この身を厭《いと》う人間も、変に興味を持つ人間も、やけに自分を疲れさせる。もういない養父のことを思いださせる奴は尚更だった。


その夜、座敷には酒と料理が並べられ、良輔と太一と八郎、そして熊爪が揃った。昼間に増して熊爪は居心地悪く感じている。太一は風呂に入れられ、さっぱりとして浴衣に着替えさせられた後も、下を向いてはあ、ふうと大仰な溜息を吐いている。

熊爪もまた勧められてしぶしぶ湯を浴び、八郎と揃いの浴衣に袖を通してはいるが、皆どうにもくつろいだ雰囲気とはならない。良輔一人が、そんな皆の様子を眺めるようにして満足げに笑っていた。

「もうだめ、おしまいだ。俺もう何も見えん。何もできん。生きていかれねえ」

太一は手探りで目の前の卓の徳利を探し当てると、主人の勧めも待たずに直接口をつけた。

正面に座っていた良輔はそれを咎《とが》めるでもなく、手を伸ばして自分の徳利を追加で置いてやる。

「そう言うがね。まずは生きていて良かったと、そう思わなきゃ」

宥《なだ》めるような良輔の声に、「そうだとも」と太一の隣にいる八郎の、半ば吐き捨てるような声が重なった。

「俺ら漁師は船の板一枚を踏み外せばたちまち命を落とす。骨一本戻ってこらんねえこともある。いくら頭が回ろうが体を鍛えていようが関係ねえ。そっから見たら、あんた、自分の意思で山に入り、熊にやられても怪我で済んだんだ。まだ良いでねえか」

八郎の強い言葉に太一は唇を尖らせ、見えない目で箸を伸ばしては、刺さった料理を片端から口に運んでいた。

向かいで、熊爪はそれらの会話になんの関心も示すことなく料理をかき込んでいた。魚の煮物を骨ごとばりばりと嚙み砕き、なんという魚か分からないままに美味いと貪る。その様子を眺める八郎が剣呑な視線を送っていることに気付きつつ、椀の汁物を一息で飲み干した。

「あの、旦那さん。こう言うと何だが、飯食うにしても酒飲むにしても、一緒でないと駄目なんですかね」

八郎のひそめられた声に構わず、良輔は、はっはと楽しそうに笑ってみせた。

「この男が同席したら酒がまずくなるかい？」

「いえ、その」

気まずそうに目を逸らしながら、八郎は鼻孔の辺りを親指で押し、一気に猪口《ちょこ》をあおった。

湯などでは流しようがない、山の男の臭いと気配に嫌悪感があることは熊爪も察する。何も珍しいことではない。それこそ人里に住む人間に、獣臭い獣臭いと散々言われてきた。

「まあ、たまにはいいじゃないか。八郎さんたち漁師だって、仲間うちで賑やかに飲むもんだろう」

「はあ、まあ、そうですが」

「太一さんも、せっかく生きて里に下りてこられたんだ。目、見えなくて食べづらいかもしれんが、ゆっくり食っておくれ。山での暮らしはしんどかったろう。少しうちで体休めて、落ち着いたら誰か人をつけて村まで送らせような。せっかく命が助かったんだ。その後の暮らしは地元でのんびり考えればいいじゃないか」

　ゆっくりと、子どもに言い聞かせるように語る良輔の言葉を、熊爪はぼりぼりと沢庵をかみ砕きながら聞いていた。親切な提案だ。自分にはできない、と熊爪は思った。この怪我人には破格の申し出だろうに、太一はいやいやと強く首を振った。

「目、見えないんだら、村に戻っても誰も俺の面倒見てくれねえです。そうだ、こんな田舎の医者でなくて、他の、釧路の医者ならなんとかなりませんかね。旦那さん、後生ですから俺を釧路まで……」

「別にそれは構わんが」

　金はどうするのだ。世間に疎《うと》い熊爪でさえもそんな疑問が浮かんだが、口には出さなかった。横で八郎も猪口を持った手を宙に留めて呆れたように太一を眺めていた。

良輔を見ると、眼鏡の奥のその目は困っているようで笑っていた。気持ち悪い顔だな、と熊爪は感じた。勿論その顔を太一は見ることができない。

「もし釧路の医者に診せても駄目で、阿寒戻っても身寄りないんだら、白糠で誰かの世話になるといいよ。そうだ八郎さんよ、人手足りんと言ってたものな」

「え、えぇまあ。鰊《にしん》の時期はどうしても、そうなりますが」

穏やかで、優しくて、労わるような声音を急に向けられて、八郎は驚きながら頷いた。

「目があまり見えなくても、網外しなら手で覚えられるだろう。太一さん、そういうことでいいかな」

「ええ、ええまあ、ありがてえです。食わしてもらえるなら、なんだってやります」

八郎が傍観しているうちに二人の間で同意がなされ、盲目で村に帰る以外の選択肢が余程ありがたかったのか、太一は誰もいない方向へ頭を下げた。

「ありがとうございます。本当に、旦那さんと巡り合えて良かった。はぁ、ほんと……」

そして頭を下げたまま安堵の息を吐き、そのまま畳に崩れ落ちた。慌てた八郎が近寄って体を横たえると、顔を真っ赤にして涎を垂らしている。

「寝てやがる。驚かせやがって」

「はは。大怪我のあとようやく人里で酒まで飲んで、すっかり安心したのだろうさ。どれ、後は寝かしてやろう」

良輔がそう言って「おうい」と大きな声を上げると、程なくして襖が開き、姉さんかぶりをした中年の女中二人が姿を見せた。

二人は無言で畳に伏している太一のところまで来ると、両脇から腕を持って軽々と持ち上げてしまった。別段体格がいい女でもないのに、と熊爪は驚いたが、それは八郎も同じのようで、太一が難なく運び出される様子をぽかんとした顔で見ている。良輔だけが薄ら笑いで徳利を傾けていた。

女中たちが無言のまま部屋からいなくなると、ははは、という良輔の乾いた声が響いた。

「まったく、災難な人もいるものだね。いや、助かったんだから風向きが良かったと言うべきなのか。まあ、本人があそこまで言うなら釧路の医者には診せてやるけれど。たぶん、あんたさんのお世話になるだろうね。任していいかい」

「はい。旦那さんの言う通り、目に何かあっても網外しぐらいならできるでしょうし。ただ、その後どうするかは何とも。色んな人が流れてきてるとはいえ、あの手の煩い奴は、みんな嫌がります」

「うん、それでいいよ。その後のことも任すから、よろしくな」

どうやら太一はもう完全に良輔と八郎の二人で何とか始末をしてくれるらしい。そう理解した熊爪は、二人の会話をよそに太一が向かっていた膳を引き寄せ、食い散らかされた残りの料理を片付け始めた。魚も野菜も獣の肉も、せっかく食うために料理されたのに残しては勿体ない。

「あの男預かる代わりといっちゃ何ですが、旦那さん、前から頼んでいた人集めのこと、頼みますよ。鰊の時はとにかく人手が足らんのです。五体満足なのを沢山、よろしくお願いします」

良輔はふむ、と小さく息を吐くと、「頭を上げなさいな」と声を掛ける。

「わかったよ。漁師さんあっての港町、我々商売人はそのお陰で生きているのだもの。番頭さんに使いを頼んで、釧路の親分さんにきいておこうな」

「助かります。いやあ、本当助かります」

良輔の回答により、これで全ての悩みが吹っ飛んだ、とばかりに八郎は猪口を呷《あお》り、ふんぞり返った。

熊爪は自分に関わりのない話をこれ幸いと、白米をかき込んでいた。烏賊《いか》を切って内臓ごと漬けたとかいうものは、癖があるが飯がすすむ。

「しかしなあ、俺は昔から不思議に思ってることがあってな」

良輔がそう切り出しながら美味そうに酒を舐めた。

「群来《くき》で海が白くなるってのは、要するに、鰊の子種汁のせいだろう。そんで、子作りのために集まった鰊、雌は腹に子が入ったまま獲るだろう」

「はあ、まあ、そういうもんです」

八郎は曖昧に答えた。海の魚のことは分からない熊爪は、耳を向ける気にもならない。

「数減らんもんかね。産まれるはずの卵を、産まれる前に母体ごと、文字通りに一網打尽だろう。鰊の数、減らんかね」

「旦那、ご冗談を」

八郎は半笑いで片手をひらひらと振った。

「人間が獲ったぐらいで、そんなに簡単に減るような数じゃありませんよ、あれは。何年後だって何十年後だって、あの魚畜生は減りゃしませんせん」

「そうか」

「そうですとも」

太陽は東から昇って西に沈むものだ、と言わんばかりに八郎は胸を反らした。そうかそうか、なら安心だ、と良輔は小さく頷いた。

熊爪には話の意味は分からない。良輔が何を考えてこの話題を出したのかも分からない。ただ、この男にとって何かがあるから話題にしたのだ。熊爪には眼鏡の奥の目が気持ち悪く思えた。そうか、と静かな答えながら、手負いの鷲の目のような怒りと冷たさの気配があった。それに酔った八郎が気づいていたかどうか、それは熊爪には関係がない。

「失礼します。お酒のお代わりを」

高い声が聞こえて襖が開いた。廊下から、白いブラウスと赤いスカートを着けた陽子が姿を見せた。八郎が小さく唾を呑んだ気配がある。熊爪は八郎と陽子をちらりと横目で見て、徳利の残っていた酒をそのまま飲み干した。

「ああ、俺が貰うよ。目が見えないから危ない。陽子さんは、そのままで」

八郎は素早く立ち上がると、陽子から盆を受け取った。いそいそと徳利をそれぞれの膳に置き、白いその手を取って空の盆を渡す。陽子は下を向いていたため、八郎は陽子の困った表情を捉えてはいないようだった。

――この男、盛《さか》ってんのか。

熊爪は八郎の下がった眉を見て胡坐《あぐら》を組み直すと、新しい徳利に満たされた酒を呷った。風呂よりややぬるいぐらいで、味はよく分からないが鼻に抜ける匂いがいい。

「今度、鰊獲れたらここの屋敷にも持ってくるんで。一匹二匹でなく、木箱で。楽しみにしててな」

機嫌のよい声を遮るように、陽子は「えっ……」と呻き声を上げた。

「ごめんなさい。あたし、魚は苦手で。鰊は特に」

眉間に浅く皺を寄せながら、陽子は盆と一緒に自分の体をかき抱いていた。

「あ、じゃあ、少し先だけどトキなんかは。それかカスベでもなんでも」

「ごめんなさい。あの、お勝手に戻らないと叱られるので」

陽子は踵《きびす》を返すと、片手を前に出して襖の位置を探り、いそいそと部屋を出て行った。すげなく断られた体の八郎は、居心地が悪そうに膳へと戻る。良輔が堪えきれなかったようにふふっと笑った。

「あれ、目、見えねえのか」

焼き魚をほじりながら熊爪は聞いた。熊に目を潰された太一といい、目の見えない娘といい、妙な繋がりを感じる。

「ああ、知り合いの伝手《つて》で、気の毒だから預かっている」

「あれも熊か」

熊爪が確認するように良輔を見ると、一瞬目を見張った後、今度こそ大口を開けて笑われた。

「違うさ。子どもの頃の病のせいで両目が見えなくなったと聞いている」

「おい、てめえ、馬鹿なことを吐《ぬ》かすんじゃねえよ。陽子さんが熊になんて冗談でも」

八郎は顔を赤くし、熊爪に今にも摑みかかりそうな勢いだった。それを良輔が「まあまあ」と宥めたせいで、余計に顔が赤くなっている。関わりたくねえな、と熊爪は思った。

「まったく。変な話ばかりだ。旦那さんも、なんてお人よしだ。あの男を、釧路の医者にまで診せてやるなんてさ。金だってあいつ、払えないでしょうに。いくら旦那さんの物好きが今に始まったことじゃないとはいえ」

八郎が熊爪を見ながら呆れた声を出した。自分に向けられる視線を感じながら、熊爪は無視して黙々と南瓜《かぼちゃ》の煮物をかき込んだ。山では味わえない甘さと塩気が混ざった料理は、単純に美味い。人の残したものだろうが何だろうが、食える時には食っておく。それだけだった。

「あの太一さんな。阿寒から山越えてきたと言っていたよな。なあ熊爪」

良輔は手の中の猪口をくるくると回し、悪戯《いたずら》っぽい声で呟いた。

「ああ、山越えて下ったあたりに、いた」

うん、と良輔は頷くと、蟹の甲羅焼きをつつきながら語り始めた。

「うちにも出入りしていて、あっちまで足を伸ばしてる行商人がちょうど白糠の宿に泊まっててね。幸吉さんに頼んでちょっと聞いてきてもらった。どうもあの人、地元で何かやらかしたらしくてねえ。なに、小さなことだ」

良輔は余興を楽しむようにぱん、と手を打って笑った。八郎は共に笑うどころか、はあ、とあからさまな溜息をつく。熊爪は歯に挟まった南瓜の皮を爪でかき取っていた。

何がそんなに楽しいのだろうか。他人の在り方や行動を面白がる、良輔の思考を熊爪はまったく理解できない。撃たれた鹿や鳥が可哀相かどうか考えるのと同じだ。無駄なことにすぎない。

「旦那、面白い人間だからって手元に置くの、やめた方がいい。危なっかしいですぜ」

「面白いからじゃないさ。面白がるだなんて、そんな、人を性悪みたいに。本人は里の食い物を盗む熊を仕留めて、身内を見返したかったらしい。かわいい奴じゃないか。手助けしたくもなるじゃないか」

「なおさら趣味が悪い」

良輔と八郎が言葉を交わす間に、熊爪は南瓜を平らげて盛り鉢を置いた。ごん、という大きな音が膳に響いて二人は熊爪の方を向く。

「そんなんで。そんなんで、穴持たずば中途半端に連れてきやがって」

熊爪の怒りが滲んだ声が響いた。突然の怒りに八郎は目を丸くし、良輔はほおお、と顎に手をやる。その仕草が、熊爪はまた気に食わない。

「熊をよそからこっちに連れてくるのは、良くないことか」

「良かねえ」

　熊爪は喉の奥に残っている南瓜の欠片《かけら》を流すかのように猪口の酒を呷った。

「人にやられた傷あんなら、人間見たら襲うぞ。食うんでなくて、怒って。誰も彼も。わやだ」

　何もかもだ。熊爪の脳裏に、暴れ狂う熊の姿が浮かぶ。鹿の首を小枝のようにへし折るあの力が遠慮会釈なく向けられたなら、銃があってもどうなるか分からない。そんな想像ができない目の前の男二人に、矢鱈《やたら》と腹が立ってきた。

「そんな、無茶苦茶なことすんのか。怒った熊ってのは」

　八郎が上ずった声で話に入る。熊爪は乱暴に頷いた。

「もう、もともと山にいた熊も起きてくるべし。したら、殺し合いだ。食わねえのに殺し合いだ。勿体ねえ」

　勿体ねえ、ともう一度呟いて、熊爪はつまんだ刺身を醤油で真っ黒にして口に放り込んだ。

「したら、おめえ、猟師なんだろ。撃てばいいじゃねえか。鉄砲撃ちなんだから、そんな熊一頭や二頭。すぐだろ」

「俺が傷ばつけたやつなら、やる。でも、他のばかたれが傷つけたやつだ」

　八郎も良輔も、呑む手を止めて熊爪を見た。

「傷つけた奴が、あいつが、自分で殺さねばなんねえ」

「本来ならそうかもしれんが、あの怪我じゃどうしたって無理だろう。目が見えないんじゃ。

それに、猟のことはよく知らんが、あの男じゃ、たとえ怪我する前でも熊仕留めるのは無理だったんじゃないかね」

あの男、という言葉がこれまでにない冷たさを帯びる。太一を気の毒がるそぶりを捨てた良輔の言葉に、八郎も同意したように頷いた。

「じゃあ、熊爪、お前は、その熊放っておくつもりか。お前が住んでる山で好き放題しても、じっと見てるつもりなのかね」

「仕留めねばなんねえ。でも、気が乗らねえ」

熊爪は子供じみた所作で唇を尖らせ、手にした猪口を回して弄《もてあそ》んでいた。怪我をした穴持たずなどさっさと殺してしまわねばならない。しかし馬鹿者のせいで荒ぶってしまった個体を相手にするのは気に食わない。結局、どうしたらいいか、熊爪にも分からないまま不機嫌な滓《おり》が腹の底に蓄積していく。

ふう、と良輔が息を吐き、「じゃあ、こうしよう」と切り出した。

「熊爪よ。俺の頼みだ。お前さん、太一さんが連れてきちまったっていうその熊、どうか仕留めてはくれんかね。皮も胆も肉も、普段より高く買い取らせてもらうからさ」

「旦那、なに言うんです」

遮る八郎を気にせず、良輔は明るい声で続ける。

「阿寒から山越えてまで移動してきた、雄の熊。しかも手負い。そんな奴、白糠まで足伸ばして、人を襲わんとは限らない。それに、これから庶路で拓く予定の炭鉱もある。熊爪が住んでいる場所から川みっつ分離れちゃいるが、同じ山にそんな物騒な熊がいちゃ、商売が立ち行かんからねえ。仕留めてもらえれば大助かりだ。普段の熊の値段の二倍、いや、三倍出そう」

熊爪はちらりと良輔を見たが、なかなか心は動かない。そもそも、十分な食糧や銃弾を確保できれば満足であり、それ以上を望む性分ではない。頭の隅に白い乳を出した黒子の女の面影が少しだけ浮かんだが、心の秤《はかり》はさほど動かなかった。

熊爪が考えているその一瞬に、八郎が立ち上がる。

「なら俺が、浜の若いの引き連れて、山狩りしましょう。いや別に報酬はいりませんよ。白糠の町を守るためならなんぼのもんでない。なに、どっかから鉄砲借りて、人数がいれば、熊一頭ぐらい何とかなる」

「気持ちはありがたいが、そりゃ難しいことだ、八郎さん」

白い歯を光らせ、自信満々な八郎の顔が、良輔の柔和な声で歪む。

「俺もこの男も、あんたやあんたのとこで働いている若衆のように上手に船を操れんし、波は見られないし、魚群を嗅ぎつけられやしないさ。それと同じで、人には普段からいる場所ゆえの向き不向きってのがあるもんじゃないかねえ」

「しかし、俺ら浜の人間ぐらい数がいれば、そんだけ鉄砲あれば、熊一頭ぐらいすぐですよ、すぐ」

なおも前のめりになっている八郎の話を、熊爪の「おい」という低い声が遮った。

「あんた、熊の糞の臭い、知ってるか」

熊爪は海鼠《なまこ》の酢の物をうつむいてごりごり噛みながら聞いた。八郎が小さく「知らねえよ、そんなん」と返事をすると、ようやく熊爪は二人の方を見る。

「じゃあ、熊の毛の臭い、知ってるのか」

「熊の毛皮の臭いぐらい、嗅いだことあるさ。おめえからもぷんぷんしてる」

「生きてる熊の臭いは違う。雄と雌と子熊でも違う」

不貞腐れた八郎の顔から眼を逸らさず、熊爪は言った。熊の臭いさえ知らない者には、怒りさえ湧いてこない。ただ事実だけ指摘する。

「生きてる雄の、春の、あの臭い。知らねえば、嗅ぎ出せねえぞ」

反論を許さない声に、八郎は口をへの字に結ぶ。

「なあ熊爪よ。その熊はお前の根城である山に足を踏み入れている。八郎さんの提案はありがたいが、やっぱりまずお前に退治を頼むのが筋だと思う」

熊爪は答えず、再び海鼠に箸を伸ばす。八郎が文句を言う前に、良輔はぱんと手を叩いた。

「じゃ、決まりだな。熊爪。お前に頼んだ。金子は一部前払いさせて貰うし、見事仕留めたらお前の望むもんを用意させてもらってもいい」

「旦那。そんな」

「八郎さん、もし熊爪が駄目だった時は、そん時は改めてあんたや浜の衆に頼むよ、よろしくな」

そう言って、終いとされては、八郎も異を唱え続けることはできない。熊爪から極力顔を逸らし、小さく「へい」と返事をしただけだった。

ささやかな宴席も程なくして終いの雰囲気となり、熊爪は腰を上げた。太一の残りも含めてたらふく食い、久々に酒も入り、腹が満足している。太一が連れて来た穴持たずの件を押し付けられたことは不快だが、それより今は腹が満たされていること、そして面倒な太一を良輔に預け終えたことが安堵となって眠気を呼んでいた。

渡り廊下の先の、宛てがわれた客間へと向かう。肥《ふと》った月が天頂近くまで昇っていた。

ふと、廊下の曲がり角の向こうに人の気配を感じた。話し込んでいる。二人だ。自分の存在を隠したがる熊爪や山の獣と違って、里の人間は自分の存在を晒しすぎる。

話をしているのは同じく座敷を出た八郎と、良輔の妻のふじ乃だった。わざわざ姿を見せて何か面倒なことを言われては堪らない。

二人と顔を合わせないためだけに、熊爪は廊下の死角で息を潜めた。幸い、いつもの犬皮の毛皮を着ている時ならともかく、風呂に入って着替えている今なら気づかれずにやり過ごせる。格子窓から差し込む月光に照らされた二人の表情は見えないが、しんとした廊下では小さな声もよく響く。

「もうお休みですか。お料理、お口に合いましたでしょうか」

「美味かったです。どうもご馳走になりました」

「うちの人がすみませんね。お酒がまずくなったことでしょう」

そう言うと、ふじ乃は手を伸ばして八郎の浴衣の袖を摘《つま》んだ。

あの女、飯食う場にいなかった筈だが。

熊爪がぼんやり考えていると、ふじ乃はさらに両手を伸ばし、するりと八郎の右手を握る。

棒立ちになった八郎から、へ、と驚きの声が上がった。

「違う座敷で、飲み直しませんか」

月光に照らされていたのは、日焼けのしみひとつない白い手だった。そのしなやかな掌が漁師らしくごつごつとした八郎の手を包んでいる。

「いえ、もう、今日、眠いんで」

それだけ言って、八郎はふじ乃の手を振り払い、早足で客間へと向かっていった。ふじ乃は遠ざかる八郎の背に向かってゆっくりと頭を下げ、八郎が客間の襖を閉める音が響いてから、自分も屋敷の奥へと去って行った。

一度、足音が止まった。その静けさの奥で女がこちらの存在をうかがっているような気がして、熊爪の背中の毛が一瞬逆立つ。まさか、と思っている間に、足音は再び小さくなっていった。

足音が完全に聞こえなくなってから、熊爪は廊下の暗がりからようやく足を踏み出した。何か、妙なものを見た。自分には関係ないことではあったが、ふじ乃の月光に照らされた手と、頭を下げた時に見えた首筋が、白い毒茸の軸のように思えて気味が悪かった。可能なら足でぐちゃぐちゃに踏みにじってしまいたかった。

翌朝、太陽が昇り切らないうちに熊爪は目を覚まし、素早く身支度を終えた。ゆっくり眠っていればそのうち朝餉《あさげ》を勧められ、また山では得難い美味いものにありつけるのだろうが、その席でまた良輔に熊撃ちに関する条件や意見を押し付けられてはかなわない。顔を合わせる前に山に帰るつもりでいた。

女中らにも気づかれないように玄関を出ると、外には熊爪の犬と、その傍らにしゃがみ込んだ陽子がいた。

「いい子いい子。ふかふかねえ。柔《やわ》いねえ。いい子だねえ」

小さな声で歌うように語り掛けながら、両手で犬の首や胴を撫でまわしている。犬は四肢を踏ん張り目を閉じて耐え、牙をむくこともなく撫でられていた。全くされるがままだ。陽子の真っ白なブラウスと桃色のスカートに抜けた茶色い毛が沢山ついている。犬が嫌がらないことに熊爪は目を瞠った。

犬の前には水と、空になった皿が置かれていた。ご丁寧に人間が使う器だ。餌を与えられたらしいと気づいて、熊爪は小さく鼻を鳴らした。日々、自分が獲物の切れ端やらなにやら相応に与えているというのに、他人から食い物を与えられて警戒もなく平らげるとは、なんたる畜生か。

熊爪の気配を察し、犬は目を剝いて飛び退《すさ》った。ばつが悪いのか、地面に伏せて上目で熊爪の様子を窺っている。陽子は振り返り、熊爪がいる方へ瞼を閉じた顔を向けた。

「いい子ですね、触っても唸ったり噛んだりしないし」

「人噛んだら蹴る。そうやって教え込んである」

「蹴ったらかわいそう」

「噛んで面倒起こすなら殺さねばならねえ。なら蹴った方がましだ」

そうなの、と陽子は手触りを惜しむように、さっきまで犬がいた方へ手を伸ばす。しかし、主人の不機嫌に気づいた犬はその場に伏せたままで再び撫でられるのを良しとせず、全身を強張らせていた。

陽子は空の器を手に立ち上がると、熊爪の方へと向き直った。

「あの男の人に怪我させた熊、殺すんですか」

「そうせねばなんねえ」

本当は、熊爪も気乗りはしていない。しかしあの若漁師に山へ入られるのは嫌だし、良輔に逃げ道を断たれたから仕方ない。そう説明するのは面倒で、再び「せねばなんねえ」と繰り返した。

「目を潰されて、突然見えなくなって、怖いでしょうね。不安なの、あたしよく分かる」

いかにも心を痛めているように、陽子は自分の胸を押さえた。

「腹が痛い奴には熊の胆食わせる。赤ん坊産めない女には子袋食わせる」

腹の奥がどこか苛々して、いつの間にか口を開いていた。

「熊の目玉ば食わせても、あいつの目玉、戻るわけでねえ」

だから、あの男が昨日床に伏せて嘆いたことには、なんの意味もないのだ。傷の仇もとれないのなら、ただ自分の弱さとともに生きていけばいい。

ましてや他人が胸を痛めることではない。そう言いたいのに、うまく言葉が見つからなかった。

「ええ、そうね。目玉が戻ることなんてない。それは確かに、そう」

熊爪の言葉を繰り返しながら、陽子は手の中の皿を弄ぶ。犬に生の魚をやったのか、乾いた鱗が張り付いて朝陽に歪んで反射していた。

「あたしも目見えないから、つい色々考えちゃうの」

「おめえのは病か」

熊爪は昨日の良輔の話を思い出し、ふと手を伸ばした。閉じられた陽子の瞼を僅かにつつく。見えないのなら、少しでもこちらの意図が分かるように、というつもりで触れたのだが、陽子は一瞬びくりと全身を震わせ、閉じた瞼をすぐに熊爪の顔の方へと向けた。

「実はね、あたし自分で潰したの」

抑揚も、表情もない。愛嬌さえも掻き消えた陽子の口調に、熊爪は返す言葉がなく、ただその黒いおかっぱ髪が顔にかかるあたりを見つめた。

「うそ。うそよ。そう、病気のせい」

そう言って笑うと、陽子は熊爪の体を押しのけるようにして、玄関の方へと歩いていった。皿を持っていない右手を前方へ向け、玄関の凹凸に足をとられないようにすり足気味で歩く姿は舞っているようにも見える。
陽子の姿が玄関の奥へと消えてから、翡翠《かわせみ》みてえな声だったな、と熊爪は思った。川のほと
りで魚を狙い、新緑とも熊の胆汁とも異なる鮮やかな緑色の羽を持つあの鳥の声によく似てい
る。枝にとまって甲高い声でのんきに鳴き、鳴いたと思ったら一直線に飛んで小魚を仕留める。
山にいる生き物の中でもひと際甲高く鳴くあの鳥の声が、熊爪は別に不快ではない。
午後、熊爪は小屋まで帰りつき、背嚢を置いた途端にごろりと横になった。
湿った雪が肩に積もったように体が重く、頭の芯もぼうっとしている。疲れを感じていた。
予定外に良輔の屋敷に留め置かれ、特に会いたくもない人間と余計な話をしたせいだ。腹塩梅
が悪い。寝ちまえばどうでもよくなる。そう思い、梁に干しておいた川魚をそのままばりばり
齧り、暗くなるかならないかのうちに寝床に潜り込んだ。
太一が連れて来た穴持たずがどのような熊か分からず、犬が勝手に暴走するのを防ぐため、
この夜は小屋の中に入れていた。土間で丸くなって眠る犬の寝息が室内に響く。太一がいなく
なり静かになったのは良いが、寝床に残った自分のものではない体臭が熊爪の神経をなお逆立
てる。苛立つ心を無理に抑え込んで、熊爪は眠りに落ちていった。
ふと、夜半に熊爪はむくりと上体を起こした。肉体が先に目覚めて動き、意識は後からよう
やく追いついて頭が働く。
——何で、俺は、起きた。

暗闇の中で犬もまた立ち上がって鼻を鳴らしている音が響く。熊爪はそろりと寝床を出て、銃を立てかけている壁へと手を伸ばした。太一からもらった銃ではなく、慣れ親しんだ自分の銃身の手触りに心のざわめきが少し収まる。

静かだった。だが自分と犬は確かに何かを感じて起きたのだ。

熊爪は呼吸を細くし、どんなに小さな音も立てないように気を配りながら戸口に立った。引き金に指をかけて、空いた方の手で戸を細く開ける。春が近づいたとはいえまだ冷たい外気が小屋の中に流れ込んできた。

熊爪と犬の鼻はほぼ同時にその臭いを嗅いだ。

生きている熊の臭い。雄で、恐れを知らない若熊の臭い。それが、外気に混じっていた。熊爪はさらに指三本分、戸を開いた。

今日は雲がまだらに浮かんでいるせいで視界はあまり良くない。それでも、雲が切れたのか周囲がほの明るい月光に照らされた。木の陰や窪地に残っている雪が時間にして二、三秒だけ光を反射し、暗闇に慣れた目には眩しいと感じられるほどだ。

地面と雪の表面には木々の陰影が模様のように浮かび上がっている。細く開けた戸の隙間からは、小屋から小川ひとつ隔てた向こう側にある特に太い松が見えた。

その幹に、黒い塊が張り付いていた。うねうねと動き、全身を幹にこすりつけると、それは本来の四足歩行の姿勢に戻った。

間違いない、熊だった。

太い首が動き、一瞬、小屋の方を向いたように見えた。その時、厚い雲が月を覆って周囲は再び暗くなる。熊爪は開けていた戸を静かに閉めた。

犬が音もないまま牙をむいている気配がある。熊爪も、喉の奥が勝手に震えて唸りそうになり、慌てて空気を呑みこんで誤魔化した。背中と、首筋の毛が逆立っているのを感じる。

——ぶちこんでやりてえ。

あの横腹に、こちらを警戒することもなく振り返った顔のど真ん中に。距離だけならここからでも狙える。慣れたこの銃で弾を何発でも撃ち込み、肉にも毛皮にも構うことなく全身をずたずたにしてやりたい。

怒りに染まった思考の中で、それでもかろうじて、いかに夜目がきく自分でも、この空模様では勝ち目はないことを熊爪は理解していた。暗い中で闇雲に撃ち込んでも急所に当たらないどころか、逆上した熊から一方的な攻撃を受けることになりかねない。昼間ならともかく、光源のない夜に無謀な行動に出る利は何もなかった。

——糞畜生が。

人を舐めくさって住居の近場で己の縄張りを主張するなど、許していい筈がない。だが、勢いのまま行動に出て一方的に殺されることは、熊爪にとってさらに許しがたいのだった。

——あいつ。あいつ。あの、糞熊。よそから来た癖に。この山がまだ起きてねえからって、勝手に。

怒りに任せて殺したい気持ちを抑えつけ、熊爪はランプに火をつけた。

もちろんランプを持って外へ出るようなことはしない。暗闇の中では熊の夜目にはかなわない以上、手元に光源があってはその先にいる熊の細かな挙動が見えなくなる。あくまで、万が一熊が小屋の壁を破ってきた時のための用心だった。

熊爪は小屋の中央に立ち、いつでも撃てるように引き金に指をかけて目を閉じた。呼吸もなるべく浅くして耳に全ての注意を向ける。

そうしているといつしか燃えるような怒りは収まり、耳に入るあらゆる情報を把握できるようになった。ランプの芯がゆっくり燃えるその向こうで、犬もやはり息を殺して戸口を向いている。小屋の薄い壁の向こうで、ざらりとした音がした。昼間に表面が融け、夜にまた凍ってザラメ状になった木陰の雪を、重量のある熊が四本の脚で踏む音だ。

その音は近づいてこない。近づいてこない代わりに、ふいにガリガリと硬質なものが削られる音が響いた。熊爪は戸口には向かわず、目を閉じて音を探り続ける。犬もそれに倣うようにして、警戒を解かなかった。

時間にして三十秒ほどその音が続き、また雪を踏む音がした。ゆっくりと重なった四本の音の気配は、少しずつ小さくなっていく。熊の存在が遠ざかる。それでも、熊爪は目を閉じ身動きひとつしないまま、熊の急襲に備えていた。

東の空が黒から紺色となり、やがて明けの明星の輝きが失せた。能天気な野鳥が数羽、木々の枝を渡り歩いている。その声音は普段通りで、警戒の気配がないことを感じ、ようやく熊爪は瞼を開いた。

ランプを消し、まだ薄暗い室内の一角を眺めて目を慣らす。全身から引き絞るような息をひとつ吐くと、銃を持ったまま戸を開けた。

熊爪は柔らかい地面とザラメ雪を踏み、小屋のまわりをぐるりと一周した。小屋の北側に残っている雪に熊の足跡はない。土の上にもだ。それから小川を飛び越えて、夜、熊がいた場所へと近づいた。太い松の周辺には熊の硬く黒い毛が散らばり、松の幹には、その前脚を伸ばしてつけたに違いない熊の爪痕がいくつも刻まれていた。雪と土の上には、熊爪が五本の指を広げたよりも大きな足跡が残されている。森の奥へと去って行くその足跡は少しだけ歩みが乱れている。太一が中途半端に傷を負わせた熊に間違いなかった。

熊爪の喉から、夜に抑え込んでいた唸りが漏れ出す。緊張を解かずに主人に付き従っていた犬が、ぱっと距離をとって尾を腹の下に巻き込んだ。

食いしばった熊爪の歯の間から漏れる唸りに、いつしか鳥たちも慌てて飛び立ち姿を消す。

「ふざけるな。ふざけるなよ、おめえ」

唸りの延長で低い声が発せられる。手を伸ばし、松の幹に触れると、ざらりと乾いた樹皮が乱暴に傷つけられ、粗い木目を晒しているのがわかる。そこから、人間が本来感じることがない筈の熊の言葉を熊爪は感じ取った気がした。挑戦、あるいは挑発、それに類する、怒りを誘発する意思を。

——この熊を、許さねえ。

手負いであること、よそから来た穴持たずであること、太一を傷つけたこと。全てを忘れて、怒りを紙縒《こよ》りのように細く固く尖らせ、熊爪は銃身を握りしめた。

五　春の孤闘

夜中に穴持たずの気配を感じ、明け方を待って相手が残していった宣戦布告のような跡を見つけた後、熊爪は寝床に再び潜り込んで眠った。

夜中にあれだけしっかりと縄張りを刻んでいったのだ。しばらくは戻って来ない。そう判断し、小屋の外に出した犬に番をさせて自分はひたすら眠り、体力を蓄えることに専心した。

毛皮をかぶり、いびきひとつかくことない深い眠りに体が浸っても、頭の芯では弾けるような怒りがばちばちと音を立てている。熊爪の夢の中で、その怒りは焚き火となっていた。熊爪自身は暗く静かな眠りの中で、ただ黙ってその火を見つめ、薪が爆《は》ぜる音を聞いている。

「許すんでねえ」

暗闇の中に誰かがいた。姿は見えないが声で分かる。この山で自分を育て、狩りのやり方、肉の捌《さば》き方、生き抜く方法の全てを教えてくれた養父だ。

「ああ。許されねえ」

熊爪は頷いた。よそから来た、人を舐め腐ったあの糞熊を、けっして許してはならない。俺の山に在らしめてはならない。

だから殺す。その為に今は眠る。

夢の中の熊爪は両肩に村田銃を吊っていた。その重みに両肩が軋《きし》る。その痛みを頼もしく感じた。


目が覚めると、もう昼頃なのか、薄く開けた窓板の隙間から日光が差し込んでいた。外で小屋の周囲をうろうろ見回りしていた犬は熊爪が起きたのに気づくと、その場でぴしりと座ってハアハアと白い息を吐いた。やはり何事も起きなかったらしい。

熊爪は水瓶にためてあった水を柄杓で何杯も飲み、良輔から土産として持たされていた干し蛸《だこ》を炙《あぶ》らないままばりばり噛んだ。硬い蛸を咀嚼しているうちに、頭の中が芯まで覚醒していく。

穴持たず探索の段取り、必要なもの、それらを組み立てて、自分のこれからの行動を決めていく。普段の狩りと同じ流れだった。

——やるじゃや。

狩りの理由の中心に怒りを据えたまま、常と同じ、あくまで冷静に立ち振る舞うことを己に課して、熊爪は手を動かした。

山の中での野宿を想定し、いつもより食糧を多めに詰め込んだ背嚢は重い。小屋から一歩出れば、山の中の景色は数日前とはまた違った美しさに満ちていた。

地面から出たばかりだった蕗の薹が蕾《つぼみ》をほころばせ、小川では水芭蕉《みずばしょう》や梅蕙草《ばいけいそう》が流れに彩を添えている。木々の間に残った雪の上には木の芽を覆っていた硬い殻が散乱し、僅かな音に梢を見上げれば、木鼠が新芽を懸命に食んでいたりする。何の問題もない、春の良き日だ。本来であれば熊爪も、冬眠の間にたっぷりと肥え太った胆を目当てに、起きたばかりの熊どもを狙いに行っている筈だった。

しかし、雪解けで弛んだ地面を踏みしめながら、熊爪の頭は夜見たあの穴持たずのことでいっぱいだった。

暗闇の中、全身を伸ばして背中を木の幹に擦りつけていた黒い影を思い出す。

──足跡の大きさよりも、大分でけえ。

穴持たず、つまり冬眠をしなかった熊は食糧に乏しいゆえに痩せ、獰猛になるのが常だが、奴は随分と肉を蓄えていた。

──阿寒でどれだけの盗み食いを許した。

熊爪は思わず舌打ちした。一歩先を歩かせている犬が振り返る。目で促すと再び前を向いた。こんなことになる前に、人里に近づきすぎた熊は早めに始末せねばならなかったのだ。阿寒は豊かな湖と火山、そして絶えず湧き出る温泉があるらしく、古くからアイヌの人々が住むと聞く。彼らは、熊爪とはまた異なるやり方で狩りや野のけだものどもとの付き合いに長けた古き住民だ。まさかこんな熊を仕留め損じるとは。

もしくは、彼らにさえもどうしようもなかった熊だというのか。

身の程知らずにもそれを追い立てた太一の愚かさが憎たらしい。あの男は世の終わりとばかりに自分の怪我を嘆いてみせたが、目玉のひとつふたつで済んで御の字ではなかったか。

苦々しく思ううち、熊爪は男を助けた山間の倒木のあたりまで近づいていた。手入れして弾を込めてある太一の銃を肩に吊ってある他、使い慣れた自分の村田銃をいつでも撃てるように両手で支えながら歩いている。熊が傷を負わせたのがこの辺りなら、そう容易にここには戻ってこないと思われるが、念には念を入れ、警戒しておく。熊はそれぞれ、ある意味では人間以上に性格に違いがある。そして、相手にするのはあの常識外れの獣だ。

——糞熊め。

春が進んだとはいえ、標高の高いこの辺りは小屋よりも雪が多く残っている。その雪の上、ところどころに、徘徊したような熊の足跡が残っていた。血痕はない。熊爪の、銃を握る手に力が入る。

足跡は新しいもののようだが、空に目をうつすと木々を飛び回る小鳥に目立った緊張はみられない。今、この近くにはいないと判断して、熊爪は周囲を歩きまわった。

倒木から斜面を登ってゆくと、太一が熊と格闘したという笹藪の脇に出た。押しのけられた笹から熊が幾度かここを通ったことが分かる。顔を上げると、太い楢《なら》の樹皮が乱暴に剝ぎとられ、深々と爪痕が残されていた。

——ここにも縄張りの印を刻んでいたのか、あの野郎。

或いは、人間を襲って傷つけたはいいが反撃され、取り逃したうえに怪我を負った因縁の場所に、自らの爪で存在を刻むことで負の記憶を塗り替えようというつもりだったのか。確証はない。しかし熊爪は穴持たずの行動の理由をうすぼんやりと理解した。

笹藪を分け入った後を追うようにして、熊爪は斜面を降りて行った。やがて、谷間を流れる細い渓流の近くへと出る。雪解け水で勢いを増した清水が、爽やかな音を周囲に響かせていた。その流れ沿い、上流に向かって熊の足跡は続いていた。時折、日当たりのいい場所に生えた蕗の薹や行者大蒜を齧った跡もある。旺盛な食欲が想像できた。

しばらく足跡を追って流れを上ると、熊の糞が残されていた。普通の糞だ。冬眠から覚めた熊が最初にひり出す硬いものではない。穴持たずのものだ。

熊爪はまだ柔らかいそれに触れた。指先でほぐすと、黒い繊維状のものが多く含まれていることに気づく。毛だ。細くて柔らかい、幼獣の毛だ。さらに奥で、硬い何かに触れる。取り出してみると、白く小さな骨片だった。

「子熊か」

熊爪の顔があまりの不快さに歪む。この時期、冬眠から覚めた母熊は穴の中で産んだ子熊を一頭か二頭連れていることが多い。その母熊とまぐわうことを目的に、雄熊は邪魔な子熊を殺すことがある。母熊から子を奪うことで、母親でなく雌として、無理矢理に自分の胤《たね》を植え付けるのだ。珍しいことではない。雄熊は事を終えると殺された子を前に狼狽《うろた》える雌熊を残して去る。

しかし、時期がいささか早い。それに、ここまでしっかりと子の死体を食った例を熊爪は初めて見た。

想像する。奴は子熊を殺し、怒り狂う雌熊を力でねじ伏せ、後で悠々と子熊の死体を食ったうえで残渣《ざんさ》をここでひり出したのだろう。

流れ者の熊による子殺しは将来の獲物が減る難点はあるが、どこかでよそからの血が混じらねば熊の体が小さくなり、数も減るため、猟師としての熊爪もそれは受け入れて来た。

しかし、今回は、違う。

あの阿呆が連れて来た糞熊は、熊爪を舐め腐って縄張りを主張した上に、子熊を食いさえした。余りにも、道理から外れている。余りにも、悪辣だ。

熊爪は肩から背中にかけての毛が逆立つのを感じた。頭に血がのぼり、体温が上がっていく。

熊爪は渓流で指先を洗い、「畜生が」と呟いた。犬が地面に残された糞の臭いを嗅ぎ、首のあたりの毛を逆立てている。犬もまたこの糞の異様さを嗅ぎ取っていた。しかし。

――いやだな。

ふいに、尻のあたりに怖気が走り、睾丸が縮む。子熊を殺して食う道理知らずの馬鹿熊を恐れてのことではない。己の怒りはまだ強くあかあかと燃え続けている。

ただ、この場所は、嫌だ。

ゆっくりと顔を上げ、熊爪は己の直感の意味するところを確認した。上流に向かうに従って足元は岩がちになり、熊の足跡は見えづらくなっている。加えて、沢状に険しくなっていくばかりの地形では川のせせらぎが反響してうまく音を捉えきれない。犬の鼻が頼りだが、こう空気の巡りが悪そうなところでは臭いが溜まってしまいやすい。

――畜生、出直しか。

木々に囲まれた深い沢の底からでは直接太陽は見えないが、天頂はもう夕日の色を滲ませて橙色に変わりつつある。あとは暗くなっていくばかりだ。

足跡のある川から少し離れ、安全な場所で夜をやり過ごすべきか。そう思った時、視界の下に入っていた犬の背中の毛が、ふいに逆立った。

そしてその場で火がついたように吠え始める。今にも駆けだしそうな顔でこちらを振り返った犬を、熊爪は睨みつけた。犬は黙って再び前方を向いた。

上流のはるか先で、羽を休めていた鳥どもが一斉に羽ばたく音がする。次いで、犬の唸り声など比べ物にならないほどの低い、怒りの咆哮《ほうこう》。

――あいつか。

「先行け」

指示と同時に犬は弾けるように声のした方へと走り去っていく。熊爪は今すぐ後を追いたい気を押しとどめて、手にしている銃に弾が適切に装填されているかを確認した。

この先に、あの穴持たずの、子熊食いの、道理知らずの糞熊の奴がいる。仕留めるならば確実に。あの野郎に怪我など負わされては太一の馬鹿と同じ轍を踏むことになる。それは己自身が許せない。弾の確認を行う一瞬の間に、熊爪は自分が為すべきことを改めて冷静に心身に叩きこむ。

この辺りの地形はよく知っている。険しい崖になっている上部に潜んで、熊が気づかないうちに急所に一発。毛皮のことなど考えずに、ただ仕留めてしまえばいい。

熊と対峙する場合には、どれだけ冷静でいられるか、それと同時にその冷静さを必要な際にはすぐにかなぐり捨てられるかが生死を分ける。

そして、ふと静かな疑問が浮かんだ。

——あいつ、一体、何に対して怒っている？

あの糞から奴の行動を考えれば、際限なく胤を植え付けるために雌熊を漁っていると考えるのが道理だ。しかし、耳に届くのは、抵抗する雌に対する憤りの声ではない。

他に、考えられるとすれば。

「縄張り争いか」

頭が結論を出すより先に言葉が口を衝いて出て、熊爪はすぐに走り出す。

各所に執拗に刻まれた爪痕は、同種の雄を意識してのものだったのだ。

急ぐと湿った藁沓が岩の上を滑って走りづらい。もう一度、沢の奥から熊の吠え声が聞こえてきた。先程と同様怒りの声ではあるのだが、僅かに低いように思われる。やはり、二頭で争っているのか。

近づくごとに鼻が臭いを捉え始める。嗅ぎ覚えのある、太一を襲った熊の臭いと、もう一つ、獣の饐《す》えた生殖器の臭い。やはり、雄の熊同士だ。

先を行っていた犬の茶色い尻が見える。毛を逆立てて興奮し、しかしもう吠えてはいない。

犬が見つめる森を抜けた先の岩場に、追い求めていた熊ともう一頭がいた。曲がりくねった沢沿いの窪地で、巨大な黒い塊が融合しているように見える。丁度、人間の相撲のように二本足で立ち、真っ向から組み合っているのだ。

片方は間違いなく太一に傷を負わせた穴持たずだ。そしてもう一頭は――。

それは他の熊に比べていささか赤みの混ざった毛をしていた。熊爪はその毛並に見覚えがある。二年前の秋、隣の山との境目付近にいた若い雄熊だ。

あの頃はまだ母親から独り立ちしたばかりで体も小さく、手の届かない猿梨の実を取ろうと懸命に体を伸ばしていた。熊爪はその時、既に大きな雄鹿を仕留めて小屋まで運んでいる最中だったので、こちらに気づきもしない小さな若熊を撃とうとは思わなかった。獲物とするならばもっと体が大きくなり、春に胆嚢が握り拳ほどまで大きく肥え太ってからだ。

いずれの再会を密かに願ってあの熊を見逃したが、それが今、外部からの闖入者《ちんにゅうしゃ》を排除せんとしている。大きくなれという熊爪の願いは叶ったことになる。

が、それにしてもここまでとは。

赤毛に覆われた全身は穴持たずと同じぐらいだが、殊に頭が大きく、肩に太い筋肉がついている。冬眠明けにしては驚異的な太さだ。目は爛々と光って戦っている相手から決して逸らされることはない。自分の存在が必ず勝つと、生き抜くと、一分の疑いも持たない熊だ。

――強い。

実はこいつも冬眠などせず、熊爪の目をすり抜けて冬の間ずっと山の幸をただ一頭で独占していたのだと聞かされれば、納得してしまいそうだった。

どちらかが熊爪と犬に気づけば、おそらく五秒ほどで駆けてきて攻撃を加えられる距離だ。しかし、二頭の熊はゴウ、ガアと時々唸り合っては互いの体を組み伏せようとしている。

熊爪は鉄砲を手にしたまま呆然とその様子を見ていた。犬も体を硬くして見守るだけだ。熊爪の心に一瞬だけ、ここから素早くそれぞれに弾をぶち込めば、一気に二頭の熊を仕留められる、という雑念が芽生えた。こちらに気づいていないのなら、何ということもない。

しかし熊爪は手にした鉄砲を二頭に向けられずにいた。

――これは、あいつら同士の戦いだ。俺のじゃねえ。

二頭を見つけてから、時間にしてほんの五秒ほど。熊爪の腕から僅かに力が抜け、下に降ろした。

時を同じくして、穴持たずが渾身の力で組み合った赤毛の頭を打った。太一が目を失ったという攻撃を再現したかのように、熊の顔面上部を爪が抉って血飛沫が飛ぶ。

しかしやわな皮と薄っぺらい頭蓋骨しか持たない人間とは根本的に違うのか、赤毛は目に怪我を負った様子もなく、一撃を加えられた怒りで相手の鼻先へと噛みついていく。夕暮れの沢の薄暗闇で、熊の白く太い牙がぎらりと光り、赤い舌が揺らめくのが熊爪からははっきりと見えた。

ギアア、と穴持たずの口から悲鳴に似た情けない声が漏れる。鼻先のあたりが軟骨ごと食いちぎられ、慌てて組み付いている体を離して両前脚で懸命に鼻のあたりを掻きむしり始めた。

いい位置だ、と熊爪は少しく感心した。鼻の孔が傷つき出血すれば呼吸が難しくなる。ましてや格闘中のとっさのことなら、完全に混乱をきたしてしまうだろう。ぐらりと体勢が傾《かし》いだ穴持たずの尻を、赤毛はここぞとばかりに両前脚で押さえ、肉を齧り取らんばかりに噛みついた。再び、ギアア、という声が上がる。

決まったな、と熊爪は細く息を吐いた。雄の大人熊同士の戦い、片方は穴持たずにもかかわらず子熊まで食って栄養を蓄えた余所者。片方はこの山で順調に育ち、燃えるような赤毛を猛々《たけだけ》しく揺らす若熊。冬眠明けの体で勝利したということは、この後の始末は決まっている。穴持たずは勝者の糧となるのだ。そこは熊爪がいくら強力な鉄砲を、たとえ何丁携えていたとしても侵していいはずがない。それをすれば、自分が道理外れの者になる。

熊爪がそう考えていると、ふいに身悶《みもだ》えている穴持たずと目が合った。その目は茶色く、目の縁は血走り、熊爪が夜抱いた怒りの火を何倍にも凝縮したように強い光で燃えていた。

——糞。

熊爪が思うのと、穴持たずが赤毛の前脚を振り払ってこちらに猛突進してくるのとは、ほぼ同時だった。頭で考えるよりも先に腕が動いて穴持たずの体に銃口を向ける。熊爪の目は熊の両前脚の付け根中央から少し下、心臓がある場所を見たはずだった。しかし実際には、傷を負った顔面の方を見てしまう。鼻梁《びりょう》を齧り取られ、血で黒い毛を湿らせ、奴が生きて来た中でおそらく最高の感情の昂りを宿しているであろうその茶色の目を。

破裂音とほぼ同時に鈍い音が響く。熊爪の撃った弾は、本来狙われるべき心臓ではなく、一瞬目を奪われた顔面に当たったのだ。分厚い頭蓋骨に覆われ、猟師の弾一発ではなかなか致命傷とはならない額の辺りに。

一度当たったはずの弾は毛皮を抉ってどこかへ逸れ、穴持たずの勢いは収まらない。熊爪は一瞬の判断で鉄砲を捨て、岩の段差を下に飛び降りた。ヒャンヒャン、という犬の鳴き声が耳に煩い。ばかたれが。誰が鳴いていいと言った。おめえ、今日、飯抜きだじゃ――。

衝撃は軽くはなかった。全身が岩に打ち付けられて、一瞬肺の動きが止まり、すぐにその場を離れるべきだという判断を実行に移すことができない。そして、熊爪の視界は黒く覆われた。

「があああっ！」

熊爪の全身が痛みに支配され、肺に残っていた空気全てが悲鳴として体外に押し出される。目を開けても何も見えない。真っ暗だ。何が起きた、と混乱に陥る寸前で理解した。穴持たずの野郎が、飛び降りた自分を追って下敷きにしたのだ。

――熱い。痛え。熱い。

熊の体温と痛みが混ざり合い、堪えがたい熱を熊爪は感じる。黒い巨体と岩とに挟まれて身動きがとれない中、かろうじて腕を伸ばして腰に帯びていた山刀を引き抜く。切っ先を毛皮に向ける隙間がなく、このままでは致命傷を与えられないと思った瞬間、覆いかぶさっていた熊の体が持ち上がった。

これで、滅茶苦茶にでも熊畜生に刃を突き立てられる。

そう思った直後、熊爪は自分の顔の真ん前に穴持たずの醜悪な顔があることに気づいた。鼻を抉られ、額の皮をこそがれ、血に塗れたけだものは熊爪を見て確かに――

笑った。

獣の血と、体臭と、生臭い息が混ざった奥に、勝ち誇る生き物の傲岸な臭いを嗅いだ。

白い上下の牙の間を伝う唾液を見た。それが自分の喉元を狙って落ちてくる気配をはっきり感じた。せめて山刀を奴の喉笛にと構えた瞬間、急に視界が明るくなった。

穴持たずの体は、横に吹っ飛ばされていた。その体を組み伏せるように、赤毛が穴持たずの首のあたりに噛みついている。

ゴア。ギアア。熊爪でさえ初めて聞くような苦し気な断末魔だった。やがて暴れていた穴持たずの四肢は力を失い、それでも赤毛は咥えた喉元からしばらく牙を外さない。フー、フーという荒い吐息が口の端から漏れていた。

身じろぎもせず、手にした山刀を構え直すこともせず、熊爪はただ息を細くして勝利した赤毛の肩が僅かに上下に動くさまを眺めていた。

どれぐらいその光景を見ていたのか、熊爪は分からない。完全に陽が落ち、薄闇が本当の闇に変わる入り口で、赤毛は仕留めた穴持たずの首を咥え直した。そのまま、同族の死体を重そうに川下の方へと引きずっていく。完全にその気配が感じられなくなった頃、東の空では月が光を落としていた。

山刀を持った手に生暖かいものを感じて、熊爪は我にかえった。犬がいつの間にか傍に来て、動かない主人の手を舐めていたのだ。

呪縛がとけたかのように熊爪はその場に横になる。その拍子に、左の腰と尻との境あたりに雷のような激痛が走った。熊畜生に下敷きにされた際、骨を痛めたらしかった。

怒りの火は消えていった。それは、自分よりも怒りに満ちていた穴持たずと、それを仕留めた赤毛が持ち去っていってしまった。

「俺は、熊か」

岩場で痛む全身を伸ばし、熊爪は呟いた。

「熊でねえのか。人間なのか」

空虚な問いに自分で答えを出せるはずもなく、熊爪は月が天頂に至るまで、傷ついた心身を晒し続けていた。

目の前で起こったことが幾度も幾度も、細部まで鮮明に脳裏で繰り返されてはそのたびに悔悟の呻きを漏らす。寝ころんだ視界に冴え冴えとした月が映り込んで、ようやく熊爪は体を動かした。完全に夜になっている。

近くに犬の気配はない。主人の命令もないのに勝手に赤毛を追ったのだろうか。今はそれもどうでもよく感じられた。

立ち上がろうと上体を起こした瞬間、左の腰に激痛が走る。左足が痺れたように動かない。

——腰、やっぱり骨か。

熊爪とて自分の骨を見たことがある訳ではないが、これまで数々の鹿や熊といった動物を解体してきた経験から、腰を支えて足と繋がる骨、骨盤が、どれだけ複雑な形状をしているかは分かる。

多分、そこの一部が、割れた。

そう認識すると、痛みが強くなった。ひと呼吸ごと、心臓が脈を打つごとに、傷めたと思しき場所がずきずきと痛む。

「ち、くしょ、うが」

憎しみの対象は穴持たずか、奴を連れてきた馬鹿野郎か、それとも怪我を負った自分か。それすら定めないままに、熊爪は荒い息の中から悪態をついた。左の脇近くに、最後に撃ち損じた愛用の村田銃が転がっている。手探りで問題がないことを確認し、またあの穴持たずが来たら必ず、と思ってから、奴がすでに自分ではないものによって殺されているのだと気づいた。

熊爪は足と指の先がひどく冷えているのを感じた。対照的に、体の芯は妙に熱い。脂汗が全身からじわりと噴き出て不快だった。痛みを知覚してうまく働かない頭のまま、歯を食いしばりながら肘で地面を押して上体を持ち上げ、背嚢の肩紐から両腕を抜く。中から荒縄を引き出して、端をほぐした。

痛み、怒り、混乱、全てを抑え込むようにして、縄をほぐす事に神経を集中させる。爪を痛めないように慎重に、なるべく細い繊維となるように。

掌を広げたぐらいの長さまでほぐしたら、今度は抜き身のままだった山刀でその部分を切り取る。柄を握って力を入れると体の軸がずれて強い痛みが走った。

背嚢の奥から火打石を出し、寝転がった状態から上半身だけ横にして繊維の傍で火を灯《とも》していく。暗闇の中、石を打ち合わせるたびに火花がちかちかと瞬き、その一つが縄の繊維へと移っていく。

──消えんな、消えんな。

吹雪からようやく小屋に帰った時も、起きたら髭が白く凍っていた朝も、火おこしが成功するのをこれほどの切実さで願ったことはない。

両手で種火の周りを覆い、強すぎない程度に息を吹きかけて火を育てる。ようやく炎と呼べるものが周囲を赤く照らすと、熊爪はほうと溜息をついた。この時だけは痛みを忘れられた。

熊爪は火を覆う手を離しても問題ないことを確認してから、体を起こして周囲に手を伸ばした。幸い、岩の隙間には流れてきた木の枝などが溜まっている。その中から湿っているものを除いて、火を大きく育てた。足りなくなれば、荒縄をざっとほぐしてくべ、激痛をこらえながら上体を伸ばしてさらに枝を集めた。

赤毛は今頃穴持たずの肉をあらかた食い終わり、残りを土に埋めて胃の腑が満たされたことに満足して眠っているだろう。今さら手負いの熊爪を襲いにくる恐れはない。

背嚢の中から干し肉を取り出し、火で炙る。狩りの間はそのまま齧りながら移動しているのだから、本来は炙らずとも食べられる。軽く焦げた肉の美味そうな匂いが獣を刺激する可能性もある。それでも熊爪は今、炙った肉を口にしたかった。その温かさ、焼かれたからこそ生じる柔らかさに自分の舌が喜んでいる。普段よりもよく噛んで、唾液とよく馴染ませてから飲み下した。

熊爪の体は、切実に火と、火によって温められた食い物を求めていたのだ。他の熊が怪我した自分を襲いに来る可能性も考えなかったわけではない。しかしそれ以上に、獣では作り出すことができない火の温かさを、本能の部分で求めていた。

小さな枝がぱちりと爆ぜる。はあ、という息が押し出されるのと同時に、熊爪の両目に涙が滲んだ。

——俺でねえ。俺で、なかった。

この沢で、穴持たずと闘うべきは、仕留めるべき存在は、自分ではなかったのだ。涙は熊爪の意思によるものではなく、思い知らされた肉体が流した涙だった。

「帰る」

熊爪は自分に命じた。胃に物をおさめた体はゆっくりと正常さを取り戻してきている。痛みは相変わらず主張を続けてはいるが、息は整い、脂汗も引いた。手足が温まり、頭の芯も本来の動きを取り戻していった。痛みに負けてここで動かず死んでいくことなど受け入れない。これからどうなろうが、俺は必ず小屋に帰る。そう決め、そう命じた。

月は西の空に差し掛かっていた。雲は浮かんでいない。天気がすぐ崩れる心配がないことをひとつ心の拠り所に、熊爪は火打石や荒縄の残りを背嚢に押し込み、背負った。

周囲を見回すと、岩から落ちた時に肩から外れたらしい太一の鉄砲が落ちていた。それを手繰り寄せ、二丁ともに、いつでも撃てるように弾を装塡しておく。

火と温めた飯で心身を落ち着けた以上、ここに留まる理由はもうない。なるべく早く、生きて小屋まで帰る。熊爪はうつ伏せの姿勢から上体を起こし、銃床を下にして片手に一本ずつ銃を持つ。両手と右足に力を入れて、腰を持ち上げた。

「ぐあああっ」

激痛に悲鳴が押し出される。月夜の視界で星が弾けたような閃光が飛び交った。声が周囲の岩に反響して、驚いた鳥が枝から飛び立つ気配がする。全身が重い。背嚢の肩紐が上体を地面に引き摺り下ろそうとするかのように重い。それでも、熊爪は歯を食いしばってその場に立ち上がった。

心臓と荒い息が煩い。熊爪は激痛をやり過ごすように息を整え、なるべく両腕に力を入れて腰への負担を逃がしながら、腰と左足の状態を確認した。痛みはやはり左の腰の奥から発せられていた。麻痺している訳ではないことに少なからずほっとし、帰る方向を見定める。痛みに抗う体が発する熱で、顔にあたる冷たい大気が妙に心地よく感じられた。

来た道を戻る。傷ついた体で、それがどれだけ大変なことか。伴うであろう相当な痛苦を考えながら、それでも熊爪は先ほど自分に命じた「帰る」という言葉を実行するべく、目の前の岩肌に足を踏み出した。

「はあ、うう、ふう……」

夜は明け、春の晴れやかな朝の空気に包まれた山の中を、熊爪は荒い息づかいで進んでいた。

杖にした銃を前に出し、なるべく左足を浮かせた状態で、右足を前に出す。それも、普段の一歩の四分の一ほどの幅で。どれだけ慎重に動かしても、腰からの激痛は熊爪の心身を苛《さいな》んだ。浮かせた左足の先が地面に着こうものなら、雷のような痛みが襲い来る。かといって、足を浮かせた状態を保つことでも強い痛みがもたらされた。

川を下り、獣道を歩き、尾根を下る。熊爪は幾度となく、背に重くのしかかる背嚢をかなぐり捨て、二丁の銃を投げ捨てて軽い木の棒に代えてしまいたい衝動に駆られた。しかし、背嚢を無くせば小屋に帰り着く前に暗くなった時に口にする食糧や心の拠り所となる火を失う。銃を捨てれば傷を負った身で万一の時に自分を守る手段がなくなる。

「あ、きら、めねえ」

俺が持っているものを。帰ることを。生きることを。時折立ち止まり、痛みに呻きながら体を屈めて川の水を飲み、小便をする。余計なことを考えず、ただ足を進めた。

山も森も木々も、腹立たしいぐらいにいつも通りだった。春の陽気に誘われて羽化した白い蝶が、水辺に遊んで花を探している。番《つがい》となった四十雀《しじゅうから》が雛のためにその蝶を捕らえる。もし熊爪がここで力尽き、ただの肉と骨と脂の塊となったなら、獣と鳥がその身をたちまち自分らの糧とするだろう。

ひたすらに前を向きながら、熊爪は考えていた。死んだ果てにそうなるのなら、それでも良いのかもしれない。

――なにしろ無駄がねえ。

ふいに良輔の涼やかな横顔がよぎった。奴から聞いたところによると、町の人間は人が死んだら燃やして骨にしてしまうらしい。

「肉も燃えちまうのか。なんか勿体ねえ」

熊爪が素直に思うところを語ったら、良輔はその整った目元に皺を寄せて、大層楽し気に笑っていた。熊爪とて、何も肉を削いで動物の餌にせよとは思わないが、ただ焼かれて骨になってさらに灰になることに意味も意義も見いだせない。それなら漁師たちが遭難して文字通り海の藻屑《もくず》になる方がまだ死体としては有用であるように思えたのだ。

——なら、俺も、山でこのまま死んだ方が。

山で死に、熊爪が想像するまさにその通りに生き物の糧になったであろう男の姿が脳裏に蘇る。

——でも、まだだ。まだ俺は、そこまでではねえ。

熊爪は銃を握った手に力を込める。まだ自分は、あの男のように死に際を自ら見極められていないし、納得もしていない。

「今ではねえ。今ではねえんだ」

腰の痛みが、今や熊爪の生きる意志を後押ししていた。

ようやく見慣れた小屋の屋根が見えた時、熊爪の腕から力が抜け、うっかり銃を滑り落としそうになった。

帰って来た。そしてまだなんとか、生きている。

小屋の中に足を踏み入れるやいなや、熊爪はその場に背嚢を落とすように置き、腰を捻らないように気を付けながら寝床に横になった。一気に全身の力が抜ける。かろうじて藁沓と皮の上着だけは脱いで放り投げた。シャツもズボンさえ重たくてたまらないのに、もう指一本動かない。痛みさえ忘れて眠気が全てを覆った。もし今、熊が襲ってきても、もはや何もできないだろう。どうせ食うならせめて俺を起こすことがないまま食い尽くしてくれ。朧げに考えているうちに、眠りに呑まれていった。

眠りが浅くなっている時に、犬の吠え声を聞いた気がした。甲高く、どこか耳障りな人の声もだ。往来のある良輔や店の番頭ではなく、あれは確か丁稚の小僧の声だ。小屋にいる訳がない。きっと夢の中でも俺は生き物を狩り、肉や皮を町に持って行き、たまに酒を呑んでいるのだ。そう思いながら、熊爪の意識は暗い沼に沈んでいった。

「おお、瞼が開く。おお、ちゃんとこっち見とる。起きた起きた」

男の呑気な声を耳にしながら、熊爪は重い瞼を上げる。怠《だる》い。

自分以外の人間がいるということは、ここは小屋ではない。

ぼやけていた視界がはっきりとし始め、熊爪は目を細める。昼の光が差し込むここは、間違いなく慣れ親しんだ小屋の中だ。室内には太一を診た医者と、怯えた目をしてこちらを見ている丁稚の小僧がいた。熊爪が周囲を見回すついでに自分の身体を見ると、着ていたぼろ着の代わりに良輔の屋敷で着せられた浴衣を纏っている。綿入れを着込んだ小柄な老医者は、眼鏡の奥の木菟のような目をこちらに向け、ヒャッヒャッと笑った。

「寝こけてる間にあらかた診たよ。あんた、腰の骨やっちまったなあ。痛えだろ。痛えわな。でもどうしようもないんだわ」

「なんで、ここに」

「しばらく床に就いてなるべく動かさんようにするこった。そしたらそのうちくっつくから。無茶したらずれるからな」

「どうやって、来た」

　まるで嚙み合わない医者と熊爪の会話に無理矢理入るように、小僧が「あの！」と声を上げた。

「二日前の朝、うちの店にここの犬が来まして。おれの袖を嚙んで、ぐいぐい引っ張るもんだから、旦那様と番頭さんがついて行ってやれって。おれ、半日かけて走って。そしたら、小屋であんたさんが倒れて声かけても起きないもんだから、その」

「慌てて戻って来た小僧さんの話を聞いた旦那さんがねえ。儂《わし》に行けと言ったのよ。山まで行くのは嫌だって言ったら、若い衆二人に背負わせるからって言うもんだから」

　開かれた戸口から、姿は見えないが二人分の影が伸びているのが見えた。その正面にあたる位置で、犬がじっと座って来客を凝視している。奴なりに見張っているつもりか。

「死にかけてんのかと肝を冷やしたもんだがね。うん。あんたこれでは死なんよ。精々、動けるようになるまで大人しく養生することだ」

「例の熊は、死んだ」

医者の忠告が耳に残らないまま、熊爪は事実を呟いた。俺が倒した。そう言えればどれだけ良かったか。怒りと消耗が声を平坦にした。

「主人に伝えとけ、例の熊は死んだと」

丁稚の小僧は一瞬きょとんとしたが、何度も頷いた。

「ええ、ええ、必ず伝えます。あ、旦那様が念の為と持たせて下さった食い物、手の届くところに置いておきますんで」

小僧は嬉しそうに風呂敷包みから荷物を取り出し始めた。医者も良かった良かった、と上機嫌だが、その表情の向こうには、山道を長く移動した疲労感が見え隠れしている。

「なんでここまで来た」

医者が来なくても、死にはしなかった、と熊爪は思う。怪我を負った場所から小屋まで移動したことを思えば、小屋の近くを流れる小川で水や生えている山菜を補給することはできるし、十分とはいえずとも備蓄している食糧もある。

「さあねえ。儂はあの旦那さんが頼むから来たまでさ。なんで頼んだかまでは、骨治ったら旦那さんに直接聞いておくれよ」

「まあ、頼まれたからって山奥まで診に来るなんて、先生も人がいいですよねえ」

「これでも医者の端くれだもの。そりゃ山奥の猟師でも開拓農家の妊婦でも、何でも診に行くさ。べっぴんの妊婦なら観音様拝めるしなあ」

ひひひ、と下品に笑う医者と、たしなめる小僧の苦笑いを熊爪は受けとめることができない。何を言っている。なぜこいつらはここに来た。その意味が根本的なところで理解できない。犬が呼んだからといって、倒れている男がいたからといって、人を使ってまで医者を来させることはなかったはずだ。

底知れぬ笑みを浮かべる良輔の横顔が脳裏をよぎった。

「畜生……」

まだ痛む腰を慎重に傾けて体を横に向けると、視界の隅に小僧が置いた果物や笹の包みがあった。無意識に手を伸ばし、笹の葉で包まれていた味噌つきの焼き握り飯を頰張る。日持ちするように硬く焼かれているのか、噛むたびに味噌の塩気と米の甘みがじわじわと口内でほぐれていく。熊爪は両手に持って、夢中で齧った。齧りながら、何かが強く腑に落ちず、「畜生」という悪態を繰り返した。

「畜生、あの熊野郎のせいで、畜生が……」

「うんうん。まあ、痛いのも悔しいのも、生きてる証拠さね」

見当外れの慰めを寄越して、医者は「じゃ、そのうちまた様子見に来るさ」と笑った。

「あの、そういうわけで、また来ます」

どういうわけか小僧は丁寧に頭を下げた。

「早く元気になって店に来てください」

熊爪が返事をしないままでいても、二人は気にしないふうで小屋の外へと出て行った。次いで、ワン、ワンワンという敵意のない吠え声が続く。

熊爪は握り飯を全て腹に収めると、傍らにあった竹筒の水も一気に飲み下した。内臓が動いている。自分という皮の内側で、傷んだ骨と、どうしようもないことを堂々巡りで考える頭と、無心に食料を体に取り込む内臓とが、互いに干渉しないでばらばらに働いている。

ひとまず、気に入らないことは多々あるが、生きている。

不自由な体を抱えて、それでも生存の事実を受け入れて、熊爪の心と体は大きく安堵の息を吐いた。ただ、良輔の屋敷で着せられる浴衣を自分の小屋でも纏っているのが妙に厭わしく、脱ぎ捨て手で探りあてた毛皮を頭からかぶった。

六　根腐る

季節はじりじり移る。小屋の屋根裏を見つめながら、熊爪は声にならない呻きをこぼした。春先に沢で腰の骨を折って以降、寝床に伏すか、小屋の周辺でのみ活動し、これまでにない不自由な時を過ごしていた。

怪我を負って三日ほどは、尿意や便意を感じれば痛みを堪えて寝床から起き上がり、脇に置いた桶に排泄するのがやっとだった。やがて、木の棒で体を支えて小屋の外までかろうじて出られるようになった。しかしそこから先の治りは遅く、もどかしい。

小川で水を汲んだり、そこに生える山菜の新芽を採ったりという程度はできるが、杖無しで歩けない以上、無理はきかない。体の一部が傷を負い、常に痛む状態で山の奥まで入ればどうなるか。代償を容易に想像できるだけに、熊爪は慎重だった。

そして焦《じ》れた。

木の芽はゆっくりと伸びて葉を茂らせ、渡って来た鳥たちは慌ただしく鳴きながら子育てのため飛び回る。その変化のひとつひとつをままならない生活の中で感じ取っては、時間の流れに苛立ちが募っていく。

それでもその痛みの激しさに、結局は医者の言った通り、かなりの時間を横になって大人しく過ごすしかなかった。冬眠明けの、胆嚢をたっぷり太らせた熊を獲れないことがことさらに辛かった。大きな現金収入源が断たれるというだけではなく、毎年滞りなく繰り返されてきた営みを今年は行えない。そのことが歯がゆい。

——短い春が終われば、すぐに夏だ。

森の下草が芽生え、笹が豊かに繁っていくと猟のしづらさはどんどん増していく。この辺りに生える笹の背丈は人間の膝や腰より高くなり、茎も硬くて歩みを阻む。そのうえ、成長しきると乾いた葉はガサガサ煩く、生き物の動きを周囲へ容易に伝えてしまう。

たとえば猟師が鹿を追うと、笹の音でこちらの動きに気付いた相手が身を屈め、息を潜めるだけで位置を見失う。そのうちガサッという大きな音を耳にした猟師が銃口を向けてももう遅く、鹿はガサ、ガサリと音を立てながら一目散に逃げ去った後、というのもよくある話だ。

熊も夏場は草や木の葉が硬く成長して食いづらくなるため、概ね痩せる。胆嚢も小さくしぼんでしまう。鹿やら農家の作物やらを口にする一部の熊を除けば、夏に熊狩りをする利点は少ない。

そのようになる前に、再び銃を握れれば。熊爪はそう思っていたのだが、腰はなかなか治らなかった。これまで山林で生きてきて、打撲や関節を痛めたことは幾度となくあった。しかし、骨を折ったことは初めてで、しかも四肢ではなく体の芯に近いところの骨をやられるとこんなにも長引くなど、思ってもみないことだった。

来年にはかつてと同じように熊が獲れるだろうか。勘が鈍りはしないか。通常であれば考えもしない不安が脳裏を過《よ》ぎり苛立たしい。しかし癒えきらない骨をそのままに無理をすれば、もっと無様な結果になる。それもまた熊爪はよく理解していた。

思い出されるのは、かつて介抱してやった男のことだ。奴が負傷し、排泄で外に連れ出した際に情けなくヒイヒイ悲鳴を上げていたことを思えば、自分が同じような無様な声など出して堪るものか。誰が見ているわけでもない、ただ自分のためだけに、声を堪えて腰の痛みに耐えていた。

熊爪はゆっくりと戸口に目を向けた。そこには見慣れた茶色の毛の塊が伏せている。犬は熊爪が獲物の分け前をやらずとも、どこぞで勝手に野鼠やら栗鼠《りす》やらを捕まえて食っているらしく、たまに顎の毛に血をつけて帰ってきた。眠る時は小屋の戸の外側で丸めた尾に鼻先を突っ込み、耳だけはぴんと立てて外へ向けているのだろう。特に命令がなくても、見張りの役目は果たすつもりでいるらしい。

夜半、たまに熊爪が寝返りと同時に走る激痛に呻き声を上げると、様子が気になるのか、戸の隙間から中に入り主人の指先の臭いを嗅ぎに来た。

「……うるせえ」

熊爪がそう言うと、何かを納得したように去って行くのだ。

「うるせえ、おめえ、どこぞ行け、行けえ！」

餌がなくとも、猟に行くことがなくとも、ただ従順に寄り添う犬に、熊爪は一度ならず苛立ちをぶつけた。

いくら怒鳴ってその辺にある椀などを足元に投げつけても、犬は尾を体に巻いて陰に隠れるだけで、また暫くするとおずおずと近くに寄って来る。

命じた訳でもないのに遠い町まで走って人を呼んできた犬だ。ここにいるという決意は、主人の苛立ちでも揺るがせられないほど固いようだった。熊爪もやがて諦め、犬の好きなようにさせた。

苛立ちをぶつける対象を失うと、体を動かせない熊爪の長い時間は過去を掘り返すことに費やされた。

——痛え。畜生。痛え。

寝床で、じくじくと鈍痛に眠りを阻害されながら、怪我の原因を幾度となく思い返した。二頭の熊。阿寒から来た穴持たずと、奴を殺した赤毛の若熊だ。特にあの赤毛。まだ若いというのに、やたら大きかった。そうして怯まぬ根性で余所者に襲いかかった。

あの若熊は今もおそらく山を悠々と歩いている。穴持たずと違い、熊爪の小屋の辺りまで来て己の存在を見せつけるような馬鹿な真似はしない。そんなことをしなくとも、あいつは強者として山で生きていける。

——だが、もし、ここに来たら。

眠りの訪れない宵闇が熊爪を本来の己らしくない想像へと誘う。

この体で俺は戦えるか。銃を構え、撃ち込み、急所を外せば山刀で怯まず立ち向かう。それができるか。

　空想の中で動く自分は、怪我をする前の体だ。思うように動き、猟銃の狙いを外さない自分だ。

　しかし、現在の、地面に無様に這いつくばるようにして生きている自分の体が、熊を仕留めるところを思い描くことができない。

　怪我をする以前と同じように熊と対峙し、隙なく銃を構えても、銃口を動かそうとするたびにうまく動かなくなった左足が重石となり、赤毛を追いきれない。そのうちに距離を詰められ、そして、白い牙と赤い口が己の喉元へと迫る。あの沢で、穴持たずが殺された時とまるで同じに。

　夢とも想像ともつかない夢幻で痛みを感じて、熊爪はびくりと全身を震わせる。苛立ちから拳で寝床を叩き、その衝撃で腰が痺れるように痛んだ。

　熊爪が負傷して以降、良輔に寄越される小僧は十日に一度ぐらいの頻度でここを訪れている。小僧に加え、いくばくかの食糧や肌着、生活用品などを背負った荷物持ちの男が二人か三人。いずれも熊爪は見覚えがない屈強な男たちだ。熊を警戒して、よそから人を雇ったのかもしれなかったが、熊爪は別にそれを問いただすようなことはしない。犬も男たちに別段吠えたてることもない。

　小屋に差し込む日差しに熱さを感じ、いよいよ夏の気配が感じられるようになると、犬は丁稚の小僧だけには気を許したようで、彼が頭を撫でるとちらちらと熊爪のほうを振り返って顔色を気にする。主人が特に咎めないことを確認すると、控えめに尾を振るのだ。

例の馴れ馴れしい木莵のような目の老医者はあれきり往診に来ることはなかったが、奴が用意したという薬が必ず荷物の中に入っていた。小僧によると、痛みが酷い時にだけ飲めという。

薬包紙に包まれた焦げ茶色の粉末は熊爪がそれまで嗅いだどんな野草とも異なる臭いで鼻を刺激した。味も、熊の胆汁と同じぐらい苦く、水で流し込んでも喉に張り付く感じが厭わしい。ただ、忌々しいことに効果は覿面《てきめん》だった。

持ち込まれる米や芋、塩などの他、日持ちのしない握り飯なども、腹立たしいが熊爪の舌にはひどく美味く思えた。砂糖醤油の滲みた焼き握り飯に大口でかぶりつきながら、怒りと滋味との間で臓腑が揺らぐ。

手渡された握り飯をがつがつと貪る熊爪に、小僧はおずおずと声をかけた。

「あの。旦那様と、お医者さんからの言付けです。今よりもう少し動けるようになったら、一度、町まで降りてこないか、と」

「……」

熊爪は答えないまま、頬張った米を噛みしめた。確かに、気温が高くなってからは雷のような痛みは薄れ、渡された薬を飲んで杖をつけば、かなり遠くまで歩けるようにはなってきた。

だが、良輔から一方的にもたらされる食糧なしにここで暮らすにはまだ心許ない。医者に診てもらい、今後の見通しを考えてみることは必要だと熊爪も納得できた。

それに、一応は良輔に礼めいたことを言わねばならない。施されることに苛立ちはあれど、熊爪とてそれなしには到底生きられなかったという恩義がある。直接会い、感謝のような言葉を言わねばならぬ、という義理は感じていた。

　小屋の中で所在なげにしていた小僧は、熊爪が握り飯を食い終えるのを見届けるとほっとしたように肩の力を抜いた。

「何か、次のとき、欲しいものはありますか」

「酒と、煙草」

　すんなり脳裏に浮かんだものを言葉にすると、小僧はどうしたことかぷっと噴き出した。

「ごめんなさい、お医者さんから、治りきるまでそれは駄目だと言われてます。でも、その要望が出れば、そろそろ元気だとも」

　要望を却下されたことと、とうに見透かされていたことの二重の不快さで、熊爪は傍らの椀から水を一気に飲んだ。小僧はその荒々しい所作にもも臆することはなく、「それじゃ、そのうちまた」と踵を返した。

　戸口から出ようとした小僧の足元に、犬が近づく。小僧に頭を軽く撫でられて、上に巻かれた尾が揺れた。

「おれ、ここ来るの最初は怖かったけど、山の中歩くのって、慣れるとちょっと楽しかった」

　ただの独り言か。それとも犬に話しかける体で熊爪に向かって言っているのか。どちらともつかぬことを呟いて、小僧は小屋の外で待機していた男衆に声をかけ、去って行った。

犬が戸口で座り、薄暗い小屋の中にいる主人を見つめている。その黒い両目はどこか遠慮がちだった。

「別に。なんも。いい」

平淡な声をかけられて、ようやく犬は緊張が解けたように立ち上がり、姿を消した。見回りのつもりだろうか。

熊爪は腰を上げて水瓶から柄杓で直接水を飲み下す。少し背を伸ばして、鋭い痛みがないことを確認した。


それから五日ほど経った早朝、熊爪は杖を片手に小屋を出た。右肩には愛用の古い村田銃、腰には使い慣れた山刀を帯びた。背嚢には途中で野宿をしても良いように最低限の道具と干し肉を入れてある。

久々の遠出の気配を感じ取ったのか、犬が巻いた尾を振って熊爪の三歩前を歩く。

森は夏に様変わりしていた。早朝の濃い霧が深い森を隅々まで満たし、草の合間を無数の虫が這っている。熊爪が笹に囲まれた道を十歩も歩くと、朝露を吸ってズボンと藁沓がじっとりと濡れた。杖を一歩先の地面に突き立てるたび、無数の白い蛾が飛び立っては散っていく。遠くで鳥の声がこだました。近いのか遠いのか、霧に吸収されてよく分からない。

熊爪は左足を庇うようにして歩き続けた。骨折したあの夜、猟銃二丁を杖にして命からがら小屋にたどり着いた時とは比べるまでもないとはいえ、やはり患部である左腰から尻にかけて、じっとり重い痛みが燻り続けている。そのせいか、左足にうまく力が入らないのだ。三歩ほど先を行く犬の姿は見えない。踏み分け道の両側にある笹に覆われ、がさがさと音を立てるだけだ。全身の毛が露で濡れているだろうに、熊爪から遠ざかりすぎない距離を、時折足を止めて主人の気配を確かめながら進んでいる。文字通りの露払いを果たしていた。

自分でももどかしいほど、歩む速度は遅い。これまで自分の体重と同じくらいの獲物を担いだ時よりも、熊爪の進む速度は遅かった。白糠の町への道のりがこんなに遠いものとは。怪我を負う以前の自分と比べて儘ならない体が改めて厭わしい。しかし歩くより他はない。一歩進むごとに、情けなさが腹の底に降り積もっていくような思いで、熊爪はただ歩いた。

森の川沿いを歩き続け、笹原を抜けて農家の畑沿いの道を行く頃には、太陽は頭の上からずっと先を行っていた。杖を握る掌の皮は破れ、いつもと違う力の入れ方をして長時間歩いた右足は、親指の付け根と小指のあたりに血豆ができているに違いなかった。こまめに水分をとってはいても、照り付ける日光で汗をかきすぎて全身が怠い。蚊を避けるために袖のある肌着を着て来たのが災いして、全身に張り付くようだ。

堪りかねて、道沿いの木の下にある大きな石に腰かけた。傍らに犬も座る。

熊爪は背嚢から干し肉を取り出し、齧った。塩気が舌を通して体に染みていく。親指ほどのかけらを犬に投げてやると、地面に着く前に咥えて食った。

体を休めているうち、腰から左足にかけての痺れを特に意識してしまう。思わず視界を逸らしながら遠くを見ると、芋畑で農家の家族が作業をしていた。夫婦と走り回る二人の子ども。

はしゃぐ声がここまで聞こえてくる。畑の隅にはひっそりと、板葺きのあばら家が建っていた。熊爪の小屋と大きさはそれほど変わらない。

——小屋に、四人。

つい自分の小屋になぞらえて想像してしまう。図体のでかい熊爪と、女と、喧しい子の二人が狭い空間で飯を食い、眠る。さぞや狭かろう。煩《うるさ》かろう。怪我を癒すために独り籠った小屋の静寂からは真逆の暮らしに違いなかった。

ただの想像に過ぎない煩い暮らしを、それでもなぜか手放せず、熊爪は全身の汗が引くまで座って空想を続けていた。

白糠の町に着いたのは夕方遅く、家々の窓からランプの灯りが漏れ出す頃だった。一応は準備をしていたものの、野宿をせずに済んで熊爪は長い息を吐く。体が万全な時ならどうということはない野営も、足腰がもとのように立たないというだけで藪蚊一匹以前のようには追い払えなくなる。他人が暮らす家の灯りが幾つも燃える様を見て安堵するなど、熊爪の人生では初めてのことだった。

昼間と異なり、往来に人が少ないことは熊爪にとって幸いだった。ただでさえ山から降りた際には薄汚れて髭も髪も伸び放題、獣のような臭いを振りまいては顔をしかめられる身だ。今回は水浴びもままならずに汗みどろの身で、さらに杖にすがってよたよたと歩く風体だ。流れの浮浪者とでも見なされれば見て見ぬ振りもできようが、肩に村田銃を負っているとあっては途端に人に警戒される。

熊爪は家の間の細い路地の、さらに光の当たらない暗い場所を縫うようにして良輔の屋敷に向かった。痛みに耐えて歩いた体力は尽きかけていた。犬も息を潜めて傍らをついて来る。通りがかった民家の勝手口から米の炊ける匂いと、けたたましい赤ん坊の泣き声が聞こえてきた。

――ああ。あああ、嫌だ。

自分でも意識しないまま足早に歩こうとして、熊爪は石に躓《つまず》いた。転びはしないまでも体が前のめりになり、激痛のなかで左手を前に出す。その掌が、犬の背中の毛に触れた。

極上の手触りという訳ではない。朝露で一度濡れそぼってから乾いたせいで、毛は細かい束のようになってこわばっている。それでも、その感触とほのかな温かさに、熊爪の心は僅かにほっとした。触れられたことに犬がなんの反応も示さず、ただ前を向いていたことも幸いした。もし主人の接触に驚き、同情の目でこちらを振り返っていたならば、熊爪は犬を力任せに蹴り上げていたかもしれなかった。

角を曲がればようやく良輔の屋敷、というところで犬は走って先に行った。塀の中から、ワンワンという甲高い吠え声が響く。熊爪がその声に向かって歩くと、何事かと人影が玄関から出て来るのが見えた。

「あら、この匂い、あなた、山のあの人の……」

女中にしてはやけに高い、小鳥のような声がした。熊爪にも聞き覚えのある声だ。誰なのかは思い出せない。

——ああ、着いたじゃ、ようやく。

もはや安堵でもなんでもなく、定めた場所に到着した、その事実だけで、熊爪の体から一気に力が抜けていった。


いつもと違う、柔らかく瞼に降りかかる光に気づいて目が覚めた。熊爪は弾かれたように上半身を起こし、同時に腰に走った鈍い痛みに呻き声を上げた。

「おう起きたか。起きなすったか。おはようさん。骨折ったと聞いたよ。そんな体で、よく来たもんだ」

呑気な声のする方を見れば、枕元の横に番頭の幸吉が座り、何やら帳面を繰っていた。「やれやれ」と言いながら、自分の傍に置いていた算盤や紙の束を片付け始める。

「俺は。いつ」

働かない頭で熊爪は周囲を見回す。幾度か泊まったことのある良輔の屋敷の一室だった。しかし違和感がある。気づくと、いつもと違い、柔らかい布団に寝かされていた。浴衣を着せられ、いつの間にか髪や髭から脂っ気が抜けている。袖をまくり上げてみると、垢じみていた肌がうっすら赤く、かさかさに乾いていた。

「悪いがね。倒れたあんたを運び込もうとしたら余りにも臭うってんで、お屋敷の若い衆が風呂場に運び込んで、体を勝手に洗ったらしいよ。さっぱりしたろう」

「別に」

全身の肌から突然垢を洗い流されて心許ないが、腰の痛みに比べれば何ということはない。外からは蟬の声が響き、部屋の温度も高い。しかし日光は外廊下と部屋を隔てる障子に当たり、中は柔らかい光で満たされていた。

どれだけ長く気を失っていたのか。体力尽きて倒れ、勝手に全身を洗われたことと併せ、自分の肉体が思うままにならない苛立ちが腹の底でまた燻り始める。

「杖、どこだ」

「そこに置いてあるよ。腰の骨折れて、そんな杖一本で、よくここまで歩いてきたもんだねえ。気を失っただけで済んで万々歳だ」

幸吉が指し示した通り、布団の足元には杖と銃、そして背囊が置かれていた。

「あんたが着ていた肌着や股引《ももひき》なんかはね、全部、女中さんらが洗って干してますよ。とはいえ、古いし汚れすぎてるから、そのうち代わりを見繕ってやろうって旦那様が言ってました。今医者を呼びにやらせるから、それまで大人しく浴衣着ていることだよ」

今の熊爪には言われるままでいる他にない。静かに頷くと、幸吉は紙類と算盤を持って億劫そうに立ち上がった。自分を見守っていたのか、それとも見張っていたのか、熊爪には分からない。

「医者が来る前に、何か腹に入れねばならんね。女中さんに言っとくから、粥でも持ってきてくれるだろう」

障子を開け、幸吉は部屋を出ようとした。何かを言わねばならぬ、言葉を選べないまま、熊爪は「あ……」と掠《かす》れた声を出した。

「どうして。俺に、食い物や薬を。山まで」

言いたいことではなかった気がするが、とりあえずそう問うた。肉や毛皮のやり取りはあれど、熊爪は良輔や商店の者の身内ではない。自分を助ける理由も、人に体を洗わせて布団に寝かせる理由も、熊爪は思い描けなかった。

「さあなあ。俺には分からんよ。旦那様に直接聞けばいいではないか」

「あいつの答えは、面倒くさい」

率直に答えたつもりだった。幸吉は一瞬きょとんと目を瞠ると、はははとさも楽しそうに破顔した。

「まあ、分からんでもない。旦那様は、面倒くさいところがある。あんた案外と鋭いな」

ひとしきり笑った後、幸吉はふう、と大きく息を吐いた。

「そのせいで時流に乗れるやらどうやら……今日は早朝から遠くに視察においでで、お帰りは何日後か分からんが、戻り次第あんたに会われるだろ」

幸吉はあっさりそう言うと、部屋を出て行った。

熊爪は足袋が床を擦る音が遠ざかっていくのを聞きながら、布団の上で胡坐を組んだまま目を閉じた。

俺は、同じだ。あの、下手をこいて片目を失い、無様な様子を晒しながら散々良輔からの施しを受けた、あの猟師と同じだ。

いや、小僧が食糧を小屋まで届けに来た回数を想えば、それよりも質《たち》の悪い役立たずかもしれぬ。

堂々巡りの、出口を求めれば求めるほど暗くなっていく思考を抱え、気づけば障子の向こうに人の気配があった。

陽子とかいう盲目の娘だろうか。ふとそんなことを考えて、そういえば屋敷の玄関先で倒れる前に聞いた声は、陽子のものだったことを思い出す。

床を這うようにして障子までたどり着いて開けると、廊下には粥と漬物の載った膳が置かれていた。誰が置いたのかは分からない。

熊爪は膳を引き寄せ、椀の蓋を取ると直接口をつけて流し込んだ。熱い粥が口内と喉を流れ落ちていく。熱さと痛みを感じとりながら、押し出されるように全身から水分が噴き出るような気がした。体が流した汗なのか涙なのか、熊爪にも判別がつかないまま、施された食物を胃の中におさめた。


医者はちょうど飯を食い終えた頃にやって来た。

「こんの、命根性汚いだけの、ばかったれが！」

どすどすと、小柄な体の割に大きな足音を立てながら姿を見せた医者は、ぼんやりと座り込んでいる熊爪を見るやいなや、胸を膨らませてがなり立てた。そして、顔を真っ赤にしながら熊爪の傍らに往診鞄を置いた。

「大人しくして治せって言ったろうがよ！　まだ碌に歩けもしねえ癖に、あすこからここまで来るとは、どういう了見していやがるんだ、このばかたれが！」

　思わぬ剣幕で怒鳴られて、熊爪は一瞬だけ面食らう。しかし一方的な物言いに、すぐに腹が立ってきた。

「来いと言われた。動けるなら、来いと」

「そりゃあ元の通り動けるならって意味だろうが、無茶してここまで歩いてぶっ倒れて、それが動けるってことじゃねえだろ！　ほら診てやるからそこ寝ろ！　枕に顔つけて、背中を上にして！」

　反論も言い訳も聞く耳を持たずに、医者は怒りの声そのままに命じてきた。熊爪もしぶしぶ言われた通りに布団にうつ伏せになる。

「ふん。触るぞ。痛かったら言え」

　医者は熊爪の左腰から尻、太腿の裏にかけてを情け容赦のない力加減でぐいぐいと揉んだ。骨が折れている骨盤のあたりはさすがに呻き声が漏れる。

「まだ痛かろうさ。しかし、くっついてはいる。問題は、こっちだ」

　医者は左の尻たぶと太腿との境目あたりを親指でぐっと押した。特に痛みは感じないが、左の足全体がびくりと揺れる。

「痛むか」

「痛みは少ない。ただ、痺れる」

「届けさせた薬を飲んだ時はどうだ」

「痛くはなくなる。痺れは変わらない」

「ふむ」

医者は顎に手をやって暫く考えると、鞄に手を突っ込んでごそごそと何かを探った。やがて、茶色い紙袋を取り出すと、中から薄い茶色の塊を取り出した。

「何だ。それは」

「いいから大人しくしとけ、動くなよ」

医者は手にした塊を指先で揉むと、熊爪の浴衣をめくって裸の尻を出した。先程の、押すと痺れが生じた左尻の下あたりに塊を置き、燐寸《マッチ》を擦る。やめろ、と熊爪が制する前に、塊は灰色の煙を生じはじめた。

「……蓬か」

「ああそうだな、蓬が原料だ。もぐさだよ。俺の肩凝り用に釧路の針灸の名人に分けてもらった特製のもんだ」

熊爪は灸というものを初めて施された。火をつけられた時には何事かと全身の筋肉が勝手に強張ったが、腰や尻に温かみを感じはじめると、痺れていた左足がゆっくり解《ほぐ》れていくようだった。なにより、嗅ぎ覚えのある蓬の煙は、小屋の匂いを思い出させる。

「もういいだろ、ほれ、動いていいぞ」

医者の許可が出て、ゆっくりと仰向けになり、上体を持ち上げる。慣れてしまっていた痛みも痺れも、嘘のように薄れていた。

「痛くない」

「覿面さね。これが効いたってことは、あんたの痺れは恐らく、神経に傷がついてるんじゃねえかね」

針灸。神経。よく知らない単語を並べられたが、このもぐさとやらで苦痛は実際に減っている。熊爪の気持ちは明るくなった。

「自分で集めて、乾かして、こうしたらいいのか」

蓬ならば山にも小屋の周辺にも、どこにでもいくらでも生えている。乾かす手間があるが、さっきのように盛って火をつけて痛みがとれるのなら、自分でやって治せばいい。

しかし、医者は渋い顔をして首を横に振った。

「そんな簡単なもんではねえよ。もぐさ作るのだって名人の技術だし、置く場所を決めるのも人間の体をよく知ってなきゃできるもんじゃねえ」

「でも自分でやれれば」

「あんな、そういうのじゃねえのさ。あんた猟師だろう。俺がたとえあんたから懇切丁寧に狩りのやりかた教えてもらっても、多分あんたと同じように鉄砲撃つことはできねえ。それが技術ってやつだ。誰でもやれることじゃねえから技術って言うんだ」

技術云々の理解はともかく、熊爪に猟師の喩えは大層効いた。ならば自分はこのもぐさと同等のものを作ることも、自分で灸をすることもできない。そう理解した。

「なら、痺れは、いつ治る」

自分で治すことが叶わないのなら、関心事はそこだった。今は歩くのもやっとの不甲斐ない有様ではあるが、骨が完全に治り、神経とやらの傷も癒えるなら、自分はもとのように山で暮らすことができる。それは早ければ早いほどいい。それだけが希望だった。

「あんたには悪いがね、それ、その痺れはな、たぶんすぐには治らんよ。神経ってのは骨や筋肉と同じようには回復しないもんだ」

医者は熊爪の顔を見ないままもぐさを片付け、鞄から代わりに薬の包みを五つほど取り出した。

「痺れが治らんなら、いらん」

「骨がくっついたといっても、まだ痛むこともあるだろうさ、いいから貰っとけ」

そう言うと、包みを勝手に背嚢の中に突っ込んでしまった。

「いや、いや、おろしやと戦争おっ始まるかもしれんて時に、他人の財布で怪我を治してもらえるなんて天晴《あっぱれ》よ。ここに来るまで足に負担かけたろう。ほれ、筋肉も強張ってガタガタだ。あんな何もない小屋に戻るより、何日かこの屋敷で寝かしてもらっとけ。ああ、ちゃんと布団でな」

「……」

そんなに世話になるのは嫌だ、俺は小屋に帰る。熊爪のそんな考えを見透かしたように、医者はさらに続けた。

「無茶したら、一生よく動かんようになるからな」

熊爪は口を噤《つぐ》んだ。一生。死ぬまで。それは、この怪我を負った時にそのまま力尽きるのではなく生きようと思った、その代償として引き受けなければならない重みでもあった。

それじゃ、と片手を挙げ、医者は帰っていった。来た時の怒り溢れる足取りではない分、診察を終えた患者に何の執着もないことがよく分かる態度だった。

熊爪は独りになった部屋で、崩れ落ちるように布団に横になった。石鹼と洗濯糊の臭いが厭わしい。背中の下がふわふわと頼りなく、それでも腰のためと言われれば我慢せざるを得ない。静かな昼日中だ。屋敷の遠くの部屋で女中か下働きの男がせわしなく働く気配がする。庭の松にとまっているらしき蟬の声がジイジイと煩い。犬はきっと屋敷の門近くで座って待っている。或いは、丁稚の小僧に見つけられて頭を撫でられているのかもしれない。

そんな中で、熊爪は死人のように独り横たわっているだけだった。山に帰れない。銃で鹿も熊も撃つことができない。ただじっとしていることでしか自分の傷を癒すことが叶わない。

——俺、は、なんだ。

規則的に張られた天井板を眺めながら、熊爪は声にならない声を吐き出した。

——熊にも、里の人間にもなれず、猟師でいられない俺は、いま、何者だ。

瞼を閉じる。瞼に光を感じる柔らかい暗闇の中で、熊爪は考えた。あの赤毛は山に君臨しているのだろうか。熊爪の空想は場所を超えて勝手に広がっていく。

まだ若い熊だった。経験は少ない。しかし体は充分に育ち、力がみなぎっている。間違いなく、この先大きな力を迸《ほとばし》らせ、縄張りを広げ、多くの雌熊に子を産ませていく奴だ。

　今の時期、夏の山林は緑と命に満ちながら、熊が生きる糧には乏しい。多くの植物を糧とする熊どもは、硬い草や木の葉に呻吟する。痩せた体を引きずりながら、昆虫や木の皮までも口にして、柔らかい草の芽が芽吹いた春や、数多《あまた》の木の実が空から落ちてくる秋を恋しがる。

　同種が大人しく生きる中、きっと、あの赤毛は違う。余所者を殺し、食ったことにより、肉の味と殺害の感触を覚えた。自分の爪が生き物を殺せると、殺して食って生きていけるのだと、身をもって知っている。

　奴は子鹿を狙うだろう。初夏に産まれ、まだ母親と寄り添い、しかし母ほどは速く走れない子鹿の、柔らかい肉と内臓の味を覚えるだろう。

　季節が進んで、山の沢にまで鮭が昇ってきたならば、それも捕って食らうだろう。魚の身から脂は落ち、肉は痩せている。しかしその腹には滋味溢れる卵か白子が詰まっている。一度味を覚えたならば、それらを食らい、肥え太ってさらに強くなることだろう。

　布団の中で、熊爪の右手の人差し指が動いた。

　脳裏で、山に君臨する大熊として成長するに至った赤毛に向かい、架空の引き金を引いたのだ。

　そこで、熊爪ははっと全身を強張らせる。自分の爪は敷布団を徒《いたずら》に掻き、目の前にあるのはただ天井のみ。もう考えることにも疲れ、熊爪は目を閉じた。

　夢を見ないように願った。しかしきっと逃れることはできない。夢の中の自分は必ず、小屋で黙々と銃の手入れをしている。腰の痛みは微塵もない。それが悔しくて、夢の中でさえも嗚咽した。

嫌だ、もう見たくない、いやどうせなら痛みのないこの世界から目覚めたくない。形にならない様々な願望の渦の底で、ふいに眠りが浅くなる瞬間がある。ふと障子の向こうに誰かが佇んでいる気配がして、ぼんやりとした熊爪の頭は、あの陽子の姿を想像する。どうしてそれが脳裏に浮かぶのか、熊爪自身にも分らなかった。ただ、あの娘が、伏せた瞼で障子越しに自分を見ているところを思い描く。しかし目を覚まして起き上がろうとすればするほど、底なし沼のようにまた同じ夢に引きずり込まれた。

長いのか短いのか、毒茸を誤って食い、悶え苦しんだ時よりも終わりの見えない時間が続いた。


三日が無為に過ぎた。熊爪は無気力に布団に横になり、女中にきつめの声をかけられては運ばれてきた食事を口にする。粥は初日だけで、次の日の朝からは白米と味噌汁と二、三種の菜が添えられた。

山から無理に歩いて来た疲れはとれ、薬を飲まなくとも骨盤の痛みは弱くなった。しかし痺れは変わらない。その事実が、熊爪から気力を奪っていった。

四日目の宵の口に、遠方からようやく帰ってきたという良輔が部屋を訪れた。

「全く、ぼろぼろの体でよく来たもんだ。見舞いが遅れてすまん。最近忙しくてかなわなくてな。ゆっくり本を読むこともできんよ」

いつもと変わらず飄々とした口調ではあったが、忙しいという言葉は本当なのか、眼鏡の奥では少し目が窪んでいた。熊爪が布団から身を起こすと、わざとらしく「ほう」と細い眉を上げる。

「担ぎ込まれた時ならともかく、こうしてお前が大人しく布団に寝ているとは、なかなか珍しい光景だな」

上体を起こした熊爪の枕元に、良輔は緩慢な動きで腰を下ろす。いかにも大儀そうだった。

「ひでえ顔だな、まったく」

熊爪の顔を見て笑う良輔の表情こそ、そこそこに酷い。寒い時期でもないのに肌に艶はなく、頬が少しこけている。何より、彼なら本来隠せたであろう心身の疲れが、眼窩の周りで錆び付いているようにも見える。

「色々と、助かった」

熊爪は良輔のほうに向きなおり、畳に手をついて頭を下げた。良輔の思惑が何であろうと、諸々の心配りがなければ自分の命が繋げなかった可能性を思うと、こうするのが自然だと思った。

下げた頭に向かって、小さく溜息が放られる。

「やめてくれやめてくれ。俺に頭を下げるお前なんか、見たかない」

「じゃあ、なんで助けた」

「慣れてもいいねえ感謝をして貰うためではねえさ。穴持たずの退治頼んだ側でもあるしな。それでも恩に感じるなら、なんで怪我したか話してくれればいい」

良輔は膝を詰め、かつてのように猟の様子を聞きたがった。熊爪にとっては不名誉な内容ではある。しかし、一応待遇を尽くされた自覚があるだけに、時折不機嫌になりながらも話しはじめた。

阿寒から太一に追われてきた穴持たずが不遜な行動をとっていたこと。奴の糞から、冬眠明けの子熊を食った形跡が見られたこと。沢の奥まで追っていくと、奴と赤毛の若熊が格闘していたこと。その折に自分が巻き込まれ負傷したこと、など。

最初は嫌々とだった。しかし自分の身に起きたことを一つ一つ思い出しながら語るうち、熊爪の脳裏から怒りや厭わしさといったものが少しだけ薄れた。

屈辱には変わりない。それでも、そこに至るまでの因果が存在していたことに、穴持たずの行動に対して自分が行ったことに、抱いた感情は間違ってはいない。そう思えた分だけ、無力感が少しだけ薄れた。己の身でやれることは、一応やったのだ。あのまま傍若無人な穴持たずに背を向け小屋に籠り、ただ奴が他の熊から排除されるのを待っているよりは、戦いに巻き込まれて怪我を負った方がまだましだ。たとえ癒えぬ痺れを抱える羽目になったとしても、だ。

訥々と語るうちに、熊爪の声は力を増した。良輔も前のめりになって聞いている。ひと通りの話を終えた後、良輔の顔にへばりついていた陰は大分薄れたように思われた。

ふーっと長い息を吐き、良輔はにんまりと笑って上体を伸ばした。

「ああ。本当に、お前の話は面白いな」

「そうか」

「ああ、穴持たずの件は確かに俺が頼んだのだから、治療の世話以外にも金子を出してやろうな」

「いらん。仕留めてねえ。仕留めたのは赤毛だ。俺でねえ」

憮然として熊爪が答えると、良輔はふっと笑い、それ以上金の話をすることはなかった。

「話の供に、酒と肴を用意させれば良かったな。俺からの話もあることだし」

良輔は胡坐から正座に座り直し、ずれてもいない眼鏡を直した。張りつけられたような口元の笑みが却って不機嫌さを表しているように見えた。

「俺が庶路の炭鉱経営に一枚噛んでいる話は知っているな」

「ああ」

熊爪が住んでいる場所から川みっつ分東あたりで、土を掘って、石炭というものを取り出す。その石炭がどういうものか、どう使われるのかを熊爪は知らない。だが、その商売が金になり人を呼ぶものであるらしい、ということぐらいは理解している。

「今度新たに、さらに奥に、炭鉱を開くことになった。事業拡大だ。熊爪よ、お前、猟ができないならそこで働かないか」

良輔の声は硬かった。言っている本人こそが乗り気ではないことは熊爪も察する。

「腰はどうなる。痺れてる」

「炭鉱夫も力仕事だ。だが、お前の体は腰を除いても力が強い。痺れていても任せられる仕事は多い。その不自由な足で山の中を歩き回るよりは無謀ではないし、食っていくにも楽だ」

——無い。その道は無い。

熊爪の中では決まり切っていた。痺れた足を抱え、前のようには獲物を狙えなくても、山に戻って猟師を続ける。そう口にしようとした。

「山を降りて、いや、炭鉱も山ではあるんだが。人里に接するところで、生きる。例えば家族を持つとか、子を育てるとか。そういう選択肢を、お前は持てる。それを伝えたかった」

熊爪の正面に座りながら、良輔は顔を逸らして言葉を続けていた。熊爪も視線を落とし、良輔の足のあたりの畳を見る。勝手に耳に入って来る情報の中、家族、子を育てる、という自分が今まで考えたこともない選択肢と、山を降りてくるときに目にした農家の光景が重なった。

あの一家が、なぜか熊爪の小屋でぎゅうぎゅうに詰め込まれて眠る想像が思い出された。ありえねえ、と声に出しても、良輔の話と自分の想像を遮ることができない。

提案自体は道理に沿いつつ、熊爪も、良輔も、決して望んでいないことはお互いに分かりきっている。そこを敢えて口にしている良輔の腹を熊爪は僅かにも読むことはできない。しかし何がしかの意味を含んでいることは分かった。だからこそ、熊爪は首を横にも振らなかった。

「考える」

それだけ言って、ごろりと布団に横になった。背に向けられる良輔の吐息が溜息なのかそれとも安堵によるものか、判断することはできなかった。

翌朝、やけに早く目が覚めて、熊爪は布団から立ち上がった。相変わらず痺れは残るが、杖を支えにして歩いても前ほど痛みを感じない。やはりあのもぐさとやらが欲しい、と未練を感じながら、浴衣姿で便所へと向かった。

用を済ませ、早朝の海霧に包まれた庭へと降りた。周囲は細かい水の粒子に包まれ、五歩先もよく見えない。朝餉の準備に大わらわな女中たちの声が響いていた。

足への力加減をはかりながら庭を歩いていると、ふいにヒャンと短い声がした。歓喜の気配が混じっている。熊爪が声を頼りに霧の中を進むと、ふいに真っ赤な塊が視界に入った。

「ひゃあっ」

甲高い声が霧の中で籠る。赤いスカートと茶色いブラウスを纏い、地面にしゃがんでいるせいで赤い塊に見えたらしい。

正体は陽子だった。

下駄を履いたその足下には犬がいた。主人の姿を認め、座った姿勢で尻尾を振り、口を開けてハアハアと間の抜けた表情をしていた。

「びっくりした。この子が喜んでると思ったら、ご主人様が来たの。誰かと思っちゃった」

見えない目を閉じ、熊爪の方に顔を向ける陽子の頰は、驚きのせいなのかほんのり桃色に染まっている。

「聞いたの。怪我、なさったんでしょ？　大丈夫？　痛くないの？　この子、ずっと庭で待ってたの。撫でさせてはくれるけど、やっぱりご主人様が来てくれた方が嬉しいよね」

早口でまくし立てられて、熊爪は交わすべき言葉を見失う。ここに来て数日が経つ。しかしはっきりその気配を感じたのは、初日、玄関先で倒れ込む直前に小鳥のような声を聞いた時だけだ。うなされながら感じたのは彼女だったのか、それとも己の想像だったのか、確かめる術はない。熊爪が黙っていると陽子は立ち上がり、こちらに向き直った。

「ねえ。旦那様に熊の話をなさったんでしょ？　もしもう少しここにいるなら、あたしにもその話、聞かせて欲しい」

両手を握りしめ、少女らしい図々しさで陽子は朗らかに思うさまを語る。

「山に入ったら、これからの時季は何がとれるの？　番頭さんが言ってたけど、秋の鹿の肉は美味しいって、本当？　ねえ、丁稚のヨシ坊、あなたのところに行ったんでしょ。もし旦那さんのお許しが出たら、あたしも行ってみたい」

熊爪が答えないでいると、陽子はどんどん自分の想像の世界を口にしていく。瞼を閉じていながら、その顔はうっとりと綻んでいた。

「そりゃ目は見えないけれど、手を引いてもらえれば幾らでも歩けるもの。秋の木々の匂いは素敵ね。山の中ならもっといい匂いを感じられるし、鹿の声も聞けるかもしれない」

耳に甲高く響く声を振り払うように首を横に振り、「無《ね》え」と、熊爪は小さく応える。

「ないの？　秋の鹿は、もしかして鳴かない？」

「鳴く。だが俺は、炭鉱というとこに、誘われている」

自分の声が普段より重くなったことに熊爪は気づいた。選択肢としては呑んでおくべき将来を、自分はやはり選びたくないらしい。

「ふーん」

熊爪の返答に、陽子は存外軽薄な声を出して、唇を尖らせた。

「じゃあ、仕方ないのね。あなたが自分で選ぶのならね」

ふふっと、冬の初雪が降った日のような、どこか諦めを含んだ気配で陽子は微笑んだ。

ふいに、捕まえたい、と熊爪は思った。

犯したいのでも殴りたいのでもない。両手で押さえ、逃げられないようにし、犬と同じに、いやもっと何か違う形で、この女を従わせたいと思った。布団の中で知らずのうちに引き金を引いた時のように、陽子の細い腕を押さえつけるように、熊爪の両手に力が入る。

陽子は熊爪の様子に気づかぬまま、両手を伸ばして周囲の植木を確かめながら、母屋の方へと歩き出した。敷石を蹴るカラカラという下駄の足音が軽やかに響く。その赤い後ろ姿はやはり、残心なく踊っているようにも見えた。

熊爪は陽子の言葉を口の中で丹念にねぶった。仕方ない。言われてみれば確かにそうだ。その通りではあるのだ。自分の選択の結果怪我を負い、当然と思っていた未来を失い、他の道を歩まざるを得なくなる。そんなことは、山の世界で生きる者にとっては珍しくもない過酷な現実に過ぎない。

そう受け入れようと思うその一方で。

あの娘に、そして良輔に、猟師のままでいて欲しいと、俺はそう、言われたかったのだ。

杖の先がいつの間にか土に深くめり込んでいる。歯を強く嚙みしめていた。どうしても剝げない兎の耳の皮を剝ぐために、皮を嚙む時と同じ強さだ。犬を撫でていたあの細い指は、これぐらいだと食い千切れてしまうだろうか。

熊爪は足の痺れを忘れていた。垂らされた熊爪の左の指先に犬が濡れた鼻をつけるまで、彼は白い霧の中に呆然と立ちすくんでいた。

七　再び熾る

屋敷に来てから数日後、熊爪は体力が戻ったと見定めて、良輔の応接間で、もう山に帰ると告げた。

「まあ、そうか。差し入れを用意するから出立は明日にするといい。炭鉱の話、よく考えてくれ」

　良輔は頷くと、熊爪のために食糧の手はずを整えるよう女中にあれこれ命じた。その間、熊爪はふらりと長椅子から立ち上がった。和洋折衷の部屋の中にごちゃごちゃと置かれた骨董品の山の一角、床の間に歩み寄る。

　人間の全身骨格は以前眺めたまま、そこにあった。熊爪は手を伸ばし、骨盤の辺りに触れる。黄色味を帯びた骨の表面はざらざらとしていた。この、鹿や熊の骨盤よりも小さな骨が自分の肉の中にもあって、そこが折れたのか、と思うと変な気持ちになる。

　眺める姿勢を僅かに変えた途端、重心が揺らいで腰の奥がびしりと痛んだ。損傷を負った確かな証拠だった。

「炭鉱の飯は美味いか」

骨格模型を眺めながら、熊爪は訊いた。女中が去り、手元の帳面を確認していた良輔は手を止めずに「うーん」と少し唸る。

「そうさな。まあ、炭鉱夫の数に応じて飯焚所《めしたき》も用意してあるし飯焚女も雇ってるから、力仕事に必要な分の飯はあるはずだ。味についてては申し訳ないが食ったことがないので分からんが」

「もし、俺が」

そこで働くなら、と言おうとして、熊爪は続きを言葉にすることができずに口を閉じる。どう答えられても納得できる気がしなかった。

横目でうかがうと良輔はどこか見通した風で、静かに頷いた。耳にかけた髪がひと房、ぱさりと額にかかる。そして下を向いたまま口を開く。

「腰を痛めていても、どこかにはあるさ。炭鉱ではないとしても、お前が生きていける場所が。世の中変わる。何かを選ばにゃいかん時というものはある……」

熊爪に語るというより、自分自身に言い聞かせるようなゆっくりとした声だった。声自体は明るいが、どうにもこれまでの飄々とした軽さが感じられない。

ふと、昔、森にいた一羽の鳥を思い出した。仲間の中でも賢い奴で、思うさま森を飛び回っていた。しかしある日、群れの一羽が鷹に襲われて以降はどうしてか急に大人しくなり、やがて姿を消した。今の良輔の佇まいはあの鳥を思い起こさせる。

この男に、在り方を変えるような何かがあったのだろうか。そんな想像が熊爪の頭を過ぎったが、それをどう言葉に出せばいいか、そもそもそんな立ち入ったことに自分が足を踏み入れるのをこの男が望むのかが分からず、黙ったままで再び模型の骨盤をなぞった。

翌日、漂っている海霧が晴れる前に、熊爪は良輔の屋敷を出ることにした。

数日の療養で腰の痛みはかなり引き、杖があれば大分楽に歩けるようにはなっていた。犬は熊爪が姿を見せる前から玄関前で座って待っていた。

上着も下着も、着ていたものは全て洗濯されてしまい、糊までつけられて変にがびがびしているが、それでも着なれた襤褸《ぼろ》で体を包むと心が馴染む。

上がり框《かまち》で沓紐を結っていると、後ろから静かすぎる足音がした。

「旦那様がお出かけなので、私がお見送りさせて頂きます」

振り返るとそこには、玄関の暗さにとけ込むようにして良輔の妻、ふじ乃が立っていた。

青白い顔にはまった目玉はこちらを向いているのに、何か違う景色を見ているように思われた。木の面のように笑わず、廊下の隅に膝をつき、音のない仕草で手にしていた包みを熊爪の傍らに置く。どうも、という熊爪の声に応えることもなかった。

熊爪は急いで紐を結び、置かれた包みを背嚢に入れた。立ち上がり、一応形のまま頭を下げる。

顔を上げると、面の口の部分だけが控えめに動いた。

「旦那様が新しい炭鉱での働き手としてあなたをお誘いしたようですね」

ひやりとした声だった。春の川にいつまでも冷たく流れる雪解け水のように、耳に冷たく流れ込んでくる。

「お好きに考えて頂ければと思います」

あくまで慇懃《いんぎん》にふじ乃は頭を下げた。意図をくみ取る余裕もなく、熊爪も再び頭を下げる素振りで、密かに女の顔を見る。

——ああ、死んだ鹿の目だ。

今この女の目は、野で命を落とした鹿の目に似ている。猟師に撃たれた若い雌でも、老いて力尽きた雄であっても、死んだ鹿の目は皆なぜか同じように黒々として、怒りも悔いも、何も見えない。その目と同じだった。

すぐにこの場を去ろう。そう思っていると、奥から音を潜めて廊下の床板を踏む音がした。

「ああどうも女将さん、俺は行きますんで、またそのうち……」

姿を見せたのは、若漁師の八郎だった。陽に焼けた張りのある肌が、寝汗なのか、うっすら湿って若々しく輝いている。短く刈った頭を無造作に掻いていたが、熊爪の姿を認めると、寝惚けた顔からみるみる眉を吊り上げた。

「お前、いたのか」

「ああ」

正確には、数日前から療養のため留め置かれていたのだが、熊爪は頷くだけにした。八郎は三和土《たたき》に投げた草履に足を突っ込むと、慌ててふじ乃に頭を下げた。応じたふじ乃の品の良さが、慌てた八郎と妙に嚙み合わない。頭を上げたふじ乃は、くるりと背を向けてまだ暗い廊下の奥へと消えていった。原っぱを這う蛇のように、足音も、呼吸の気配ひとつすら残らなかった。熊爪も気配を殺すように外に出ると、八郎が慌てて追ってきた。

八郎は玄関の外に出た途端、後ろからいきなり熊爪の両肩を摑んだ。

熊爪から少し離れて、犬が上体を伏せ、八郎に向けて牙を剝いている。命じればいつでも飛び掛かれる状態なのを確認して、熊爪は振り返った。

「何する」

八郎は血走った目でこちらを見ている。この男は自分にあまり良い感情を抱いていない、と熊爪は認識している。因縁をつけられるのは御免だ。

「俺が泊まってたこと、その、誰かに」

「どうでもいい」

殺意さえ含んだ目で、まさにどうでもいいことを言われて、熊爪は肩の力を抜いた。八郎は投げやりな返答に一瞬眉根を寄せたが、やがて意味を理解したのか、両手を離し、ふーっと息を吐く。

この男が良輔の屋敷に密かに泊まっていたなど、熊爪にとっては天気よりもどうでもいい事なのだ。無視して帰路につこうと足を踏み出したところで、「あ、あのよ」とまた肩を摑まれたので、再び思わず振り払った。不快そうな仕草を意に介することもなく、八郎は勝手に話しだす。

「言っておかねえと、と思って。お前が山から連れて来た奴、いたろ。太一ってやつ」

「ああ」

熊爪は気の抜けた返事をした。助けたことさえ殆ど思い出すことはなくなっていた。記憶から呼び戻すとすれば、骨折の原因になった穴持たずのことを考える時ぐらいのものだった。

「その後、俺の組で預かってたんだ。目が結局駄目だったから、陸《おか》で網外しさせてた。仕事に文句垂れてばっかりいやがったから、どうしたもんかと思ったら、あん畜生。どこぞの酌婦言いくるめて、組の金持ち出して二人で逃げやがった。だから山の奴は信用できねえ」

「はぁ」

熊爪はぼうっと声を出した。あんな男の行く末、しかも悪行の始末など、心の底からどうでもいい。どうすれば話が終わるか考えていると、ふいに八郎が熊爪を睨んだ。

「確認だが、お前のところに逃げちゃいないだろうな」

「いない」

熊爪は答えた。

「そんなこと、やっていられねえ」

握る杖に力を込め、見当違いの詮索をする男を睨《ね》めつけた。納得できない。そんな奴など知ったことではない。

八郎は一歩半退いた。

「そうだな。一応、確認しただけだ。あんた、怪我して治してたって話だもんな」

態度を一変させ、馴れ馴れしく熊爪の腕のあたりを叩く八郎を、熊爪はさらに睨んだ。

「もういいなら、行く」

「ああ、ちょっと待て」

今度は踵を返した熊爪の前に立ちふさがる形で行手を阻む。面倒臭い。煩い蔦を散らすように発砲したら、さらに面倒臭いことになるだろうか。秤にかける熊爪の様子など気にもかけず、八郎は舌を回し続ける。

「待てって。あのな、女将さんから昨夜聞いたんだが、旦那様に炭鉱に誘われてるんだって？」

熊爪は眉間に皺を寄せた。良輔からではなく、どうしてあの女からなのか。いやそれよりも、こいつには何も関係のないことではないか。

「悪いことは言わねえが、断った方がいいぞ」

八郎は周囲に人気がないことを確認し、声を落として訴えてきた。熊爪は一歩距離を取る。

「なんでだ。お前には関係ねえ」

「ねえけど。俺には関係ねえけど、旦那様、何かおかしい感じがすんだ。ただでさえ戦争が起こるかもしれんって話なのに、これからでかくなるはずの炭鉱から銀行屋が手ぇ引くって話もある。旦那様だけでなく、あの家全体がおかしい。陽子さんも、前と感じが違う気がするし」

陽子も？　と熊爪は庭で話した時のことを思い返す。もともと綿菅《わたすげ》のように摑みどころのない娘だ。喜んで犬を撫でていた姿ばかりが熊爪には思い出される。毒とも薬とも思えない娘。

あれの様子が変わるというのなら、毒になるのか、薬になるのか。

「女将さんも、もう……何であんな風に。陽子さんも、最初会った時は大人しいだけだから嫁に貰おうかと思ってたら、なんか気持ち悪《わり》ぃ感じがするし……」

八郎は細身だが筋肉質な体を心持ち丸め、片手を額にやって何事かを考えながらぶつぶつと喋っていた。

「なんか変だ。おめえが猟師やめたら、余計変になりそうな気がするんだ……」

八郎の、摑みどころのない不安に熊爪も心当たりがない訳ではない。

あの家が妙だ。それは今に始まった話ではないとはいえ、さらにおかしくなってきていると思う。昨夜の良輔の、姿を消す前の烏のような雰囲気を思い返していた。

「もう行く」

熊爪は八郎の体を押しのけ、犬に目をやった。八郎を睨んでいた犬は、こんな男など脅威ではないといわんばかりに後ろ脚で顎を掻いていた。


早朝の海の町は騒がしい。だが、今日は海霧が濃すぎて船が出ていないのか、ひっそりと静まり返っていた。好都合だ、と熊爪は思う。猟銃を背負い、犬を連れていることで向けられる眼差しが今はない。

杖に程よく力をかけ、急がずに一歩一歩、腰に負担のないようすり足で歩く。

町に出た時は早朝から夕方遅くまで丸一日かけた足取りを、熊爪は二日かけることにした。

慎重を期したのだ。痛みが走れば体を休め、夜は野宿するつもりでゆっくりと進んだ。

往路で見た開拓農家のあばら家を過ぎたあたりで太陽が沈みかけた。

少しだけ急いで森の入り口まで辿り着くと、野宿の場所を見繕う。熊の通り道となる沢沿いから距離をとり、笹がふんだんに繁った森の中に丁度いい倒木を見つけた。手早く野宿のための設《しつら》えを整える。

手ごろな枝を数本集め、垂木とする。足元の笹を小刀で刈り取り、垂木に被せる形で壁をつくる。そうして板状になった緑の壁を倒木にたてかければ、簡素な宿が完成する。あとはさらに笹で隙間を塞げば中に蚊も入ってこない。

屋敷で握り飯を持たせてくれたので、火を熾す必要がないのは助かった。熊爪はさっさと握り飯を齧り、残り二口ぶんを犬に投げてやって笹小屋の中に潜り込んだ。ちょうど地平線沿いの残照が消え、西の空が紫から群青に変わる頃合いだった。

笹小屋は熊爪が膝を曲げて横になれるぎりぎりの広さだが、塩梅は良かった。青い笹の葉の匂いに満たされていなければ、以前試しに入った熊の冬眠穴のようだ。夏だが、森の中の、しかも笹の湿り気で覆われた内部はそれほど暑くはない。少し蒸れるのが難点なので、熊爪は上着を脱いでシャツと下穿き姿になった。医者の忠告を守り、背と腰を守るように笹を厚く敷き詰めたので痛みもない。

笹小屋に引っ込む時、東の空から満月が昇っていた。今頃はさぞや辺りが明るかろう。この明るさで犬の鼻も目も利くとくれば、危険はほぼないと言っていい。疲れが取れる程度には眠れる。

用心のために傍らに置いた猟銃の硬い銃床を撫でていると、慣れた手触りに安心が広がって行く。

――そういや、久しぶりか。外で寝んの。

春に腰の骨を折り、それからずっと小屋の中で過ごしてきた。その後に良輔の屋敷で慣れない布団に寝かされていたので、昨秋以来の笹小屋の寝心地が妙に懐かしく感じられる。

――もう、夏になっちまった。

青笹の匂いに包まれ、胸いっぱいに息を吸い込み、吐き出す。身体に夏の気配が残った。

「クゥン」

笹小屋の外で眠っている犬が、寝言めいた鼻声を発した。次いで起き上がり、かさかさと笹を踏んでまた横になる気配がある。自分の寝言で起きたらしい。

耳を澄まさずとも、笹の壁ごしに夏の夜の音がさまざまに混ざって聞こえてくる。虫の声、時々一斉に合唱を始めては一斉にやめる蛙の鳴き声、夜に活動する夏鳥の『じょっぴんかけたか』という人の声に似た鳴き声、夏にしか見ない鳴が上空でけたたましく飛ぶ羽音。どれも、一年ぶりに熊爪の耳に馴染む。

体が思うままにならず苛立ちながら過ごした日々と、良輔の屋敷で居心地悪く暮らしたここ数日の疲れと緊張が、一呼吸ごとに笹の葉を通じて熊爪の体から地面に流れ出ていく。

――だが、どうしたらいい。

眠ってしまえばいいものを。歩くこと、小屋を作ることに集中しているうちは考えなかったことが、目を閉じると自然に瞼の裏へと浮かんでくる。体が落ち着いて、だからこそ余計なことまで脳裏に浮かぶ。

――山降りて、働くか。山降りずに、死ぬか。

死ぬ、という言葉の意味が、熊爪の中で色合いを変えていた。骨を折るまでは、自分は死なない、という気持ちと、死んだら死んだ時、という考えが半々ぐらいだった。少なくとも、死んでも自分はそれを受け入れられると、そう感じていた。

しかし、熊同士の戦いになすすべもなく巻き込まれた時の、自分のあの醜さは何だ。

あのまま痛みに支配され、川辺で何もかもを諦めて力尽きるという手もあった。無念ではあるが山で死ぬ、そこに異論はなかった筈だ。

しかし熊爪は生きた。生きようとした。

死よりも苦しいと思えるほどの痛みの中、這いつくばるようにして小屋に戻り、町から良輔が手配した食糧が来ればそれに甘えた。医者にも診てもらった。

そうして、町で生きろという誘いに少なからず惹かれている。

悩みを抱えたままで微睡《まどろ》む意識の中、一人の男の人生の終え方が熊爪の心を捉えている。

――あの、男。

熊爪の養父。

寡黙な男だった。

生まれはアイヌではなかったと聞いている。しかしアイヌの里で育てられたのだと。山や森での暮らしに長けた彼らに育てられ、成長してからは独り、猟師としてこの山で暮らしていた。熊爪を手元に置いて育てた経緯も意図も、全く教えられていない。育ての親、と言われていたので、状況からしてどこぞの女が産み捨てた赤子を養父が引き取ったのだと思われる。養父は語らなかった。熊爪も、真実を知りたいとも思わなかった。

彼は熊爪に必要なあらゆることを教え、熊爪は生きる術としてそれらを貪欲に学んだ。

森の歩き方、獲物の探し方、鉄砲の扱い方。何を売れば町の人間は喜び、その金で何を優先的に手に入れるべきか、といったことまで。

――犬ばどう使うかも、か。

猟犬の扱い方、躾《しつ》け方も養父は巧みだった。熊爪が現在傍に置いている犬はそこそこに良い犬だが、記憶の中の養父の犬はさらに良かった。賢く、控えめで、主と認めた養父だけに心を許していた。

養父が猟に出る間、熊爪は小屋で待たされるのが常だった。水瓶に水を満たし、干し肉や干した猿梨の実などを用意され、時には二晩も三晩も独りで待った。

幼いながらにやるべきこともあった。天気が良ければ小屋の周りの木の実、草の実、山菜を探す。雨が降っていれば、小屋の中で、あらかじめ養父が採取していた石を割るのだ。

黒くて丸い石を互いにぶつけて大まかに割り、それから破片の端を木の棒の端でこそぐようにして打ち付けていくと、規則的に砕けて黒い刃物のようになる。気を付けないと破片が飛んで手が傷つくが、慣れてくると力の加減や石の割れる方向が分かってきて、小刀のような刃や矢尻が作れるようになる。

出来を褒められることはなくとも、自分の作った刃物で、帰って来た養父が仕留めた肉を解体する。それが幼い熊爪の小さな喜びだった。

養父は容赦がなかった。口を開けばそれはほぼ「これをやるな」「勝手なことをするな」という注意か戒めばかりで、熊爪が禁じられたことを行えば容赦なく殴りつけた。痛みの中で、そういうものだ、と熊爪は受け入れながら成長した。

そのうち体が大きくなり、体力もつき、生きるために必要な技術をさらに吸収した。養父は徐々に狩りへの同行を許し、そこで熊爪はまた学んだ。

そうして熊爪の背丈が養父に迫る頃、彼は急激に老いていった。正確な年齢は本人さえ知らなかったようだが、明らかに肌の張りが衰え、目が悪くなって獲物を仕留め損なうことも増えていた。そして熊爪が精通を迎える頃、姿を消した。

あれはその冬一番の吹雪と思われる夜だった。常に腰の皮袋に入れていた小刀を床に置き、筵《むしろ》もまとわないまま戸を開け、外に出た。それきりだ。

残された熊爪は、養父が「今」「どこかへ」「己の意思で」行くと決めたのだと、理解していた。

翌朝、熊爪は戸の向こうに厚く積もった雪を押しのけて外に出た。一面の銀世界は真っさらで、足跡も何も残っていない。小屋の脇の木箱をねぐらとしていた当時の犬も、養父と共に消えていた。

彼らは自分で終わりの時を決め、自分の足で去って行ったのだ。納得が自分の中へと流れてきた。

これからは一人。ずっと一人、狩って生きる。死ぬまでは狩る。

しゅっ、という微かな空気の音で熊爪は目を覚ました。辺りはまだ暗く、湿っぽい。横向きで眠った頬に、青い笹が触れている。そうだ、自分は町の帰りに野宿をしているのだ、と状況を思い出した。

笹の壁の向こうで、またしゅっという音がした。犬の寝息か、と静かに察する。気配に敏《さと》いこの犬がこれだけ寝息を立てて眠り込んでいるということは、周囲にさして危険はないということだ。熊爪はごろりと体を反対側に向けた。まだ暗い。できるだけ眠って体力を回復せねばならない。

狩らずに生きるとはどういうことだろうか、という疑問が浮かんだ。良輔に提案されている、炭鉱とかいうところで働く。具体的にどんな作業が待っているか熊爪には想像がつかないが、今までのように野山を歩いて獲物を探し、自分の技量でそれを撃ち、肉を得るということからは離れることになるのだろう。

肉や皮を交換することなく金を得る。それで食い物を買って食い、たまに酒を飲み、女を買う。

生活は煩くなるだろう。人間が住んでいる土地に住む。良輔やあの屋敷にかかわる奴らが問題に巻き込んだり、話したくもないのに、感情をぶつけてくる。想像しただけで煩わしい。

その一方で、熊爪の魂のなかの音はきっと消え去る。森の葉擦れや獣の気配、発砲の音。それら全てが遠いものとなる。

静かすぎるな、と熊爪は思った。

もし山で生きる道を捨てたならば、煩い街の中、俺の魂は静かに生きて死ぬことになる。

――もしそう生きねばならんとしても。

熊爪は下唇を強く噛んだ。外で犬が目覚め、首を起こした気配がする。

このままでは、嫌だ。

子どもの頃を思い出したせいなのか、熊爪のなかで酷く幼い癇癪が頭をもたげる。唯々諾々と運命を受け入れることを拒み、大声で喚いてでも我儘を言う。そんな稚い怒りが再び熾る。すでにあの男はいないではないか。もう自分はあの男よりも大きく強くなった。誰に生き方を縛られることもない。

ならば、……ならば。

我儘を言う相手は、自分自身だ。

ならば幾らでも、身を賭して望めるだけのことを。

――できることだら。俺は。最後にあの赤毛に挑みたい。

歯が下唇を食い破っていた。口の中に血の味が広がる。

純粋で、凶暴な願望だった。俺は、俺に怪我を負わせた熊を仕留めたあいつを、殺したい。山に君臨しつつある若い雄に勝ってから、己の運命を見定めたい。

静かな月夜に、心地の良い笹小屋で横になっていても、一度その願望を認めたならば腹の底がぼうぼうと熱くなって仕方がない。

がばりと身を起こした。狭い笹小屋の壁が倒れ、犬が慌てて立ち上がる。

「行くぞ」

半壊した笹小屋を置いたまま、熊爪はその場を後にした。まだ夜が明けるには時間がある。幸い、木々の葉さえ貫く月光が小屋までの道を示してくれた。

——そうだ、仕留めなければならない。

——赤毛を、俺は、この手で。

朝など待ってはいられない。熊爪の焦るような後を、犬が軽快な足取りでついて行った。

小屋に到着したのはすっかり朝になった頃だった。熊爪は中に入ると、大きく息を吸った。鼻に流れ込む慣れ親しんだ匂い。毛皮、肉、煙、沁み込んだ自分の汗。

——俺は、まだ、こっち側だ。

熊爪は板の上に腰を下ろすと、股関節を曲げて腰の痛みを確認した。疲れて筋肉が強張っているが、軋るような痛みは大分減った。

犬は地面に鼻をつけて小屋をぐるりと回って来た。背中の毛は逆立っていない。熊が近づいた様子はなかったようだ。

熊爪は壁にかけておいた、まだ馴染んでいない銃を手に取る。太一が持っていたものだ。使い慣れた村田銃の補助のつもりで持っていたが、自分の体に不安が残る状態であの赤毛に挑むのであれば、慣れなければならない。古いものと同等、いや、より使いこなせる程に自分の銃とせねばならない。

それから、熊爪は遠出をすることもなく、小屋の周辺のみで暮らした。備蓄していた米、干し豆などの食糧の消費は少しずつに抑える。代わりに、夏の堅い蕗、独活《うど》の茎などを頻繁に採り、時間をかけて処理しては日々の糧とした。狩りに出ない分、森のあちこちに兎や栗鼠を捕える罠を設置し、こまめな見回りを心掛ける。里に降りて金に換えることは考えず、無理のない範囲で体を動かしながら、自分が必要な食物を得ることに専心した。

腰は、元のようにとはいかないまでも、少しずつ治っていく感覚があった。動かす際にピシリと鋭い痛みが走ることはあるが、それがどういう方向で、どれだけの力がかかった時に発生するのか、経験が蓄積され、痛みのある生活に、痛みと共存する暮らしに慣れていく。

熊爪は体を整える一方で、今はまだ出ない狩りの準備も進めていた。新旧二丁の銃を慎重にばらし、部品の細部に至るまで汚れを落とし、不具合と癖を見分け、時には残弾数を確認しながら試し撃ちをする。

――息ば、吸って、吐いて。

無意識に脳裏に浮かぶのは養父の声だ。言葉によって教えられたことは少なく、言葉なしに叩きこまれた術は多い。それを、一つ一つ、辿る。

以前と同じようには動かせない体で、新しい方の銃の癖を完全に知り、慣れた銃と同じ程度の命中率を期待する。

——誰のものだったかは、関係ねえ。

うまく使えても使えなくても、元の持ち主ではなく自分が手にしているからなのだと、心の隅から隅まで納得させる必要があった。完全に自分の手の一部となるまで、時間をかけて己のものとした。

夏の盛りが過ぎ、白樺の葉の縁がうっすら黄色味を帯びるようになった。秋になれば熊どもは豊富な木の実で夏の痩せた体から一気に肥える。魚を獲れる者は遡上する鮭を捕ってさらに体力をつける。赤毛に戦いを挑むなら、秋が深まった後。奴が全盛の季節に戦うことこそ意味がある。熊爪はそう決め、小屋の外で銃を構える練習をしていた。

ふと、地面に伏せていた犬が耳を立てて身を起こした。熊爪も犬が凝視する藪の向こうを見る。牙を剝かず、姿勢も低くしないので、銃を下ろした。

がさがさ、と笹をかき分ける音がすると、すぐに小さな人影が姿をあらわした。丁稚の小僧だった。久方ぶりに姿を見たが、やはりおどおどと身を縮めている。小屋の外にいる熊爪の顔を見てほっと顔を緩ませ帽子を脱いだが、手にしている銃を目にして急に身を硬くした。

「あの、旦那様から、お元気かどうか見てくるよう言われまして。あと、お言付けで、炭鉱の話はどうする、と」

差し入れなのか、包みを熊爪に差し出しながら、小僧はおずおずと熊爪を見上げた。いがぐり頭に、人の感情を窺う目。熊爪が同じ歳の頃には、重い銃身を木の枝に引っかけて鹿を撃っていた。

「いいえ、答えを聞いて来いというお話ではなかったので、別にいいんですけど」

とはいえ、何らかの言葉は与えねば小僧は帰れまい。熊爪は簡潔に答えてやることにした。

「行くかどうかは、まだ分からねえ」

率直に言って、それだ。結局、自分は決めかねている。だから、決めていることだけを言葉にした。

「行くことに、なるのかもしれねえ。今、追っている熊がいる。それ、殺してからだ」

殺してから行くのか。それとも、殺してから、考えるのか。

熊爪には最早どちらでもなかった。赤毛を倒すと決めてから、炭鉱のことはほとんど考えないようにさえしていた。その間に、自分のこの腰の傷は、どうも長く付き合っていかなければならないもののような気がしてきた。長く猟師として生きていくことはできないということも。そうなれば、やはり炭鉱に行くということも考えねばならない。

だが今は、熊を仕留めることだけを考える。

熊爪のほとんど動かない表情から何を受け取ったというのか、小僧はまた気が抜けたように笑った。

「旦那様には、お元気そうだったと、伝えておきます。あの、お会いできて、良かったです。俺、秋の彼岸まででお店やめることになって」

小僧は帽子を揉みながら言い訳がましく言った。

「旦那様も、お店も、なんか少しずつ変わっちゃって。怖い人が出入りするようになったり。商売の風向きが変わったっていうか、うまく言えないんですが。番頭さんもやめてしまわれたし」

番頭。小僧の言葉で、熊爪はあの抜け目のなさそうな、商売人らしく熊爪にも平等な幸吉の姿を思い出す。知る限り良輔のもとで長く仕事をしていたようだし、まだ隠居をする年齢でもない。

「すいません。なんか、べらべらと。でも、最後に会えてよかったです」

そう言うと、小僧は前腿に両手を当て、商売人らしい礼をした。そのまま踵を返すのを、

「おい」と鋭い声で呼び止めた。

「は、はい。なんでしょう」

熊爪は大股で小屋の中に入り、壁に掛けてあった小さな巾着袋をひっ摑んだ。それを小僧の目の前に突き出す。

「疲れたら食え」

小僧は両手で受け取ると、袋を覗き込んだ。巾着袋には赤い実を干したものが詰まっている。

「五味子《ごみし》だ」

「あ、ああ、ありがとうございます」

驚いた目で小僧は熊爪を見ると、そのまま破顔した。商売人の衣を脱いだ、子どもらしい笑顔だった。傍らで見ていた犬が高い声で短く鳴いて、茶色い尾を振り回した。


小僧が去り、再び小屋は熊爪と犬だけの静寂に戻った。ふう、と板の間に胡坐をかき、熊爪はぐしゃぐしゃと頭を掻きむしった。

良輔の家と店がおかしなことになっている。熊爪は与《あずか》り知らぬし、彼らに何があっても別段関係のない話だ。それでも、これまで滔々と流れていた小川に強引に堰《せき》が作られ、水がじわじわ溢れ続けているような不穏さがある。溢れた水は離れた場所の土まで湿らせるのだ。

――赤毛ば、獲らねえと。

意識を今自分が為すべきことに向ける。このところ嚙みしめ慣れた下唇のかさぶたが剝がれ、また血が流れた。その味を、心地よく感じていることに気づき、熊爪は唾を吐き出した。地面に落ちた薄桃色の体液は土にも染みずにそのままだった。

八　毛物《けだもの》

落ちた楢や楓の葉の上に、ひらひらと雪が舞い落ちる。初雪だった。

——もうすぐだ。

熊爪は杖で体を支えながら、どんよりと淀んだ空を見ていた。広葉樹の葉は楓以外はほぼ落ち去り、灰色の雲を背景に細い枝が頼りない姿を晒している。その間を縫うように雪が地面へと降っていた。だが、まだ晩秋の初雪は、熊爪の予想通りその日のうちにすぐに消えた。

数日後、二度目の雪は岩陰や木の陰にのみうっすら残った。こうして徐々に秋は終わりを迎えていく。

冬が来るのだ。熊爪がここと定め、痛む体をいなしながら待っていた、ただ一度の冬が来る。

やがて、夜半から細かい雪が降り続き、朝には踝《くるぶし》までの雪が積もっていた。熊爪は藁沓で小屋の周囲を踏みしめる。雪は熊爪の足跡の形に踏み固められた。

屈んで、まだ綿のように柔らかい雪を手に掬《すく》う。それを力いっぱい握りしめると、白い氷のように堅く縮んだ。

——これで、奴を追える。

待ち望んでいた積雪だった。この雪は恐らく根雪になる。必ず、あの赤毛を追う手がかりとなるだろう。

　もちろん、自分の足跡が残り、逆に相手に動きを読まれてしまうという側面もある。それを差し引いても、手負いの熊爪にとっては雪上の足跡を追う方が確実だ。

　雪が積もってから熊が冬眠に入るまでの猶予は約十日。できることなら、五日程度で仕留めてしまいたい。

　怪我の後遺症で万全でないからこそ、不利な条件を敢えて自分の味方につけ、最後の機会と定めて赤毛を追う。

　それが、熊爪の決断だった。


　二丁の銃の手入れと、干し肉、干し木の実などの準備。冬用の藁沓の修理と犬皮で作った上着の補修。痛む腰を支えるための木の杖は、何本も試作を繰り返して腰より少し上まで来る、握り込むのにちょうど良い太さの物を削り上げた。材料は丈夫なアオダモで、握る部分には滑らぬように麻紐を巻きつけてある。

　山に入る準備の全てを終えた夕方、熊爪は体力をつけるために茹で芋と燻し肉を満腹になるまで胃におさめた。普段は別段餌をやらない犬にも、肉の切れ端や腱を与える。日が暮れると早々に寝床用の毛皮に潜り込んだ。

　夜になると傷が痛む。怪我を負ってから、幾度もこんな夜をやり過ごしてきたが、知らず知らず緊張を感じているのか、余計なことを考えてしまいそうだ。

最後の機会と定めた赤毛の熊を追うことで、俺は何を感じるのだろう。

答えの出ない問いを無理に追い出し、熊爪は強く瞼を閉じた。一瞬、町の良輔や陽子、小僧らといった数少ない人間の顔を思い出したが、彼らにどういった感情を抱いていいのか、よく分からない。

逃げるように今まで仕留めた獣を数え始めると、三十ぐらいのところで漸く眠りに落ちることができた。


翌日から、赤毛を探す日々が始まった。

熊爪の知る限りの熊の行動原理に基づき、森の中、沢沿い、尾根の陰など、冬眠直前に彼らがうろつきそうな場所を探し回る。

怪我をする前なら、なるべく多くの食糧と野営の道具を背負い、熊を仕留めるまで小屋には戻らないつもりで山に入った。

しかし今は違う。杖を使い、急ぐよりは転倒しないことを第一とした。必要なものは携帯しつつ荷物を軽くし、深追いはせずに小屋に戻る。体に疲労が溜まっていれば一日休んで体力の回復に専念する。時間が勿体ないが仕方ない。それが今の自分には最善の形だと熊爪は考えた。

腰の痛みがむしろありがたかった。ここで以前のように体が万全であったなら、きっと深追いして赤毛の懐へと潜りこみすぎる。痛みへの恐れ、衰えへの恐れ、それらは熊爪を縛る鎖であると同時に、ある種の臆病さをもたらしていた。そしてその臆病さは、時に強みともなる。そうして五日が経った頃、夜のうちにまた雪が降った。朱色の朝陽を反射してきらめく新雪に熊爪は目を細め、まずい、と感じる。あまり雪が降ればその分だけ熊は穴に籠る日にちを早める。

残された時間は少ない。

熊爪は野営を前提に荷物を増やし、六日目の探索に山の奥へと足を踏み入れた。山の懐深くまで進むたび、雪の多さが目に付く。小屋の周辺よりも指二本分は雪が多く積もっていた。そのせいで、地面の凹凸が分かりづらく、犬でさえ時々足を滑らせた。

「はっ、はっ」

熊爪は、杖をつき、腰をかばいながら歩くことにもかなり慣れていた。今では杖の先が第三の足のようで、地面のどこに突き立てればいいのかがすぐ分かる。悪場では杖があるからこそ転ばずに済んだことも一度や二度ではなかった。

それでもやはり、地面を注視することによって消耗はやや早まる。全身にのしかかる疲労の中、熊爪は何年か前の秋に見た、とある雄の鹿を思い出していた。

大きな雄だった。立派な角を見るにおそらく三歳以上で、体もがっしりとしている。茶の夏毛から黒味を帯びた冬毛へと生え替わり、草を食う獣らしからぬ精悍な顔をしていた。

その鹿の角には、他の鹿の頭骨が絡みついていた。

雄鹿は秋の繁殖期には他の雄と角を突き合わせて戦う。互いに角が発達した雄同士ほど、戦いは激しいものとなる。

そして、複雑な形をした角がある拍子で絡み、外れなくなったのであろう。

相手と、それ以上戦うことも離れることも叶わなくなった雄同士の心情を熊爪は考える。

――腹、立ったべな。

腹が立ち、やがてどうやっても外れぬと分かってからは、絶望もしただろうか。諦めて、共に首を下げて地面の草を食むこともあっただろうか。

どのくらいの時間を経てかは分からないが、片方が力尽きる。生き残った方は相手の死体を引きずり、それでも草を食い、眠り、起きて、生きる一日を繰り返した。

死んだ鹿の臭いを熊に勘づかれなかったのは幸いだろう。もし見つかれば、熊にとってすぐにいい餌となっていた筈だ。しかし雄は見つからないまま運よく生きのびた。

そして、死んで朽ちかけた鹿の体から頭が抜ける。

胴体の重さがなくなり、少し自由に動けるようになる。目の前に腐りつつある同族の首を見ながら、雄は生存を続けた。次第に皮がはげ、腐った肉が落ち、脳が流れ落ちる。或いは群がった烏や鳶が肉を啄《ついば》んだかもしれない。

ともあれ、少しずつ骨が見え、頭は軽くなっていく。

熊爪が目撃した時は、鹿は絡んだ角にほぼ骨だけになった頭の部分をぶら下げたまま、悠々と森を歩いていた。衰弱してはいなかった。もうその状態に慣れきっていたのだろう。もしかするとそのままの状態で雌とまぐわいさえしたかもしれなかった。

「ばかたれな鹿だ」

その雄と目が合った時、熊爪はそう呟いたのを覚えている。同族との小競り合いで角が外れなくなった、ただの間抜けな個体だと。

その時熊爪は他の鹿を撃ち、首の後ろに背負っていたため、頭骨つきの雄を撃つということは考えなかった。だから、しばらくその鹿を見つめた後、再び小屋へと歩いた。雄もその場から去って行った。

厳しい冬を経て春まで生きのびることができたなら、やがて今生えている角は頭骨ごと落ち、災難に遭ったことなど忘れて生き、秋にはまた伸びた角を以て戦うのだろう。そういうものだ。

冬を生きのびられなかったとしたら、角の絡み合った二頭分の頭骨がどこかで朽ち果てているだろう。肉や皮は鳥や獣の糧になり、割られて骨髄を舐めとられた後の骨は地にうずもれる。それだけの話だ。

熊爪は今、思うままにならない体を引きずるように山を歩きながら、過去の自分の認識を改めていた。角を絡ませた間抜けな鹿。だが、少なくとも生きのびた方の鹿は、偉かった。熊爪が見たあの時までは、生き続けた。だから、勝者だ。死んだ方の鹿に対してではなく、奴自身に対しての、勝者だ。

——俺は、どっちだ。

「キャフッ」

突然、数歩前を歩いていた犬が妙な声を上げて飛び退った。しきりに前方の地面を気にしているが、少し距離をおいたまま、警戒している。

「なんだ」

近寄ると、地面と熊爪の顔を交互に見つめ、落ち着きなく足踏みをしている。

熊爪は犬が気にしている場所を見た。雪にうっすら覆われた落葉の重なりが、少しだけ動いたように見える。指先でかき分けると、つるりとした表皮に覆われた蛙が出てきた。茶色で、なんの変哲もない赤蛙が目を閉じている。

「ばかたれ。こんなもんで」

浅いところで冬眠していたものを踏みつけて動転したのだろう。熊爪が落葉の下の土まで少し掘り下げて蛙を埋めると、犬はばつが悪そうに体の下まで尾を丸め込んでいた。

「ばかたれ」

叱責を含まずにそう言うと、犬は尾を上げ四肢を伸ばした。犬畜生のくせに、人の気でも紛らわせようとしたのか。そう思うと、妙に己が惨めに感じられてくる。

「行くぞ」

合図と共に犬がまた先に立った。熊の痕跡はこれまで幾度か見つけたが、いずれも足跡が小さすぎたり、糞が古すぎたりと、赤毛の決定的な尻尾はつかめていない。

——赤毛ば、追う。今はそれだけだ。

銃を撃つ直前のように大きく息を吸い、吐いて、頭の疲れを削ぎ落す。どこか楽し気に尾を左右に揺らす犬の尻を見ながら、熊爪はまた一歩足を進めた。

その日は岩が露出した崖の、洞窟とも呼べないほど浅い岩盤の窪みに寝場所を定めた。湿った枯葉の上に厚手の油紙を敷き、距離をとって火を熾せばそれで上等な宿となる。途中で摘んでおいた猿梨の実を食い、米の粉を練って竈の火で焼いたものを軽く炙りなおして夕飯とする。

周囲で拾った適当な枝からなる焚き火は心地が良かった。時折、パチリと爆ぜては伏せる犬の耳がぴくりと動く。

遠くで悲鳴のような声が響いている。狐の鳴き声だ。狡猾な人間を縊《くび》り殺せばきっと似た声が出るだろう。この山に人間は自分しかいない。それが分かっているからこそ落ち着いて聞いていられる声だ。

ふーっと息を吐くと同時に、一日分の疲れが体を覆う。

これが最後の旅ならいい。

赤毛を仕留めたい、という願いと同じぐらいの強さで、熊爪はそう願っていた。熊に返り討ちにされるのでも、どこかで思わぬことが起きて命が奪われるのでもいい。不自由な体でも、当然のように山に入り、そして命を終える。これからのことや、人間同士の繋がりや、町に降りるたび感じざるを得なかった何かの引け目。全てに背を向け、何かを傷つけることなく終われたならば、それが一番いいのではないか。

——今日は、だめな日だ。

熊爪は岩の間でごろりと横になった。赤毛の手がかりを見つけられず、あまり良くない考えばかりを繰り返している。

見つける。仕留める。

——そのために来たんでねえか。

自分を叱責し、眠りにつく。一日歩き続けた疲れのお陰か、後ろ向きの思考に倦んだのか、すぐに眠りは訪れた。

七日目も成果はなく、八日目となった。熊はもう穴へと籠り、冬眠に入ってしまっている可能性もある。このまま、赤毛を見つけられなかったらどうする。一つの仮定が熊爪の足を鈍らせた。それでもどうにか、木々をかきわけて森を進む。

潔く小屋を後にし、山を降りて良輔の勧める炭鉱の仕事に携わるか。未練がましく山で冬を越し、また春に赤毛を仕留めることを期すのか。

分からなかった。今、赤毛を追っているこの時だけは答えを出さないままでいることが許されている。そんな思いで、俺は赤毛を追い求めていたのではないか。或いは、諸事から逃げていたのではないか。

生えている木の一本、地形の隅々まで知っている筈の山が、今はひどくよそよそしく感じられた。違う。自分は逃げてここにいる訳ではない。鉄砲撃ちとして最後に熊を、赤毛を仕留める、そのためにここにいるのだ。今までと異なり、二本の足だけでなく杖までも地面に突き刺し、それでも戦うためにここにいる。

熊爪は歯を食いしばった。食いしばりすぎて顎の骨が軋む。力を入れるたびに押し出されるように涙が滲んだ。阿呆な。力弱い餓鬼の頃でも滅多に泣くことなどなかったのに、何故俺は泣いている。眩しいせいだ。雪が太陽を反射して眩しいせいだ。そう気づいて目を細めた。

翌日、沢筋で灰色の空の低いところを鳶が旋回していた。

熊が食い散らかした鹿の肉片や骨でも落ちているのか。熊爪は沢を挟んだ反対側の尾根に目をこらした。葉の残っている針葉樹の枝の間を鳥どもが飛び交っている。熊がまだそこにいる筈もないが、痕跡はあるかもしれない。熊爪は杖で慎重に体を支えながら沢を降り、鳥が群れていた地点に向かうことにした。

「鼻ぁ、きかせろよ」

犬は心得たように鼻先を上げながら歩く。時折、逸《はや》って距離が離れると、主人の「おい」という掛け声ひとつで慌てて引き返してきた。

――犬が、急《せ》いてる。

犬の毛は逆立ってはおらず、胡乱《うろん》な気配を感じて牙を剝く気配もない。なのに、やたらと先を急いでいる。熊爪は犬の鼻だけに頼らず、自分でも鼻に神経を集中させながら犬の後を追った。

冬の乾いた空気はどこか灰の匂いに似ている。動物の気配も土の匂いも木々の匂いもなく、焼け果てた土くれの灰に似ているのだ。冷たいこの匂いにさらに鼻の奥を突かれるような疼きを感じると、やがて雪が降って来るのだ。

今はただ、冷たい灰の匂いしかしない。ならば犬はなぜ、と思っていると、烏の鳴き声が聞こえてきた。

熊爪はこれから見る光景が何なのか、うっすらと予感した。その答え合わせのために歩いた。

「後ろ歩け」

声を掛け、先走らないように自分の後方を目で示すと、犬は静かに従った。

雪が積もった斜面から針葉樹の幹が真っすぐ立ち上がっている合間を、烏どもが飛び交っていた。雪上のある一点を中心に群がっているらしい。熊爪はそれ以上は近寄らず、その様子を見つめていた。

食われているのは、獣ではない。他の種の鳥ではない。烏が、烏を食っていた。黒い羽を引きむしり、皮を裂き、肉と内臓を食い尽くす。同種食いは珍しいことではない。ことに烏には普通のことだ。

だが、熊爪は、食われている烏は時折自分の周りを飛び回っていたうちの一羽ではないかという気がしていた。山林で時折からかうように飛び回り、時には獲物の位置を知らせた個体。

自分が猟に出なかったここ暫くは姿を見ていない。あいつが、今、同族に食われる側に回っている。確かめようのない確信があった。

「行くぞ」

そう犬に声をかけ、ギャアギャアと喚いている烏の群れに背を向けた。何が起きているか確かめ終えたのならば、他にすることはない。また熊を追うだけだ。

積もった雪の粒が光を反射する中、景色は薄眼で見てこそしっくりとした。怪我をする以前とは異なる、杖を使っての歩行が当たり前となり、前はどうやって二本の足だけで山を歩いていたのかを思い出せなくなってくる。

初めて、犬がいてくれて良かったと熊爪は感じた。役に立つからというだけではない。自分が怪我を負おうが、変わらず言うことを聞き、傍から離れないでいる獣が一匹存在する、そのことが、妙にありがたく思えた。


ふいに太陽に雲がかかり、熊爪は細めていた目を開いて空を見上げた。真っ青だった天には薄く雲が浮き始めている。山が険しい方角には、既に厚い雪雲が湧き始めていた。

指を舐め、宙に突き上げる。指の腹に強く冷たさを感じる。冷たい空気で急激に冷えていく。風が変わったのだ。

熊爪は登っていた尾根を降り、渓間を流れる細流の近くに早めに野営場所を定めた。周囲の斜面は木が多く、まだ積雪も少ないので雪崩の心配もない。

陽は高いが、これから天気は急に変わる。本格的な吹雪が来る。熊爪はまだ緑の葉が茂っている松の枝を探した。なるべく枝が細かく、葉の密度が高いものを選んで、枝ごと鉈《なた》で切り落としていく。二抱え、三抱えと集めて、今日のねぐらの材料とした。

雪の上に厚く枝を敷いて床とし、他の枝を円錐状に立てかけて壁とする。自分一人が丸まって眠れるぐらいの広さがあればそれでいい。犬はどうせ警戒のために外で眠らせる。

熊爪の予想は当たり、厚い雲がするするとせり出して空を低く覆った。日没の時間よりもまだ大分早いはずなのに、辺りは暗い。渓間のために風はさほどでもないが、低い雲が走り、高いところを吹く風が木の枝をびょうびょう鳴らしていた。

狭く、松葉がみっしりと繁った仮小屋の中は、風が入らない代わりに火を焚けない。煙が逃げないのだ。かといって外で焚くには風が強い。今日は火を使わないと潔く決めた。完全に暗くなる前に仮の松葉小屋へと潜り、背嚢から干し肉を引っ張り出して噛み千切る。

鹿の腿の肉を筋肉の塊ごとに分けて煙を当てながら干し、表面が乾いてから薄く切ってまた天日で干したものだ。筋も含んだままなのでかちかちに堅いが、少しずつ口に入れて唾液と馴染ませながら噛むと、凝縮された肉の滋味がじんわりと滲み出てくる。腱のところは外に放り投げると犬がすぐに飛びついた。くちゃくちゃと、仮小屋の内と外で咀嚼音が響く。

秋に、小屋の近くにひょっこりと姿を見せた若鹿を撃った時のものだ。わざわざ狩りに出て獲ったものではない。馬鹿な獲物だ、と思いはするが、味に変わりがある訳でもない。

干し肉は腹の中でさらに膨れるため、空腹が落ち着いたところで熊爪は横になった。松葉は外の寒気を遮ってくれる訳ではないが、今日は曇っているのでそう寒くもない。犬皮の内張りがある上着にくるまっていれば、温かくはないまでも凍えずに眠ることはできる。

熊爪は浅い眠りと覚醒を繰り返した。腰の鈍痛で起きては体の向きを変え、そのたびに外の気配に耳を澄ませた。風が徐々に強くなっている。犬は自分の尾に鼻先を埋めながら丸くなって眠っていることだろう。

烏どもは身内の肉を食い終え、それぞれのねぐらに帰ったろうか。

角に敵の頭骨をぶら下げていた鹿は、その記憶を忘れ去り、雌たちを従えて眠っているだろうか。頭骨の方は絡んだ二頭分の角と共に雪の下に埋もれているのか。

山を降りた遠くの町では、人々が下らぬことでいがみ合ったり、美味いものを食ったり、女を抱いているのだろうか。

熊爪にとって全てが遠かった。次に眠りについた時、その時こそもう万象遠くに置き去りにして、そのまま永遠に覚めなければいいのに。そう思いすらして、熊爪は微睡みの中で意識を手放した。悲しみも怒りも全てが、もう雲の向こうに浮かんでいる月の彼方より遠かった。

肉を裂く痛みと共に目を覚ました時、熊爪はひどくはっきりとした夢を見ているのだと思った。自分の体が衰え、熊に足を噛まれて死にゆく夢を見ていると。

しかし、痛みは現実だった。一瞬の混乱ののち、痛みの元である右足のふくらはぎに目をやる。そこには茶色の塊がいた。

あろうことか、犬が壁を壊して入りこみ、主人である自分の足を噛んでいる。

「何すんだ、てめえっ！」

思わず足を振り、藁沓で犬を蹴とばそうとした。しかし犬はすぐに離れ、足と接触することなく熊爪に背を向けている。

壁の壊れたところから見えるその視線の先に、黒い影があった。

熊爪は即座に目を覚まし、状況を理解した。痛んだ足は少し噛まれただけで、怪我と呼べるほどの傷ではない。犬が俺を起こした。そしてその犬の目の前の影の縁は、昇ったばかりの朝陽を受けて金色に輝いていた。

——赤毛だ。

「おめえか！」

会った。会えた。会ってしまった。

感情の波が追い付かないままで、熊爪は傍らに置いてあった銃に手を伸ばした。弾を込め、すぐに撃てるようにしておいた古い銃。手に馴染んだそれを素早く構え、照準も定めぬままでまず熊に一発ぶち込んだ。

どこに当たろうが、毛皮がどうなろうが、そんなことは考えない。自分を襲おうとしたそいつに、反撃の意思を示す。そのための一発だった。

弾は当たらなかった。熊は血を流すことも悲鳴を上げることもなく、すぐに背を向け四つ脚で走り去り始めた。犬が狂ったように吠えたてるが、熊爪は手を前に出してそれを制する。追いかけられなかったのが不満なのか、犬は尻尾を巻いてその場を所在なげにうろついた。

熊爪はばたりと座り込んだまま、荒い呼吸を繰り返した。壁にしていた松の枝は吹っ飛び、辺りの雪の上には犬と熊の足跡が入り乱れていた。

　今は夜が明けたばかり。赤毛は見慣れぬ木の枝の塊を見つけ、そこに人と犬の気配を感じ取った。犬は吠え、猛って威嚇《いかく》をするが、自分は深く眠り込んで目を覚まさなかった。そこで犬が主人を嚙んで起こそうとした。そんなところか。

　――起きなかったとは、なんたら、馬鹿か。

　普段ならあるまじきことに、起きなかった。起きられなかった、のではなく、起きないことを望み続けていた、が正しいか。

　自分の腑抜けさ加減に呆れるか、腹が立つか。熊爪はそのどちらでもなく、自分でも不思議なほどに頭の芯が冷えていた。その代わりに、全身を熱い血が駆け巡っている。頰と耳が特に熱い。

「来やがった。あいつ、来た。来やがった」

　熊爪は思わず笑い出しそうになった。探し求めていたあいつは、まだ冬眠せず、俺と接触した。奴を追い求めている俺から、逃げずに、会いにきた。

　なんと嬉しきことだろう。

　熊爪は急ぎ背嚢を背負い、再びすぐ撃てる状態にして二丁の銃も背負った。杖を手にして熊の足跡を確認する。

　朝陽が周囲を赤く照らしていた。とはいえそれは明け方の一瞬、雲の切れ間から覗いたのみで、まだ空は重い灰色の雲に覆われている。鼻先に気配を感じる。雪が降り始める。

熊は、熊爪らが昨日通った方向からここまで来て、渓流沿いに上流を目指して逃げ去っていた。おそらくどこかで人間と犬の匂いを感じてやって来たのだろう。そして、雪に明確な足跡を残していってくれた。

「急ぐぞ」

風はおさまっていたが、再び吹き出せばはかない足跡などすぐに地吹雪によって跡形もなく消える。その前に赤毛に追い付いて見事仕留めれば勝ち。見つけられない、または、見つけても返り討ちに遭うかまた逃げられれば己の負け。そのまま、覆《くつがえ》しようのない、一生の負けとなるだろう。

――それも、いい。それが、いいかも知んねえ。

その時のことを想像すると、心が静かになった。痛みも悔しさも、きっと受け入れられる種類のものだ。

だが易々とは死なない。それを良しとはできない。熊爪は犬を先に歩かせ、熊の足跡を確認しながら上流を目指した。

足元は水辺特有の谷地坊主でぼこぼこと歩きづらいが、ここで時間を食っている暇はない。杖を駆使して、なるべく速く進む。空からは細かい雪がちらついてきた。急がねばならない。

熊爪の息が少し上がってきたところで、足跡は沢を越えて右手の斜面を登っていた。小さく舌打ちをしながら追いかけて斜面を登る。雪をかぶった笹がわずらわしいが、これをかき分けた痕跡がある限り、たとえ足跡が見えなくなっても赤毛を追うことができる。

熊爪は何も考えなかった。過去も未来も興味がない。さっき朝陽を浴びて輝いていたあの赤毛を撃ち取る、そのことが今生きている意味の全てだ。

——絶対、獲る。

その一心で、万全ではない体を前に進めていた。

斜面を登りきると、また谷状の地形を挟んで、反対側の斜面に赤黒い影が見えた。

——奴だ。

しかし、遠い。

おまけに斜面を登っている状態で、とても背中から心臓まで届く角度では撃ち込めそうにない。

赤毛は必死に逃げている訳ではないが普通に走っており、熊爪が懸命に追ったとしても追い付ける距離ではない。犬を迂回させて先回りさせ、こっちに向かうように追わせても、あの赤毛はそんな思惑には乗るまい。

——なら。

こっちに来るよう、仕向ける。

熊爪は見晴らしのいい笹原に座りこみ、そのままうつ伏せに寝そべった。背嚢を顔の前に置いて、上部を潰す。その上に新しく得た方の鉄砲の銃身を置いた。

銃床を肩に当て、膝で体の高さを少しずつ調整して最も良い姿勢を探る。折れた骨盤かその周辺の筋肉か、治りきらない痛みが燻るが、強いて無視をする。視線の先で、小さな塊に見える赤毛は立ち止まってこちらを見ていた。犬は心得ているのか、熊爪の足の辺りで可能な限り身を縮め、息を潜めて主人の行動を見守っている。

――いいぞ。いい。当たっても、逃げんなよ。

急ぐが、焦らない。只でさえぎりぎり届くか届かないかの距離だ。自分の全ての欲を、紙縒りのように細く固めて狙いを定める。

――この一発、当てなければ、何の意味もねえ。

大きく息を吸い、吐く。もう一度大きく息を吸い、吐く。

それ以上は、何も考えないまま、引き金を引いた。

音と衝撃が沢に響く。冷気を貫き、舞う雪を弾いて、一直線に赤毛の方へと。

赤毛の丸い尻ががくりと下がった。

「よしっ」

当たった。熊爪は思わず声を上げた。身を起こして赤毛を見ると、一度体を沈め、それから二本脚で立ち上がった。咆哮しているようだ。

――そう、そうだ、怒れ、逃げんな、怒れよ、おめえ。

ほとんど祈るようにして熊爪は熊の動向を見守った。犬もいつのまにか熊爪の隣で耳を立て、熊の様子をじっと見ていた。

手負いとなり、一心不乱に逃げられればもう終わりだ。追い付くことは叶わない。

――来い、来い、来い！

二本脚で立ち上がっていた赤毛が、ぐにゃりと体を捻った。そして、沢の向こう側の斜面にいる人間の姿を認める。

さっき様子を見に行き、大したことはないと判断した人間が、追いかけてきて己に傷を負わせた。

熊爪からは赤毛の顔や細かい動きまではとても見えない。しかし、奴が感じていることは手に取るように分かった。

そして、焚きつけから太い木へと炎が回るように大きく育っていく怒りも。

――腹、立つだろ。なあ。立つよな。

赤毛はゆっくりと上体を戻し、四本の脚で地面を摑んだ。そして、跳ねた。斜面を転げ落ちるようにして、積もった雪を撥ね飛ばして、一直線に斜面を降りた。

熊爪は急いで片手で古い方の銃を構え、空いた方の手で撃ったばかりの銃にも弾を込め直した。熊は途方もない速度で沢底へと下りきり、今度は熊爪を目掛けて斜面を駆け上り始めている。

「来っぞ！」

赤毛が通った後は雪の上に血の跡が残っていた。命中しているのは間違いない筈なのに、勢いは衰えない。どんどん距離を詰めてくる。

熊爪は地面に両膝をついた状態で構えた。銃口の先で、赤毛が猛烈な勢いで近づく。

豊かな毛皮に覆われた全身の中央で、両目が怒りに燃えていた。犬が全身の毛を逆立て、総身を使って吠えたてるが、それで怯むことなどない。むしろ速度を増していた。

冷静に、呼吸を止めることなく、銃口を赤毛へと向ける。頭ではない。あれだけ成長した熊ならば、分厚い頭蓋骨が弾を弾く。狙うべきは、地面を掻く両前脚の付け根の間。その奥にある心臓だ。万が一、心臓を貫けなくても、肺が損傷すれば勢いは削げる。こちらの銃は一丁きりではない。

赤毛の目はぎらぎらと燃えている。正しい怒りだ、と熊爪は感じた。山に生きる強き獣として、同じく山に生きる者が己を傷つけたことに正しく憤っている。

――ああ、これだ。

引き金に指をかけ、獣の命を狩るべく銃口を向けながら、熊爪は自分の心臓が膨張し、全身に熱い血が一気に満たされていくのを感じた。正しい生き物が、正しい生き物として俺に怒り、真っすぐ殺意を向けている。きっと、俺を殺すだろう。

そして俺は、殺されるまでは抗う。

――これは、俺があるべき場所だ。

距離にして、熊の体三つ分。充分に引き付けてから熊爪は引き金を引いた。

一瞬、赤毛の体が止まって見える。熊爪の目が相手を見定め、指が連動する。心ではなく体が獲物を捉えきった。

――当たれ。当たるはずだ、当たれ。

目の前で、被弾した熊が血を噴きながら飛び上がる。そんな光景は起こらなかった。

赤毛は横に跳んでいた。悪いことに、熊爪の左側、狙いづらい方へと跳んで、渾身の一発を避けていた。熊爪もすぐに対応し、もう一丁の銃に手を伸ばす。

遅かった。

赤毛は後脚で立ち上がり、前脚を大きく振る。熊爪はかろうじて銃身を盾として爪の直撃を避けたが、とてつもない衝撃に文字通りふっ飛ばされた。

――畜生っ！

攻撃を受けた悔しさで頭が一瞬真っ白になる。衝撃を受けた銃を支えた両手がびりびりと痺れたが、絶対に手を離すものかという執念で握り続けた。

吹き飛ばされた熊爪は、銃を握りしめたままでなかば無意識に体を丸めた。少しでも衝撃を弱めるためだった。

木の幹に激突しなかったのは幸運だった。その体は笹原に落ち、毬のように弾んだ。斜面を転がり落ち、二度、三度と地面に叩きつけられながら沢へと落ちていく。何も考える余裕はない。ただ、銃を握りしめたままで熊爪は落ちていた。

やがて沢の底を流れる渓流に飛びこむ形で熊爪の落下は終わった。上半身が水につかり、その冷たさで遠のきかけた意識が連れ戻される。

「がっ、げ、げほっ！」

停止を確認すると同時に、熊爪は噎《む》せ返った。息を吸い、転がる衝撃で幾度も止まった呼吸を取り戻すようにぜいぜいと喘《あえ》ぐ。

呼吸を取り戻しながら、身体を伸ばして現状を確認した。体のあちこちを打ち、顔もところどころ擦って血が出ているが、腰骨を折った時のような決定的な痛みはない。

——よかった。

死んでいない、大きな怪我を負っていない。まだ戦える。

安心感に包まれた直後、熊爪の耳に犬の鋭い吠え声が突き刺さった。

「そこかあ！」

反射的に銃口を向けながらそちらを向く。渓流へと向かう急な斜面を、毛の塊が転がっていた。

赤毛の塊と、そこに混じる茶色の毛。犬が熊に挑みかかりながら斜面を降りていたのだ。すり鉢状になった渓流のほとりに、犬の吠え声と、赤毛の唸り声が気味悪く反響している。犬は赤毛の顔面目がけて食いついているようだった。赤毛の首に縋《すが》りつくようにして取り付き、鼻先や目に狙いを定めて嚙みつこうとする。死も生も未来も考えず、ただ戦っている。

赤毛も口を限界まで開け、白い牙と赤黒い舌を顕《あら》わに抵抗するが、素早い犬の動きに対応しきれず身を捩《よじ》る。巨体は斜面をドスン、バタンと落ちていく。そのたびに犬は下敷きにされるのをうまく避け、また果敢に赤毛の顔に突進していた。

二頭のけだものは戦いながら斜面を落ちきった。距離にして熊の体五つ分ほどしかない。渓流のほとりの、雪が積もりきらない小さな湿地で格闘を続けている。とはいえ、振り回される熊の前脚に一度でも殴られれば犬は終わりだ。熊爪は打ち身とぶりかえした腰の痛みを感じながら、二頭に近寄った。

赤毛の目は血走っている。さっき一撃を加えた人間がすぐ近くにいることには気づいていないようだった。

尻に受けた銃弾の痛みと、諦めずに嚙みついてくる煩い犬。その両方に怒りを燃やし、必死で犬を振り払おうと上体を持ち上げた。

――今だ。

もはや息を整えることもできず、震える手で熊爪は引き金を引いた。近い距離だ。胸の真ん中を狙えば間違いないはずだ。外すはずがない。

しかし、赤毛は立ち上がった状態からすぐに体を伏せるようにして体勢を変えていた。ちらちらと降る雪の間に、小さな血しぶきだけが飛ぶ。

赤毛の左の耳の先が欠け、その下の目は熊爪の姿を捉えていた。その黒い両目からは怒りの気配が消え、真っ黒な冷静さを湛えて自分を傷つけた人間を見ている。

――ああ、こいつ。

何て奴だ。熊爪は赤毛から目を離せないまま感嘆した。

――怒ってねえだなんて、こいつ。

体を撃たれ、犬に纏わりつかれ、さっきまでは怒りのただ中にあった筈なのに。更に弾を撃ち込まれることで、一瞬で冷静になった。

犬ではなく、ここにいる熊爪こそが己の敵だと見定めた。

――こんな熊、いるのか。

王者の存在を熊爪は認めていた。穴持たずを葬った、勢いのある熊だと。これから山を支配する雄だと。そう思ったから熊爪は赤毛を追ってきた。

だが、それだけではない。この熊は、それ以上の存在だ。

――こいつにならば、殺されても。

「すげえな。大将だ。おめえ」

殆ど、心の底からの賞賛だった。

九　化者《ばけもの》

死の気配がした。熊爪はこれまでずっと獣を狩り続ける生活をしてきて、危ない目に遭ったことは数知れない。命に関わる怪我を負いかけたことも幾度かある。実際に腰の骨を折ってもいる。

しかし、この若き王者であろう赤毛の熊と対峙し、今までのどんな危機よりも濃厚に死の匂いが感じられた。

——ああ、これだ、これで。

ここまで来た甲斐があった。これで一つの決着がつく。この熊が、きっと俺のとるべき道を、俺の正体を教えてくれる。そのために来たのだ。

熊爪はこちらを見ている赤毛から目を離さないまま、素早く腰に下げた袋から銃弾を取り出し、手に馴染んだ村田銃に装塡した。一度に撃てる数の多い新しい方の銃はさっきの赤毛の攻撃で銃身が曲がってしまった。結局は、あるものでなんとかするしかない。使い古した銃と、犬と、この身だけだ。

赤毛の目の色は凪《な》いでいた。一度は遠距離から尻に銃弾をぶち込まれたにもかかわらず冷静さを取り戻し、こちらを見ている。

或いは、もしここで熊爪が戦意を喪失し、銃を手放してみれば、赤毛は自分の害にならないと判断してここから去るのかもしれなかった。そうして快適なねぐらを探し出し、痛みも忘れて冬眠するだろう。寝ている間に傷を癒し、春にはまた山の王となるだろう。

熊爪が戦意を喪失すれば。

――ねえな。ねえともさ。

当然のように熊爪は銃を構えた。距離は近すぎるほどに近い。ここで撃ち損じれば必ず死ぬ。その距離で、戦うことを選んだ。

赤毛がそれをどう捉えたかは分からない。ただ、自分からここを去るという行動はとらず、後脚で立っていたのを四本脚に戻した。熊爪を見たまま、相手がこちらを攻撃しようとしているのを感じたまま、ゆっくり近づいてくる。

――一か八か。それでいい。

弾数が少ない。距離も近いから、徒に足先を狙って足止めしようとしても逆上して殺される。心臓を狙う以外に方法はない。

銃口を赤毛の顔の下へと向け、いざ神経を集中させて体の芯を狙おうという時、視界の中の赤毛に茶が混ざった。一瞬の隙をついて、犬が一層高く跳んで熊に飛びついたのだ。

犬にとって熊撃ちは初めてではない。経験豊富な熊爪と共に、数多の熊を吠えて威嚇し、注意を引いて、時に攻撃した。

熊爪は犬に指示を出していない。だが、多くの猟を見て来たことで、犬は自分が今やるべきことを今回も適確に悟り、実行した。

その牙は確実に赤毛の顔面に食い込んでいた。正確には鼻の軟骨、硬い頭蓋を誇る熊にとって数少ない急所だ。致命傷になることはないが、鼻が潰れれば呼吸が不自由となって動きの枷《かせ》になる。

ゴボッ、という、唸り声とも悲鳴ともいえない低い声が響く。赤毛は反射的に激しく頭を振った。しかし渾身の力で噛みついた犬は牙を離さない。赤毛が首を振るたびに、茶色い身体がぶらぶら宙を躍る。皮肉にもその動きこそが、牙がより食い込む結果を導いていた。

赤毛はたまらず前脚を上げ、自分の鼻から離れない目障りな小動物を叩き落とす。

ギャン、という鳴き声が響いた。赤毛から離れた茶色の塊に、赤い色が混ざる。犬は地面に叩きつけられ、周囲の雪には血が舞った。

熊爪は倒れた犬の方向に銃を向けた。一発、犬のすぐ近くの地面にむけて発砲する。薄い積雪が弾けて地面が見えた。

手負いの犬に報復せんとばかりにそちらに向いていた赤毛は、獲物の前で何かが弾けた衝撃に驚いた。

そしてついに怒りの炎を燃やす。

――そうだ、のろのろすんな。お前の獲物、俺が貰うぞ。

己の獲物を奪おうとした莫迦は誰だ。赤毛はゆっくりとこちらに向き直り、走り始めた。冷静な大将としての面の皮を剝がし、我を忘れさせることに成功した。

――まだ、若《わけ》ぇな。でも、それでいい。

もう一歩、赤毛が近づいてくる。熊爪の全身の毛が逆立ち、瞼は見開かれたままで眼球の表面が乾く。引き金にかけた指の感覚がない。緊張から呼吸が止まっていた。

――吸って、吐いて。

熊爪が自分に言い聞かせたのか。それとも過去に幾度も繰り返した呪《まじな》いが今の熊爪に語り掛けてきたのか。分からないままに、熊爪は息を吸い、周りを取り巻くあらゆる状況を肺におさめ、身の裡を巡らせ、吐き出した。

あと五歩ほどまで赤毛が迫った時に、引き金を引いた。耳に馴染んだ破裂音と火薬の臭い、そして熊が喉を絞められながら息を吸うような奇妙な呻き。赤毛の巨体が前進する勢いを失い、二本脚で立ち上がった。

――心臓、いった。

銃口からの距離、当たった場所、熊の反応。経験から、熊爪は赤毛の心臓をとらえたと確信した。こぶし大の赤い塊が体内で銃弾の直撃をうけて弾け、全身を巡る血液が滞り、死に至る。どれだけ体軀が大きくとも逃れ得ない。

しかし。

――まだだ。

人間はどうか知らないが、熊は心臓に致命傷を負った瞬間が死ではない。熊爪はなおも緊張を解かなかった。いや、ますます体を強張らせた。ここから完全に体が動かなくなるまでの時間が、熊が山で最強の生き物である理由だ。動かない心臓のままで体を動かし、最後の悔いを果たそうとする。

立ち上がった赤毛は、左の前脚を上げていた。その先端で、規則正しく並んだ爪が輝いている。いい爪だ。まだ若いから欠けてもいない。細工師に見せれば、きっと高値で買うだろう。

その爪が熊爪目掛けて降りて来る。

熊爪は逃げなかった。逃げられなかった。むしろ、今こそが自分の望んだ瞬間が訪れる時だ。

「それでええ」

全力で戦い、互いに命を終える。後悔はない。肉体に執着もない。自分と赤毛はこれから本格的に冬を迎える山の鳥や獣たちの良き糧となるだろう。

熊爪は目を見開いたまま、赤毛の爪が降りて来る瞬間を待った。頭か、腹か。どこを狙えば一発でことが終わるか、熊爪同様に、赤毛は理解している。確信があった。

だから、その爪が届かずに中空を掻いた時、熊爪はまったく信じられなかった。

空振りした赤毛の前脚は自らの体に巻き付くと、その勢いのまま横向きに倒れた。軽い地響きと、僅かに舞い上がる雪で、熊爪は悪夢よりなお悪い現実をつき付けられる。

そのまま呆然と立ち尽くし、倒れた肉体を見守るが、毛先でさえぴくりとも動かない。痙攣《けいれん》さえすっ飛ばして、赤毛は死に至っていた。

「なんで」

熊爪は近づく。願わくば、引っ掛かったなとばかりに身を起こして殺し直して欲しかった。顔を見ると、瞼は閉じている。開けた口の、鋭い牙の間から長い舌がたれ下がり、先端が雪に触れていた。手を伸ばし、その舌に触れても、ぐにゃぐにゃとして力を感じない。胸の銃創を認め、間違いなく心臓に当たっていることも確認した。

赤毛は、完全な形で死んでいた。熊爪をここに残したままで。

「なんで負けた、お前」

——俺なんかに。

撃ち取るつもりで、殺すつもりで対峙したのはいつもと同じ。いや、それ以上の気迫と殺意を込めた。だというのに、喜びが湧かない。

仕留めた嬉しさ。金を得られるという喜び。熊肉を食えるという期待。死なずに済んだという安堵。その全てが、熊爪の中からぽっかりと抜けている。その空虚な穴に満ちた闇が、全身の筋肉を強張らせていた。

——なんでこんなことしたんだ。俺は。

夏に年寄りの瘦せ鹿を仕留めてしまった時よりも嫌な空虚さで、体は固まっている。背中には冷たい汗さえ出ていた。

後悔に近い感情だった。だとしたら、どこの、いつを起点にしたものか、熊爪にはさっぱり分からない。

こいつを殺したことか。

山を降りる前に赤毛を仕留めると決めたことか。

或いは養父に教えられたままの生き方をしてきたことか。

女の股からひり出されて以来、生き続けたことか。

それとも、生まれたこと自体にか。

「ああ、あ」

まず足から力が抜けた。膝が地面につき、融け始めた雪の冷たさが布から皮膚へと沁み込んでくる。次いで、背骨が体を支える力を失う。上体が前のめりに倒れ、首から上が倒れた赤毛の腹あたりに埋もれる。

瞼を閉じると、硬い毛についていた雪の冷たさを頬に感じる。そして、その奥にはまだ体温の温もりが残っている。熊爪は両手で熊の毛を摑み、あらん限りの声で吠えた。

言葉に意味もなく、誰かに知らしめる意図もなく。喉を開いて声を全身で共鳴させた。声に押し出されて閉じた目から熱い涙がだらだらと流れては赤毛に沁みていく。

産声と同じように熊爪は泣いた。頭が熱く、何も考えられない。吠え声と同時に思考からも言語が消える。閉じた瞼の裏は真っ赤だった。人間として生まれて泣き、人間として死にゆきながら泣く。その時に残しておくべき嗚咽と涙が、今、熊爪の全身から噴き出していた。

心身の奥にある薄氷でできたような何かが壊れていく。ただ、その音に大声で泣く熊爪自身は気づけない。

熊爪がそうしていたのは実際には短い間だった。しかし空白から少しずつ戻ってきた自我の端で、しがみついている赤毛の温もりが冷え始めているのに熊爪は気づいた。

失われていく温もりを繋ぎ止めたい。そう思った時、熊爪の下腹の奥で炎が灯った。早く、早く。急くような気持ちで、赤毛の横腹に山刀を突き刺す。いつものように皮だけを切るようにという力加減ではなく、柄までめり込ませて、深く。

抜いた刃には、赤毛の腹の中身がこびりついて異様な臭いを放っていた。

急いで下帯を取り去ると、男根がかつてないほど膨張していた。その醜い肉棒に行動を支配されたように、一分の迷いなく赤毛の新鮮な傷痕へと剛直を突っ込む。今まで里で買ったどの女とも異なる温もりとぬかるみが熊爪を包む。

外気で尻が冷える。その分、赤毛の内臓の熱さに体が燃えるようだった。全てが熱い。ぬるぬると、どろどろと、人間の女陰よりも余程胎内に近い温もりだった。

そう長くない時間で熊爪は果てた。快楽よりも徒労、そして困惑が脱力感とともに全身を支配し、後ろに倒れる。裸の尻に雪が冷たい。放精した男根は温かい熊の体内から外気に晒され、一気に縮こまった。熊の脂と、血と、破れた腸から漏れた糞と精液。あらゆるもので熊爪は汚れ、また、赤毛の体を汚した。

「なんで、殺してくれんかった」

朝の晴れ渡った空気の中、熊爪は呟いた。涸《か》れるほど流したはずの涙がまだ流れ出て、耳の脇を通り、髪に染みて、やがて雪を僅かに融かした。

　ふいに、ハッ、という短い呼吸音がした。目を向けると、雪の上に叩きつけられた犬が体を小刻みに震わせながら細い息をしている。生きていた。

　血が流れ続け、犬の体の下まで垂れて雪に赤い染みを広げている。熊爪は犬の傍に駆け寄った。

　犬の左肩には赤毛の爪痕が大きく刻まれていた。熊爪が傷の深さを確かめようとして触れると、ギャッとかん高い悲鳴を上げ、こちらを睨んできた。

　——なら、いいな。

　熊爪は尻の隠しから古びた手ぬぐいを取り出すと、裂いて包帯代わりに犬の肩、胴体へと巻きつけた。

　傷は深い。もし触れても反応がないようだったら、ここで止めを刺してやるところだった。犬は悲鳴を上げただけでなく、痛みから主人を睨みつけさえした。痛みをもたらすものにまだ怒りを向けられるなら、生かす意味はある。

　熊爪は背嚢の荷物をかきわけて場所を作った。犬皮の上着を脱いで犬の体を包み、背嚢に押し込む。さっき渓流に叩き落とされた時に軽く濡れたが、内側までは水は沁みていない。

　激闘で遠くに吹っ飛んでいた杖を捜して、同じく放り出されていた古い銃が壊れていないことを確かめ、来た道を戻る。壊れた銃は捨て置く。もう必要がない。小屋までは距離があるが、もう熊を探す必要がないとなれば、帰りは楽なものだ。

　ゆっくりと雪を踏みしめて歩く熊爪の両肩に、背嚢の負い紐が食い込む。重いが背中は温かい。

熊爪は赤毛を解体しなかった。自らの精液で汚し果てた死体は、そんなことに頓着しない獣や鳥たちがやがて食べ尽くしてくれる。

熊どもが生きる世界に同化しきることも、殺してもらうことも叶わなかった。死に損なった熊爪は、汚れた身のまま在り続ける。

死に損ねて、かといって生き損ねて、ならば己は人間ではない。人間のなりをしながら、最早違う生き物だ。

――はんぱもんだ。

望む己の姿からは最も遠いところまで来た。

意外なほど静かな心持ちで熊爪は己に向き合っていた。今さら死ねず、かといってかつてのようには生き続けられない。俺はどうしたら、と答えのない問いを抱いて、雪の上に歩を進めていった。

犬はハッハッと定まった調子で息をしていた。そうだ、それでこそだと熊爪は思う。

「生きるんなら、まだつきあえ。はんぱな俺に、どこまでもだ」

――そうだ、温もりだ。

熊爪は気が付く。己が今欲しているもの。身を委ねようと思えるもの。温かいものを、自分の体温以外の温かいものを、傍に置きたい。

犬はさっさと死ぬ。仕留めた獣はすぐに冷える。

──なら、生きてる人間だ。

はんぱもんに相応《ふさわ》しい、はんぱな片割れを。温かくて柔くて、たまに舐めると塩気があるのがいい。

自分がもはや人間から堕《お》ちたという自覚は、存外熊爪の欲を素直に曝《さら》け出させていた。

欲求を叶える対象は明らかだった。


手負いの犬を背負って小屋に帰り着いた熊爪は、保存食と湯を胃に詰め込んでから、一昼夜近く眠り続けた。

かつてなら、このまま熊のように目が覚めるのが春だったら、と切なく願って眠りについただろう。しかしもう熊爪はその域を超えた。

体をしっかり休め終えるとすぐに目を覚まし、明確な目的のもとに準備を整える。犬の傷の手当てをして胴体に縄をかけ、小屋の入り口へと繋いだ。手負いについてこられては邪魔だ。水と十分な量の干し肉を用意して、小屋を出る。

背嚢も銃も持たない。腰に山刀を差し、ぶら下げた袋にはありったけの現金と僅かな保存食だけを入れた。朝焼けの中、杖とともに小屋を出る。犬は置いていかれることを理解しているようで、黙って主人の背が小さくなるのを見届けた。

杖での山歩きでも問題はなかった。いつもならば背にある、売る肉や毛皮を詰めた背嚢と銃が、いかに自分の肩に重くのしかかっていたのかを思い知る。

軽かった。腰の怪我の後遺症を差し引いても、今の方が自由だ。不思議な高揚と共に、熊爪は山を下った。

夏の半ばと秋を山に籠っているうちに、白糠の町はすっかり年の瀬近くの喧騒に包まれていた。

目抜き通りの商店は年末年始向けの大売り出しで店頭を飾り、縁起物を売る屋台が賑わっていた。道行く住人は忙しくもどこか浮かれているようで、泥のついた山男のような熊爪が視界に入っても気に留める様子もない。

少し気になるといえば、制服らしきものを着た男どもや、引かれていく馬の数が増えていたようだが、人や馬が多いのは今の熊爪には好都合だ。喧騒の影のあいだを縫うようにして、するすると目的の場所へと急いだ。

中心部から少し離れた良輔の屋敷へはすぐに着いた。表通りの店には回らず、まず裏へと向かった。

そこで、何かがおかしいと足を止める。

屋敷の門の前に、乾いた馬糞の塊があった。この町に住んでいる者なら、良輔の屋敷の前で糞をさせるわけがない。

——莫迦な狐じゃあるめえし。

もし通りすがりの余所者が知らずに馬糞を置いて行ったのならば、女中か下働きの男がすぐに片付けるはずだ。

熊爪が山に籠る前、漁師の若造が言っていた、この家が変だ、という話を思い出す。山に足を運んだ店の小僧も、番頭の幸吉に続いて自分も秋の彼岸に辞めることにした、と言っていた。よく知らない他人が口にしたことや、人員の入れ替えなどに熊爪は頓着しない。だが、乾き切ってかさかさになるまで放置された馬糞から目を離せなかった。

――この家で、今、糞掃除すんの、誰だ。

初めてこの屋敷の門を潜るような緊張を抱きながら、熊爪は中に入った。どうせこの家がどう変わっていようと、自分も今までの自分とはかけ離れてしまったのだ。

玄関から中に入ると、臭いも異なることに気づいた。海沿いで、商売人だけでなく漁師たちにも顔がきく良輔の屋敷だ。もとは彼らから日々持ち込まれる魚介類や、食いきれないそれらを干した臭いがほんのりと漂っていた。しかし今日は、それがない。

玄関の土間も、上がり框も、うっすら埃をかぶっていた。

「いるか、だれか」

右の人指し指が引き金を求めて空を掻いた。熊爪は暗い奥へと声を張り上げた。いつもならば、厨《くりや》か女中部屋から人が出てきて主人へと取り次いだが、誰も出てこない。いくら耳を澄ませても、使用人の男衆が立ち働く物音ひとつ聞こえてこなかった。

熊爪は藁沓を脱ぎ、中へと上がり込んだ。勝手に上がれば、女中か男衆が見とがめるだろうが、その気配もなかった。

ら。


——皆、去ったのか。

単純な使用人の入れ替わりなのではなく、皆、店からも屋敷からもいなくなったのだとした

良輔はいるのか。

そして、陽子《はるこ》は。

熊爪は廊下を歩きながら、耳を澄ませた。山にいる鳥や獣の気配ならば、風向きによっては犬よりも鋭敏に感じ取れる。

しかし、屋敷にはそもそも人の気配が感じられなかった。しんと静まりかえり、しかも構え自体が大きいため、大きな動物の死骸の中に迷い込んだように感じた。

離れに通じる渡り廊下に差し掛かった時、妙な気配があった。鼻にかかった女の声。鼻息を荒くした男のかすれた声音。熊爪は足音を殺して離れへ近づき、迷いなく一気に襖を開ける。

果たして、布団の上で漁師の八郎と良輔の妻であるふじ乃が絡み合っていた。師走のただ中の昼日中、堂々と。部屋の中には酒精の香りが満ちていた。畳の上には徳利が数本、転がっている。他人の事情に頓着しない熊爪の目から見ても、爛《ただ》れている、そう思った。

「な、何だっ、お前っ」

八郎が慌ててふじ乃から離れ、散らばっていた衣服を身に付け始める。

「あらまあ」

対してふじ乃は崩れた襟を直しながら、以前と同じ冷たい声で、熊爪に形ばかりに頭を下げ

た。日本髪が崩れ、乱れた髪がひと筋、上気した首筋に張り付いている。

「珍しいお顔を拝見しました。旦那様なら奥にいるはずですよ。ご勝手にどうぞ」

話は済んだ、とばかりにふじ乃はそっぽを向き、髪を撫でつけ始める。八郎だけが焦った様子で、下帯の紐を結び損ねていた。

熊爪は突っ立ってその様子を見ていた。何の感情も湧かない。ただ、状況の奇妙さを受け止めきれないまま、堂々としすぎている不義の現場を見下ろしていた。

「なんだ、お前。行けや」

動かない熊爪に痺れを切らしたのか、八郎がそうぼやくと、ふじ乃も厳しい眼差しを向けてくる。この女も怒る時があるのか、と思いながら、用向きを口にした。

「ここの目ぇ見えない娘、貰っていく」

別にこいつらに言う必要のない話だ、と熊爪は理解している。それでも言葉にしたのは、宣言するためだった。自分でも犬でもない誰かに対して言葉にすることに意義はあった。

八郎は驚いてぽかりと口を開け、ふじ乃は袖で口元を隠すとくつくつと笑った。着崩れた着物で上品な仕草をする様が一層ちぐはぐで、自分と違う種類のはんぱもんがいる、と熊爪は感じた。

ふじ乃は顔を上げると、崩れた化粧のままにんまりと笑った。

「あんたも、あの瓜子姫の皮被った女に誑《たぶら》かされたくちですか。この若さんといい、誰もかれもが本当に」

粘ついた視線を向けられ、八郎は動揺して首を横に振っていた。しかし、ふじ乃はそんなことは構わぬという風情で軽く手を振る。蠅を追い払う手つきだった。

「どうせならもっと早く来れば良かったのにさ。もう遅うございますよ。あの子の腹には跡取り子が入ってる」

「それがどうした」

口から勝手に出た返事に、熊爪自身が少し驚いていた。あの娘が屋敷にいる目的だとか、その中でどういう扱いを受けていたとか、孕んでいるだとか。そんなことはどうでもいい。

「腹に何が入っていようが、貰う」

熊爪の返答に、ふじ乃は文字通り腹を抱えて笑い出した。連れ合いに出会えない狐のような声だ。

「ああ、おかしい。腹の子殺して、自分の子を産ますの？」

「わからねえ。その時いいようにする」

その時というのがどの時にあたるのか。深く考えずに熊爪は答えた。実際、選択を眼前に迫られなければ心が望む答えなど出ない。居心地の悪さも未来への怯えも、既に赤毛の体内に全て置いてきた。

「な、何言ってやがる、てめえ」

八郎一人が、上ずった声で熊爪を糾弾していた。

「攫《さら》うとか、腹のややこ殺すとか。人間の、道理ってもん、ないのか」

「知らねえ」

人の世の理《ことわり》に照らせば、人の女房と昼日中から乳繰《ちちく》り合うことも充分道理に悖《もと》るのではないか。熊爪も深く考えた訳ではないが、この軽薄な小物に説教じみたことを言われると腹に据えかねる。怒りを隠すこともなく、小刻みに震える青年を睨み据えた。

「何を図々しくいけしゃあしゃあと」

「うるせえ。黙れ」

こいつも身の程知らずの狐か。睨んだまま向き直ると、八郎は「ひっ」と小さく悲鳴を上げた。

「よろしいですよ。連れてけばいい」

ふじ乃は煙草盆を手繰り寄せ、こちらを見ずにふかし出した。

「石女《うまずめ》と誹《そし》られたあたしが、そもそも止めてやる義理なんてない。家ももうこんなんじゃ、気張って守る価値もないもの」

ふじ乃の左頰は少し膨らみ、赤みがさしていた。白粉を厚く塗って隠してはいるが、右側と明らかに異なるので見れば分かる。

情夫の前で厚塗りをして隠しているということは、良輔がやったのか。細っこい男が女を殴るところがうまく想像できず、また、口に出して聞くことも当然できなかった。

「て、てめえ。いや、てめえだけでねえ。ふじ乃さんも、おかしい」

八郎ばかりが動揺して、熊爪とふじ乃を交互に見ながら詰《なじ》る。その上で、ふじ乃からねっとりとした目で微笑まれて、恐怖をもう隠さなかった。

「巻き込むなっ。俺ぁもう、手ぇ引かせてもらう。関わってられるかっ」

八郎は熊爪を押しのけるようにして部屋の外に出て、ばたばたと走り去った。遠くから響いた「糞ったれ！」という言葉には何の重みもない。

「何もかも壊れちまえばいい。もう誰もまともじゃない」

気怠げに煙管を吹かすふじ乃に熊爪は背を向けた。哀れな女の許諾になんの意味もなくとも、彼女のほうはさも楽しそうに笑っていた。

「莫迦なひとたち」

襖を閉じる時に聞こえてきた声に、あちらからは見えないと分かっていて熊爪は頷いた。次いで中から響いてくる、笑い交じりの啜《すす》り泣きを黙殺して、熊爪は奥へと向かった。

応接間の襖の前に立つと、紙の擦れる音と、下手な鼻歌が響いてくる。声もかけずに襖を開いた。

暗い室内に目が慣れない。奥にある人間の骨格模型の白さだけが際立っていた。その姿を認める前に、薄暗い中から声がした。

「おう、なんだ、お前か。本物のけだものかと思った。腰の具合はどうだ。炭鉱に行く決意は固まったか。まあ、もう俺のもんではないけどな」

良輔の声は以前と変わらない。飄々として軽く、こちらを常に探るようでいて底が読めない。

熊爪は部屋の中に足を踏み入れた。これまで幾度も入っては良輔の軽口に付き合ってきた部屋だというのに、肩のあたりの毛がちくりと逆立つのを感じた。

「今日の獲物はなんだ。表で店は開けてるぞ。お前の知っている者はいないから、どれ、俺が勘定してやろう。煩い番頭はもういないから、珍しいもんなら高く買い取ってやってもいい」

人影が机に両手をつき、腰を上げる気配がある。ひどく大儀そうな動きだった。

薄闇に慣れた熊爪が目にしたのは、一見して以前と変わらない良輔だった。五十雀《ごじゅうから》の背と同じ銀灰色の着物に包まれた体の線は細く、肌に張りはない。日焼けとは無縁の顔に薄ら笑いを張り付けている。隙なく撫でつけられた髪も、眼鏡の奥の細められた目も、そのままだ。

だからこそ、熊爪は首の後ろにぞくりとした寒気を感じた。

何もかも変わらないようでいて、変わり果てたこの屋敷を許容して笑う昔馴染みが、恐らくは、半ば自ら望んで全てを壊したこの男が、怖いと思った。

渾身の力で殴れば一発で死に瀕するだろう。平手で打つだけで商売女のようにわんわん泣くのかもしれない。

今まで山で対峙してきたどんな獣と比べても虚弱な生き物、それが良輔だ。

なのに、この男が今は恐ろしい。そしておぞましい。

恐れから、熊爪はわれ知らず急いた。そのために、願望がまず口をついて出た。

「お前のとこの、目ぇ見えねえ女、俺にくれ」

力まずに言えた。熊皮の買取価格で不満を言った時よりも平坦な声だ。

「なんでだ？」

これまた、未知の毛皮の価値を訊くような気軽さで良輔は言う。

「あれが欲しい。あれが傍にいれば温もれる」

言葉が足りているのか熊爪には分からない。そもそも人に己の心を伝えるのは不得手だ。そんなことは、養父も、山の獣どもも教えてはくれなかった。

良輔はふむ、と慣れた仕草で顎に手をやった。伝えるべきではなかったかもしれない、と熊爪は後悔する。

人を捨てた身の己だ。許しも請わずに獲物を横取りする烏のように陽子を攫ってしまえば良かったのだ、と改めて思う。屋敷に足を踏み入れたことで、人の世界の道理に引き摺られた浅はかさを恥じる。もしも拒否されたなら、その時は力ずくで望みを果たさねば、と決意を心の底で固めた。

いつのまにか熊爪の目線は自分の足元まで下がっていた。良輔はどんな表情をしているのか。顔を上げる前に、良輔はたっと廊下へ走った。

「陽子、陽子！」

その細い身体のどこから出しているのかと思える大声が廊下の奥へと進んでいく。やがて名を呼ぶ声が止むと、やや荒い足音が近づいてきた。行く時よりも僅かにゆっくりだ。合間に、軽い足音が混じっている。

灰色の良輔が、次いで白い陽子が姿を見せる。今まで洒落た洋服に身を包んでいた陽子は、今日は地味な藍色の絣《かすり》を着ていた。その上に割烹着を着ているため、全体の印象が以前と比べてぼやける。

見慣れない着物姿と割烹着に隠れてはいるが、僅かに腹が膨らんでいた。人間の子はまぐわいから何か月で生まれるのか熊爪は知らない。だが、孕んだ牝鹿を考えると、腹が膨らんでから分娩に至るまでにはまだ暫くかかる。すぐに生まれる訳ではなかろう、と考えた。

良輔に手を引っ張られ、俯き加減だった陽子は応接間に熊爪の気配を認めると、はっと身を硬くした。冬に桜の花の香りを嗅いだような、驚きと困惑の入り混じった表情だった。化粧気もないのに肌艶が良い。

良輔は陽子の手を離すと、その細い両肩に触れ、熊爪の方へと押し出した。

「いいだろう。この娘、腹の子ごとお前にくれてやる」

陽子はすっかり困惑して、良輔の方に瞼を閉じた顔を向け、真意を探ろうとしている。

「いいのか」

余りにも軽く、屋敷の去り際に握り飯を持たせるような気軽さで陽子を寄越した良輔に、熊爪は思わず訊ねた。

些《いささ》か拍子抜けしている熊爪と、当惑する陽子を指差し、良輔はいきなり馬鹿笑いを始めた。声の太さ、強さはまるで違うはずなのに、先程のふじ乃の笑い方とよく似ている。狐が二匹、分かり合えないまま屋敷の中で誰かを求め、そして双方望むものは得られないことを知ったような、無力な笑い方だった。

ひとしきり笑い終えた良輔はふらふらとした足取りで椅子に座ると、机に積まれた書類に両手を載せた。頭を垂れ、ふーっと長く重い溜息を吐く。

「町に官憲や兵隊増えたの、見たか。物資を運ぶ馬が増えたことも、気づいていたか」

「何の話だ」

様子のおかしい良輔が、おかしな話題を口にしている。話す内容とこの応接間の状況が噛み合わず、熊爪は理解が追い付かない。

「見てもそれが何を意味するかとか、知らんだろ、お前。知ろうとしないだろ、お前はさあ。日本がこれから露西亜《ロシア》と戦争しようってことも、炭鉱開発に躍起になってることも、一見華やかに見えて苛烈な足の引っ張り合いがあることも」

「何のことか分からねえ」

熊爪の声も、その当惑も響いていないのか、良輔は項垂《うなだ》れたまま頭を抱えた。

「それどころか、魚がとれなくなろうが、集落が寂れようが、誰が死んで誰が生まれてもお構いなしだ。だよな?」

その通りだ。熊爪にとって世事はまるで意味をなさない。散々世話になった良輔の商店や屋敷が寂れた今になって、ようやく異変と自分の僅かな当惑に気づいた程度だ。だからこそ、肯定の返事をできずにいた。

「国も戦争も人の世も、全て関係ないと。仙人のつもりかね！」

良輔は唐突に大きな声を上げ、ばん、と両拳を机の書類に叩きつけた。どこを見ているか分からぬその瞳が眼鏡の奥で血走っている。急な物音に驚いた陽子がびくりと体を震わせた。

「楽しかろうな！　そりゃあ楽しいだろうよ、羨ましい！　浮世で右往左往するひ弱な俺たちが、莫迦で矮小に見えるだろう！　さっさとその娘連れて行って、山で獣だけ相手にして勝手に暮らしていればいい！」

「俺はもう猟師でねえ！」

遮る否定の言葉は怒号に似ていた。陽子だけでなく、良輔も大きく肩を揺らした。

「猟師でも、もう人でもねえ。山の大将にもなれんかった」

「……じゃあなんだ。熊になったとでも言うのか」

良輔はゆっくりと顔を上げた。毒気が抜け、呆気に取られたような表情に、酒を飲みながら山の話をねだったあの頃の『旦那』がいた。

「なあ。なんでお前、変わったんだ。何になったんだ。教えろ。教えてくれよ」

そう弱々しく呟く良輔に、熊爪はもう恐れを感じない。初霜の時季まで生き延びてぼろぼろになった蝶のように思えた。

「赤毛ば、でかくて若い熊、撃って。そん時殺してもらえねかった。死ぬはずだったのに、死ねんかった」

熊爪はたどたどしく語った。目の前にはかつてのように酒も美味い食い物もない。それでも話をした。

そして宣言をする。

「だから人にも熊にもなれんかった、ただの、なんでもねえ、はんぱもんになった。でもそれでいい。それで生きる」

良輔は緩慢な動作で椅子から立ち上がった。ふらふらと、夢見心地のような足取りで熊爪へと近づいてくる。

水仕事をしない女のような細い両手を伸ばし、熊爪の肩を摑んだ。そしてまた項垂れて、頭の天辺《てっぺん》を熊爪の胸のあたりに押し付ける。

「莫迦だなあ、お前。変わらねえ奴だと思ってたら、一足飛びにへんなものになっちまって」

狐の声ではない。赤子の泣き声に似ていた。悪意と害意とが入り混じる。そこからひと筋の親愛に似たものを滲ませて、良輔は訥々と呟いた。

「狡《ずる》いなあ。狡いよ、お前は。俺はさ、昔のお前のように生きたかったよ。かつての、人里で居心地悪そうにしながらも、獣を狩り続けていたお前みたいに……」

独り言じみた告白は尻すぼみに途切れ、良輔はどん、と強く熊爪の肩を押した。どん、どん、と、そのまま泣く悪童のように熊爪の肩を叩き続ける。

この細い身体のどこにそんな力が、と思う暇もなく、顔を上げた良輔は笑みを浮かべた。

「だが今のお前は御免だ。はんぱすぎて、でかすぎる」

口の端を持ち上げ、皮肉めいた口調でそう言った。寸分たがわず、以前の『旦那』であった彼そのままだった。

良輔はまた大儀そうにふぅーっと長い息を吐いた。いかにも疲れたように両腕を回し、またもとの椅子に座り、書類の束に手を伸ばす。

「何だよ、もう用はないだろう。行けよ。うまくやれ」

　書類に目を落としたまま、白い片手が蠅を払うような仕草で振られる。熊爪は良輔が部屋に連れてきた時のように陽子の手をとった。白く細く、水仕事でなのか少し荒れている。野鳩《のばと》の首みてえだ、と熊爪は思った。

　手をとられた陽子はびくりと身を縮ませたが、熊爪の方を向いてこくりと小さく頷いた。身重の女に無理を強いれば腹の子共々死んでしまう。熊爪は握った手に力を入れないまま、その手を引いて、ゆっくり歩き始めた。

「どこまでも行け。どこででも死ね」

　背中が良輔の声をしかと聞いた。祝福と呪いの言葉だった。それが自分に向けられているのか、それとも陽子になのか、二人共になのか。

──どうでも、いいか。

　どうであってもいい。全てを断ち切り、はんぱな生き物となったからには、囚われる必要はない。まっとうに在らしめられてなるものか。

　文字通りの身ひとつ、大きな腹だけ抱えて廊下を歩きながら、陽子が呟いた。

「いいよ」

　鈴を転がしたような声だった。しかしその鈴の容器の中に、本来あるべき玉の他に、何か異物が混ざっているような気がした。例えば一位の種のような、黒く固くて噛めばひとときに毒が漏れるような何かが。

「いいから。ついて行ってあげる。今のあんたにならら」

立ち止まり、振り返った熊爪に陽子は顔を向けた。閉じられていた瞼が持ち上げられる。右目は全てが白く濁っていた。左目は瞳が極端に耳のほうを向いている。それがゆっくりと中央へと動き、昏い瞳が熊爪を捉えた。その眼球の表面に映る自分の顔は、我知らず狼狽していた。

十　片割れの女

陽子の目は異様だった。右の眼球は確かに全く見えないらしく白濁しているが、左の目は木人が戒めを解くと、外側に寄っていた黒色の瞳が中央へと戻る。

薄暗い屋敷の中、その眼球に釘付けになればなるほど、それが怪しい光すら帯びているように熊爪には思われた。

「見えてんのか」

「でも見ない」

率直な熊爪の疑問をはぐらかすように、陽子は笑う。そのまま両瞼を閉じ、壁に手をつきながら屋敷の奥の方へと歩いていった。熊爪も慌てて追う。

「見なくても、生きていけるもの。だから見ないままの方が楽なの」

くすくすと、毒を帯びた陽子の声はそれでも美しい。楽しそうに笑いながら、暗い部屋の中で何かを手探りしていた。

畳に散らばっている服や小間物を見るに、ここが陽子の部屋なのだと分かった。白粉でも糸瓜の匂いでもないが、独特の匂いがわずかに籠っている。少女とも女とも異なる、妊婦の体臭か、と熊爪は直感した。

部屋には足を踏み入れず、襖の脇に立ったまま、熊爪は彼女が肩掛けの大きな鞄にこまごました物を入れている様子を眺めていた。その少したどたどしい手つきは、見えているとも、見えていないともいえない。

「なんで見ないことにしたんだ」

「いろいろ」

鞄に衣類を畳みもしないまま押し込んで、陽子は立ち上がった。熊爪に向き合った瞼は両方とも閉じられている。

「片目だと疲れるの。それに、見なくても慣れれば困らないから」

ほら、と言って陽子は両目を閉じたまま部屋の中でくるくると回った。割烹着の裾がひるがえり、以前よりふっくらした腹を中心にぶれずに胴体と手足が回っていく。

熊爪はふと、陽子の眼の真実を良輔は知っているのだろうか、と思った。そしてすぐに、どちらでもいい、と考えを頭から追い出す。

この娘が欺《あざむ》くと決めた。それに乗って騙されるか、それとも見破っていたか。どちらであっても、至極あの男らしい、ともいえる。

「行くぞ」

熊爪は回り続ける陽子を両手で止めると、やや荒れたその右手を摑んだ。

「ああ、布か紐がいいの」

陽子は割烹着をするりと脱ぐと、その端を熊爪に握らせた。これを引いて連れて行け、ということだと理解した熊爪は廊下へと向き直る。

「これからも見ないの。見ないことで見えるものもあるの」

布一枚を介して感じる陽子の存在が、やけに重く感じられた。

薄汚れた犬皮を纏った猟師風の男が、白い布を引いて若い妊婦を連れ歩いている。町を出るまでの二人の風体は異様だった。

知らず緊張した熊爪の耳は些細な声さえ漏らさず拾う。周囲の人間がこちらを見てひそひそ囁き合う気配と、投げかけられる淀んだ視線が不快だった。陽子も何も感じていないはずがない。

熊爪はほぼ初めて、犬を連れてこなかったことを悔いた。いたらいたで奇異な有様に拍車をかけるだけだが、少なくとも犬は自分の苛立たしさを理解してくれる。そういう生き物が傍にいればよかったのだ。陽子のことはまだ何も分からないままだ。

「ああ、お外寒い。綿入れ着てきてよかった」

当の陽子は、さも機嫌よさそうに、妊婦ながら決まった歩調でついて来ている。

「もう少しゆっくり。腹に重しがあるのだから」

時折そう言っては布を引いて熊爪の歩みを鈍らせる。従わざるを得ないが、正直、面倒だと思わないではなかった。

「お前たち、どこに行く?」

ふいに、後ろから鋭い声を掛けられた。振り返ると、いかめしい顔をした憲兵が立っていた。腰に差した軍刀の柄に左手を引っかけ、顎を上げてふんぞり返っている。

――面倒臭え。

正直に言っても、取り繕おうとしても、こういった手合いはどうせ難癖をつけてくる。走って振り切ろうにも自分は腰の傷の名残があり、陽子も俊敏には走れまい。手がなく黙っていると、憲兵は熊爪の左肩を強く小突いた。

「何、黙ってる。これはお前の妻か?」

刺々しい言葉の後に、「いいえ」と陽子の声が応えた。

「山に詳しい猟師さんに、沢向こうの高台にある祠《ほこら》まで連れてってもらうの。この子が元気に生まれますように、って願掛けに」

朗《ほが》らかで、幸せそうな声だった。攫われるとか、無体を働かれるとか、そんな訴えをする気配はまるでない。

「ほら、あたし、この目でしょう。旦那様が億劫がって家に閉じ込めるものだから」

陽子は目を閉じた顔を憲兵に向け、唇を尖らせた。女児じみた幼い所作に、憲兵が「む」と怯む。良輔の屋敷にいる女だと、ようやく気づいた雰囲気があった。

「道中、雪がある。暗くなる前に帰るように」

「はあい、ありがとう」

憲兵はばつが悪そうに、形の悪い帽子を押さえて去って行った。呆気に取られた熊爪が握る布の端を、陽子がぐんと強く引く。

「さ、行きましょ」

言われるがまま、熊爪はもとのように歩き始めた。後ろでは陽子が遅いながらも、音頭を取るように布を大きく振って歩いている。

握っている布の端から、見えない薬液のようなものが沁み皮膚を通じて自分の体内に侵入しているような感覚があった。あるいはそれこそが陽子が見えないから見えると嘯《うそぶ》いたものの正体かもしれない。知らないものへの緊張に、布をやけに重く感じた。

ただ、この女から漏れ出るものの正体が何であっても、手を離すことを熊爪は考えなかった。良輔の『どこまでも行け。どこででも死ね』という、呪いに似た最後の言葉が熊爪の歩き続ける理由になった。

白糠の町を出てからも、森を抜け山を登る小屋までの道行きはけっして楽なものではなかった。雪が降り積もり始めた山道では、陽子が履いてきた冬草履はまるで役に立たない。仕方なく、悪場では熊爪が横抱きにして陽子を運んだ。

熊爪が腰の骨を折っていなければ、大した負担ではない。だが、怪我が癒えきらないところに荷物と妊婦の重みを支えてカンジキで歩くのは、楽なものではなかった。数十歩歩いては陽子を下ろして休み、また歩いては休む。

「あたしもお腹折り曲げてばかりだと良くないから、丁度いい」

陽子は腹を撫でながらそう笑った。自分を抱える者を気遣っているのか、子のことだけを考えているのか、熊爪には判断がつかない。

それでも陽子を抱えている間は、温かくて柔らかいものが腕の中にいることを確かに感じられた。殺した獣の温もりが残る毛皮や、肉の塊ではない。生きている人間だ。その実感が腕と胸からじわじわと沁み込んでくる。

一方で、陽子と腹の子、二人分の命というものが、熊爪にはどうにも納得ができない。陽子はそのうちこの子を産む。それは己にとってどういう存在になるのか、咀嚼できないままに抱え続ける。

「あたしの家はね、山一つ越えた向こうの浜。親は小舟を使って前浜で貝や魚を獲ったり、畑やってるひとの手伝いしたり、色々やって暮らしてた」

道中、陽子は長い話をした。身の上やこれまでの出来事、それに対して自分がどう感じたか、堰を切ったように話し続けた。

雪が少ない場所では熊爪が握る布の端を持って、足場が悪い時には抱き上げる熊爪の耳元で、美しい声で語り続ける。

他人の身の上話に本来とんと興味のない熊爪も、ただ足を動かすという単純な動きの中、耳を傾けざるを得なかった。

「あたしが一番最初の子。弟が二人と妹が二人いたけれど、妹は二人ともいなくなった。二人ともまだ言葉を話せないうちに、ある日最初からいなかったみたいに消えたの」

悲愴感はない。血肉を分けた者が不在になった話を、美味い猿梨の実を全部食べてしまった、というような雰囲気で語れるものなのか。人の心の機微に疎い熊爪といえども疑問を抱く。あの屋敷にいた者だからか。それとも陽子だからそうなのか。

「売られたのか死なされたのか分からないけど、お母ちゃんに訊いたら殴られた」

うふふ、と陽子は笑った。その振動が押し付けられた乳と張った腹を通じて胸へと伝わってくる。熊爪は自分が抱える女の過去について、どこか大きな川の向こうの話のように聞いていた。ひどく遠く、どういう感想を抱いていいのかも分からない。

「あたしの体のいろんな所から毛が生えてくるようになるとね、お父ちゃんは夜にこっそりあたしを舐めるようになった。お母ちゃんが網元さんに声掛けられて家にいない時とか。お布団にこっそり入ってきて、頭のてっぺんから足の指先まで」

犬をかわいいと言った時と同じ声で陽子は笑う。その体は揺れ続ける。相槌をそもそも放棄していた熊爪は、足元と、陽子が次に何を言うのかに神経を集中させた。すでに陽が落ち月光が雪に反射する中、その声は響き続ける。

「ないしょの遊びなんだなって思ってた。でも、そのうち見つかって、お母ちゃん、あたしの目に灯明の熱い油を垂らした」

白くなった右目のことか、と熊爪も納得する。「熱いな」と呟いた。

「え？」

「脂溶かして肉焼いたら、撥《は》ねて熱い。目に入っても、熱い」

「あ、あっははは」

自分の経験をもとに、普通に言ったつもりの熊爪は、陽子が突然全身を震わせて笑うものだから、思わず足を止めた。

「うん、熱かったね。あたし、叫んだもの。それ見てお父ちゃんはどっか行っちゃったし、お母ちゃんも、驚いたんだろうね、弟たちをつれて夜の海に入っていっちゃった。ひどいでしょう」

「ひでえ」

同意を求められて、熊爪は何も考えないまま頷く。

「しばらくぼーっとしてたら、家に誰か来て。目をやられて、お父ちゃんもお母ちゃんも弟たちもどっか行った、って言ったらみんな大層優しくしてくれた」

「左の目ん玉は、どうした」

「見えるようになっても、見えないことにしておこうかなあって、思ったの。右目が痛いとね、左目もなかなか開かないし。まわりにお医者がいたわけじゃないから、左目を横にぐっと流しておくとね、みんな好きに考えてくれたの。きっと、殴られたせいで、ずれたんだって」

「騙しか」

——大したことのねえ。

餓鬼が怪我を装っていただけのことだったのだ。残った片目だけ外側に寄せる。両目でやればれるところを、もう片方の目が潰れているから異様に見え、すっかり騙される。熊爪も屋敷の中で見た時、女の美しい顔に見たことのない目があることに少なからず慄《おのの》いた。

しかし、右目はともかく左目は普通で、しかも本人は意図して欺いていた。その事実が、熊爪をひどく呆れさせた。

「だって」

抱えられた状態のまま、陽子は熊爪の垢じみた耳に口を寄せた。

「あたしはその方がいいと思ったの」

からりと明るい語りが一気に湿り気を帯びていた。美しい声は変らないのに、そこに毒の海霧が混ざって耳の穴に流れ込む。

「目が見えないまま、親戚のところで家事して子守りして、按摩《あんま》さんに弟子入りする話が出始めた頃、お屋敷に引き取られた」

「そうか」

それからは熊爪も知る話だ。石女の正妻の代わりに跡継ぎを産む。商売や、家の者たちの気が乱れなければ、この腹の子は紆余曲折を経ながらも正しく祝われて生まれてきただろう。しかし、陽子に叶わなかったそれを惜しむ様子は微塵もなかった。

「こっちでも、何も見ないままで過ごした。腹の子の父様であるはずの旦那様の顔さえ、あたし、見てないの」

陽子の声に僅かに影が差した。良輔との間にいかなる情があったのか、熊爪は知らないし興味もない。

ただ、陽子の良輔に対する、あるいはあの屋敷に対する心持ちが、今後何らかの形でこの女の在り方に影響するのか。自分も関わってしまうことなのか。そんな漠然とした不安が湿って冷たい肌着のように纏わりついた。


夜半になっても小屋まではまだ遠い。幸い、満月に近い月を薄い雲が覆っていて、夜の道中に灯りは必要なかった。晴れ渡ってもいないので地面の熱も逃げ去らず、陽子を抱えていれば寒さに悩まされることもない。

痛む腰をなだめながら、朝陽が昇る頃、ようやく小屋の近くまで来た。

繋がれた犬が主の帰還を察したのか、姿も見えないうちから傷にも構わずギャンギャンと吠えまくっている。

「ああ、元気なのね、あの子」

陽子がほっと息を吐いた。小屋の前で布の端から手を離した陽子は、重い腹を手で支えながら犬のもとへと向かった。良輔の屋敷でそうしていたように、「かわいい、かわいい」と手放しで愛でる。犬もだらしなく尾を振っていたが、熊爪が片足を引き摺りながら近づくと、慌ててその場に伏せた。

一昼夜、身重の女を抱えたりしながら雪を踏み分けて、さすがの熊爪も疲れ果てていた。無言で小屋に入ると、藁沓を脱ぐのもそこそこに板の間へ寝転がった。

陽子は薄暗い中をそろそろ歩いたり、壁に引っかけられた毛皮に物珍しそうに触れたりしていた。その気配を感じながら、このまま岩の塊のように眠ってしまいそうだった。

「だいじょうぶ」

ふと額に柔らかいものの感触がする。何も考えずに手を伸ばし、陽子の手をつかみ取った。そのまま引き、丸い身体を横たえる。悲鳴さえ上げない女の態度をいいことに力任せに帯を解く。そこでようやく、「だめ」と強い拒絶があった。

「なんでだ」

一昼夜ぶんの疲労よりも陽子を手に入れたいという当初の衝動が勝った。そもそも、抱えて体温を感じた時から頭の隅にある欲望が消えない。膨れ上がるばかりだった。

「早く突っ込ませろ」

命令に近い願望は、しかし再び首を横に振られる。太腿を顕わにされた陽子は怯える様子もなく、ただ毅然と両掌を熊爪に突き出した。

「産むまでだめ」

「なんでだめだ」

「下からついてこの子死んだら、あたしは舌嚙まなきゃ。舌嚙み切って死んだ人がどうなるか分かる？」

数多の動物を狩ってきた熊爪も、さすがに人間が死にゆく様子は見届けたことがない。さらに、自ら死ぬ者などその心持ちを含めて存在自体が信じられない。

「分かんね」

そう間抜けな返事が出た。

「とても苦しそうな顔で死ぬ。浜にある町で一度だけ見た。あんな顔で死ぬのは、たぶんあんたに似合わない」

陽子は静かな声で訴える。そこまで話されて、舌を噛んで死ぬ、いや、噛まれて死なされるのは俺の方かと熊爪は気づいた。

――こいつが、俺を、殺すか。

熊爪は無意識のうちに、自分は何かあれば女と腹の子の命を好きにできる立場にいると思っていた。確かに力だけでいえば熊爪に分があるし、もし実際に舌を噛み切られれば痛みと怒りでどう報復するかも分からない。だが、実際は陽子の言う通り、彼女も熊爪をどうこうし得るのだ。

熊爪がどうこうできる女ではないと、少なくとも陽子は、そう思っているようだ。

そのことに気づいて、熊爪はひどく心愉しくなった。知らず体を縛っていた細い糸が切れたように思えた。この女は俺の持ち物で、女も俺を持ち物だと思っている。見てくれも力も関係がない、同じような生き物が、二頭ここに揃っているのだ。

張りのあった茸が萎むように、熊爪は横向きに寝て目を閉じた。変に浮かれる心に反し、肉体は疲れ果てていた。どてっ腹に今までになかった何かを押し込まれたような気がする。異物による圧迫感がある。

しかし不快ではない。

「乳離れが済んだら、次は、あんたの子を」

目を閉じた暗闇に陽子の声が響く。そこに嘘の気配はない。もしや、陽子が瞼を開かない理由は、人の言葉を余さず聞く為ではないのか――。

そんなことを思いながら、上着も脱がないまま、朝陽の中を熊爪は眠った。

溶けていく思考の中で、生まれてから死ぬまでの時間と行動が全て泥の塊のように思えた。獲って口にしてその美味さに感嘆した雌の若鹿の腰肉の味も。町に降りるたびに通行人から邪険な目で見られることも。陽子の耳馴染みが良いだけではない声の質も。全てが一つの塊となって熊爪を床に縫い留める。寒くもないのに胎児のように身を縮め、熊爪は昏々《こんこん》と眠り続けた。


勢いと情念で始まった生活も、日々の暮らしというものがある。

朝に起きて火を焚き、外に出て雪をかきわけながら獣を獲り、小屋に戻って食って寝る。その繰り返しの中、小屋に、常に陽子がいるようになった。

己とはかかわりのなかった生き物が小屋にいる。己が望んで攫った。ただしこの女も望んで攫われてきた。

とはいえ熊爪にとって当初、陽子の存在は異物だった。これまで独り生きてきた中に、女がいる。しかも身重で、眼で物を見ることを放棄し、得体の知れない明るさと昏さを抱えた美しい女だ。

かろうじて共に暮らしたといえるのは養父だけだった熊爪は、女の理というものをまるで知らない。女郎屋では掌で柔肌を堪能してもすぐ女陰を貫くだけ。金を払えば許される範囲ぎりぎりの嗜虐《しぎゃく》は心愉しかった。その際の、狩りとは違う達成感と征服感は、風の中の蠟燭のようにすぐ消え去るものだった。

今、手元に確かに陽子はいるのに、肉の交わりはない。相変わらず彼女は毅然と拒絶を続けていた。そして、強い意志で熊爪の欲を一度砕いた後で、決まってぬるりと優しく熊爪に触れてくるのだ。

「ずっと我慢しろということじゃないの」

腹に子を宿しても、ぬくぬくとした生活から離れて荒れてしまっても、陽子の手と唇は少女の柔さがあった。それらが、不釣り合いな艶のある言葉とともに熊爪の欲を幾度も吐き出させる。

「心配いらない。いつか産んであげる。どうせどうにかなるのだから」

一時凌ぎの、児戯とほぼ変らないようなそれに、陽子は決まって言葉で追い打ちをかけて波を起こさせる。されるがままの仕打ちに熊爪は怒りを覚える暇もないままだった。

次第に陽子の存在は小屋の中に馴染んだ。女は鹿の背肉の燻製と、炙った栗鼠の肉を好んで食べた。剝いだ大鮃《おひょう》の皮から縄を作ることを覚えさせた頃、寒さが本格的になった。

深く、重い冬になりそうだった。例年よりも早く最初の吹雪が訪れ、重く湿った雪が大量に降ってすっぽり山を覆った。それだけなら雪布団で温かいものを、その後は晴れの日が続いて冷えが地上を支配する。日中のか細い陽光も空気を温めることはできず、固く凍りついた雪は地面から大気を冷やし続けた。

心のありかたとして猟師である自分を手放したとはいっても、やはり糧は得なければならない。しかも今冬は二人分だ。

備えていた食糧では心許なく、熊爪は鉄砲の弾が尽きる前に古い弓を引っ張り出すことにした。養父が使っていたものが、小屋の梁の上に横たえられたままになっていたのだ。弦は朽ちていたものの、一位の木で作った弓の本体はまだよくしなる。

残り少ない弾丸で撃った鹿の腸を干し、新たな弦を沢山用意した。陽子も覚束ない手つきで手伝った。

吹雪の夜、火の傍で熊爪が一位の木を削っていると、陽子は腸をしごいて下準備をする。

そんな時、陽子はしばしば歌を歌った。白い喉を震わせて、高く細い声で意味の分からない言葉で歌う。それが最初、熊爪の耳には煩わしかった。良輔の屋敷に通っていた頃、たまに彼が機嫌よく酔うと浪曲を口にしていたことはあった。男の喉から出された声は特に耳を刺激しない。しかし、陽子の、普段の高い声よりもさらに高音で繊細な歌声は、慣れぬ熊爪の耳を翻弄した。

「うるせえ」

一度ならずそう漏らしたこともある。ところが陽子は謝ることも怯むこともなく、「すぐ慣れるものだから」と笑うのだ。まるで仕方のない幼子を窘《たしな》めるように、鼻で嗤《わら》うような声音だった。

そして、晴れて冷える日が数日続いた夕刻、陽子は突然腹を抱えて苦しみ出した。ぱんぱんに膨らんだ腹の下側をさすり、脂汗で艶のなくなった髪が顔じゅうに張り付く。予定されていた苦しみだった。

「支度整えておいてくれたら、何もしなくていい」

陽子があらかじめ伝えていた通りに、熊爪は場だけを整えた。彼女は親戚の家で、二度ほど出産の手伝いをしたそうだ。獣皮の寝床と、湯と、布がいくらか。陽子は和らいではまた痛むのを繰り返した後、突然大量の小便をした。しかし小便特有の臭いはせず、熊爪は少なからず戸惑う。陽子はただ落ち着き払って、痛みの中で笑った。

「ただ見ていて」

陽子は独りで出産に臨んだ。鹿の皮と熊の毛皮の上に寝そべり、その敷皮の端を噛んで襲い来る痛みと闘っていた。熊爪は言われた通り、土間の隅に丸太を置いてそこに座って眺めるのみだ。性交の痴態とまるで異なる女の有様に、外から中に入れることと、中から外に出すことの差異を感じざるを得ない。

時間が経つと陽子は毛皮を噛むのをやめ、かつて口ずさんでいた歌とはかけ離れた声で叫び始めた。獣の吠え声じみたそれに、外にいる犬が何を勘違いしたのか、同調して遠吠えした。

熊爪が犬を蹴ってやめさせようと外へ出ようとすると、陽子が犬の調子に合わせて叫び始める。犬もさらにそこに声を乗せる。競るような歌だ。陽子のかん高い普段の歌よりも、よほど熊爪の耳に馴染む調べだった。

一昼夜、それが続いた。陽子も犬も喉が嗄れ、破《わ》れ声になり始めた頃、上半身を起こして立て膝になった陽子の股の間から赤黒い塊が見えた。

陽子は一層苦しく呻き、白く小さかった顔は赤く腫れて真ん丸くなっていた。熊爪は何ができるかも分からないまま陽子に近づいた。しかし、血走った目でぎっと睨まれる。

「来ないで！」

絶対の拒絶だった。子を連れた春の雌熊に似ていた。

熊爪は鹿の出産を見たことがある。森の中で雌鹿が身を横たえ、あるいは立ったままずるりと腹の子をひり出す様子を遠目で見たのだ。出産前後の雌鹿は体力が落ちていて肉がまずい。だから、ただ見ているだけだ。

雌鹿は苦しそうな息遣いで腹に力を入れる。産道に詰まりさえしなければするりと生まれ、子は小一時間もしないうちに立って母の後脚の付け根から乳を飲む。そしてすぐに母子でその場を離れるのだ。

子の首だけが出たまま力尽きた死体も二度ほど見た。胎児ごと腹が腐り、臭いに呼ばれた烏と狐が我先にと胎児と陰部を貪り食っていた。哀れさは感じない。ただの道理だった。

鹿の出産の成功も失敗も見た熊爪だが、さすがに熊の出産を見たことはない。それでも、陽子の出産は鹿よりも熊に近いものではないかと思う。彼女らは冬眠のために籠った穴で、暗闇の中たった独りで子を産むのだ。狭い穴で独り、身悶えながら闘い続ける。眼前の女の姿は熊の出産というに相応しいものであるのかもしれない。

頭の隅でぼんやりとそんなことを考えていると、陽子は赤黒い顔をさらに顰《しか》めた。断末魔のように太い声を上げると、陰部から出ている塊がさらにぼこりと飛び出る。

頭か。熊爪は悟った。人間も鹿のように頭から出てくるのか、と共通した事実に少なからず驚いた。

そして、かつて見た鹿のように、陽子もここで詰まったらどうする、という思いが浮かんだ。子が抜けきらないまま死んで腐った鹿のように陽子もなってしまったら。厳冬の今、土に埋めることはできない。外の箱にでも入れて凍らせ、春になるまで待つしかないか。それとも、外に出して獣に食わせるのが良いだろうか。

ぼうっと考えているうちに、赤ん坊の体が徐々に出て来る。

鹿のようにするりと出てくることこそないが、頭が出た後は陽子が力を込めるに合わせて小さな肩が見えてくる。陽子は呻吟しながらも上半身を折り曲げて股の間から出て来る我が子に手を伸ばした。ほどなくして、腕と胴体。そして足と同時に頼りない泣き声が小屋の中を満たした。

陽子はふらふらする上体を起こしたまま、それまで閉じていた瞼をかっと開いた。白く濁った右目と、見えているはずの左目で、産み落とした我が子をしかと見る。ほどなくして、赤ん坊の腹と紐で繋がれた赤い後産がずるりと出てきて、陽子はどこか気の抜けた表情のまま、糸と鋏《はさみ》を使って自ら赤ん坊と後産とを切り離す。その間も、子はひゃあひゃあと泣き続けていた。

熊爪はそれを眺めながら、自分もこうして生まれてきたのだ、という事実を認識していた。記憶も愛着もないどこかで、母親が苦しみながら赤子の自分を世に出した。

母親が、あるいは父親が、どういったいきさつで自分を手放したのか熊爪は知らない。そこに煩悶があったのかどうかも知る由もない。

ただ、自分を産んだ時もきっと母親は痛がったのだろう、という事実だけが熊爪の中に刻まれた。それは獣ではない、人間の出産を見てこそ認識し得たことではあった。

生まれた子が男児であったことも、少なからず思い込みの糧になったのかもしれなかった。


出産直後はぼんやりとしていた陽子は、それでも子を産湯に浸からせ、母としてきぱきと世話を始めた。子と自分の身づくろいをし、乳を飲ませ、疲れ果てた体で添い寝をする。

生まれてまる一日が経ち、ようやく母子の落ち着いた様子を見計らって熊爪が近寄ると、「触ってみればいい」とけしかけられた。

「いい。壊したらだめだ」

実際、初めて間近で目にする生まれたての赤ん坊は、熊爪からすると人間の姿からはほど遠い。町で背負われている赤子よりもさらに小さく、皮膚は柔くてぶよぶよとしている。子犬のほうがよほど強そうだ、とさえ思った。力もなく、意思もなく、ただふやふやと頼りない身体で泣くだけ。

「弱すぎる」

人間の最初は皆こんな有様か。呆れと絶望を交えて言うと、陽子は「当たり前でしょう」と笑った。

「いずれ壊れないようになる」

そうも言って、陽子は赤ん坊を抱き上げて乳房を出した。熊爪は赤茶色い乳首に吸い付く赤ん坊をじっと眺めた。

——獣と同じだ、教えられてもいねえのに。弱いのに。


陽子の出産から五日後、雪が降り続いた翌朝に、空はすっきりと晴れ上がった。山の景色は白と青に圧倒され、人の肌の色も飛ぶ鳥の黒さすら邪魔に思える。

数日は天候が崩れないことを確認して、熊爪は小屋を出た。芋や山菜、干し肉、それに薪など、必要な分が残っているかを確認して陽子と赤子を残していく。

猟師として、人としてのこれまでを捨て去ったと考えたとしても、肉体はこれまで通りに、いやそれ以上の三人分を養う必要がある。

熊爪は毛皮や干し肉、干し山菜の残りを背嚢に詰め込んでいた。カンジキがその分だけ雪に埋まる。背負った鉄砲には残り少なくなった弾を込めてあった。犬も変わらず付き従う。赤毛を仕留める以前と同じ猟師の装いとはいえど、もはや心はそれとは違う生き物だった。

そのことを教えてくれたのは、犬でも陽子でもなく、山に生きる獣だった。

熊爪が雪の上を歩いても、常緑の松葉の間にいた鳥たちはすぐに気づかず、闖入者がごく近くまで来てようやく驚いたように枝から飛び立つ。木肌と雪の間に隠れていた鼠が、熊爪の足元を慌てて逃げ回る。

かつて猟師として山に入った際は、何を撃つか、何を得たいか、そういった確かな対象があった。そこには抑えていようとも人間としての欲の気配が拭いきれずにあった。

しかし今は違う。肉や毛皮を売ることを考えなくなった。熊爪の欲は食うための、より単純なものになり、その気配の変化が山の獣の感覚を鈍らせる。山の生き物とのかつての距離との違いに、熊爪自身も戸惑い、また、納得もした。

——なんだか、楽だ。

これまでにない不思議で心地よい感覚に少しく驚きながらも、熊爪は山を南東の方へと進んでいった。幾つもの尾根を登り、沢に降り、川を越えてまた登る。

向かっているのは白糠の東にある釧路の町だ。

本来ならば山から白糠の町に出て、海岸沿いの道を通ればそう苦労もなく到着するのだ。だが、白糠に降りれば、陽子を攫った者として面倒に巻き込まれかねない。それに、もう良輔と顔を合わせたくなかった。片方の風切り羽を失った鷲のように、壊れたあの男と対面するのが嫌だった。白糠に足を踏み入れたくないというそれだけの理由で、時間のかかる山中の道を選んだのだった。

釧路の町へは丸二日をかけてようやく着いた。大きな川がある平らな町だ。背後に崖が聳える白糠とは異なり、空が広い。川の堆積物のため良港とはならず、代わりに内陸に住む者が増えたことで河川による木材の運搬で物流が増えたらしく、白糠をしのぐ賑わいがある。

人が多いだけに、山で暮らす熊爪の荒れた格好を見ても眉を顰《ひそ》める者の割合は少ない。多くの店は突如現れた猟師風の熊爪を警戒したが、雑貨屋など何軒かが山の男が持ち込んだ貴重な産品に興味を示して買い取った。

特に薬屋が干した熊の胆《い》に目を輝かせ、良輔の商店よりも高く買い取ってくれたことに熊爪は驚いた。だが熊の胆を除けば、他の毛皮や山菜などは二束三文といってもよかった。胆は薬となるからこそ格別高く買われたことを考えれば、他の品物をこれまで良輔がいかに高値で評価していたのかを示していた。

得た現金を手にして、熊爪は今度は異なる目的で商店を回った。

「さらし、軟膏《なんこう》、天花粉《てんかふん》、水飴、燐寸《マッチ》、手拭い」

陽子は熊爪にそう繰り返して全ての品物を覚えさせた。いずれも熊爪にとって今までほとんど縁のなかった品々だ。

——さらし、軟膏、天花粉、水飴、燐寸《マッチ》、手拭い……

頭の中で繰り返しては、店頭で単語を言って品物を出してもらった。当初は熊爪の風体に驚いていた店番も、要求された品物にきちんと金が払われれば納得して渡してくれる。

「あんた、赤ん坊いるのかね」

一軒の雑貨屋で、店番の老婆が棚から天花粉を引っ張り出しながら言った。

「子のためのものだ、ほとんど。見るに山男のようだが、ちゃんと嫁さんも赤ん坊もいるんだねえ」

老婆はひゃっひゃっと何が面白いのか歯のない顔で笑いながら、品物を手渡してきた。赤ん坊がいるから何なのか。俺に女と子がいるのがなぜおかしいのか。疑問をわざわざ会話にしようとするのも面倒くさく、熊爪は用件は終わりとばかりに背を向けた。

「この歳、この物騒なご時世になると、本当に、子どもに食わせて真っ当に育てる大事さが分かるねえ。本当に、本当に……」

念仏か、あるいは呪《まじな》いじみた独り言だった。それが疎ましく、熊爪は傍らにある商品に目をやった。金物、鋳物などが並ぶ中、木の鞘がついた小刀が目に留まる。熊爪が使う小刀よりも二回りも小さく、飾りのほとんどない安物だ。

「これもくれ」

ぶつぶつと呟き続ける老婆を遮るように、小刀を突き付けて代金を払う。老婆が告げた値段は今の熊爪に安い金額ではなかったが、言い値で購入した。

そのままシャツと肌着の間に突っ込む形で懐に入れる。熊爪の手には心許ない小ささだが、陽子の手には丁度良いだろうと思われた。これから刃を使って生きるのは自分独りだけではないのだ。

「ありがとね、またどうぞぉ」

老婆の声を背中に受けながら、熊爪は往来へと出た。建物が連なるその向こう、遠くにそびえる雪山を見据える。

あの山の中にある小屋は冷たく佇んでいるだけではない。充分な薪を使って中が温められ、陽子と赤ん坊が待っている。

老婆の戯言は心に残らない。ただ、熊爪は陽子に言われていたことを思い返していた。

——乳離れが済んだら、次は、あんたの子を。

嘘のない声音が胸の奥でこだまする。

熊爪は存外律儀に約束を守ってきたのだ。守らざるを得なかった。陽子の反撃もあったが、腹に子が入っている状態でまぐわえば子が流れて母体も危ういことも分かるといえば分かる。

産んだ後も、拒否は続いている。産んだ子に乳を与えている間は肉体も子の母のままであり女ではない。そんな言葉を、真に受けた。

そういうものか、と素直に思ったのだ。なにせ人間の母も人間の赤子も初めて接する。女とまともに言葉を交わし、共に住むことですら初めてだ。

なれば、陽子から言われたことは全て叶えよう。どうせ急ぐことは何もない。小さく無力で乳房をしゃぶることしかできない赤子が他に興味を、そう、弓など手にするようになったなら、その時に己の子種を植えつけてやればいい。それでこそ自分たちは望ましい形となる。人の里から離れ、自分たちが生きられる場所で、より強い形で共にあり続けることができる。

小屋を目指し町を離れてから、熊爪はそんなことを考え続けていた。腰の骨を折って以来の遅い足取りは考えを加速させる。たとえそれが意味のない空想であったとしても、熊爪は気づかない。すぐそこの木陰からこちらを見ている野兎の気配にも、気づくことはない。ただ雪を蹴散らすようにして山へと戻る。

「アォン」

雪原を行く主人の足取りが遅すぎて、犬が心細げに鳴いた。普段ならば振り返って睨みつけるはずの熊爪は、前を向いたままだ。

赤毛との戦いで負った傷のせいで、犬は少しずつ衰えている。それは主人である熊爪にしても逃れられないことである。老いてますます鋭敏になる感覚を除き、機敏さ、俊敏さは失われていく。以前は理解していた筈のそれらから、熊爪は無意識に目を背けていた。

――春になればここを去るか。陽子と子を連れて、この山ではないところへ。

いつしか自分の将来と直結して願望としての形を結び始める。

白糠の町へは降りない。良輔の気配から遠く離れられれば、どこの里でも、他のどこかの山でも構わない。

魚と肉が獲れ、水が湧き、弓と矢を作れるところならば死ぬことはない。どこでも生きてゆける。アイヌの人々のように同族同士で身を寄せ合う必要も、もはやない。人の集まる世の乱れも争いも、知ったことではない。

――俺は。俺たちは生きてゆける。

熊爪にはその確信があった。何ら裏打ちのない自信であっても、己の心臓は脈打ち、体が熱を帯びている。腹は減り、それを満たす手段を会得している。それだけで己は勝者だった。

犬だけが主人の思考を肯定も否定もせず、ただ傍らに添っていた。

十一　喰らいあい

陽子は産んだ男児に名をつけようとしなかった。

「名はつけないのか」

熊爪はある夜に、眠る赤子を撫でる陽子に聞いた。声になぜか詰問の強さを伴った。

「なんでかな」

陽子は眠る子の頰を楽しげにつついた。

「別にいらないかなって」

さも当然のようにそう言うものだから、熊爪の頭は小さく混乱をきたした。赤子の頃に捨てられ、貰われたという熊爪でさえ、養父によって名を与えられた。

乾いた熊の爪を玩具がわりにしている故に熊爪。その由来が人間の名づけとして正当なものかどうかも分からないし、自分の名を好くことも厭うことも特にない。しかし、人というのは一人につき一つ、固有の名を持つものだとは思っていた。

野を駆ける獣は個としての名を持たない。狩りの供である犬でさえ名をつけていない。しかし人間は名を持つもの。その差は熊爪としては己でも不思議なほど当たり前のことだと思い込んでいた。

陽子は母として赤子をどう思っているのか。傍で見ていると大事にしていることはよく分かる。だが名のないままに育ち、いずれ里に行くことがあればそれなりに困るだろう。そのことは山育ちである熊爪よりも陽子の方がよほど理解しているだろうに、当人は焦るそぶりもない。

それに、自分はこの小さい生き物を何と呼べばいいのか。熊爪には存外大きな問題だった。そもそもこの小さくて頼りない生き物は自分にとって何になるのか。あれ、とか、こいつ、と呼ぶことから名をつけて呼ぶことにすると、何かの差異が生じるのだろうか。

陽子は熊爪の沈黙の中から当惑を朧《おぼろ》に嗅ぎ取り、熊爪が握りしめていた手をとった。

「難しくない」

細い手が熊爪の指先を赤子に導く。促されるままに、張りのある桃色の頰に触れると、その皮膚は薄くてぶよぶよしていた。皮膚というより、内臓の間にある薄い脂肪の膜の柔《やわ》さに近い。匂いも陽にあてた毛皮のように変に甘く、嗅いでいるだけで鼻の奥がむず痒くなる。

「柔いでしょう」

「鹿の腹の中にいた奴みてえだ」

ふいに出た言葉に、陽子が理解できない様子で小さく首をかしげる。熊爪は記憶を手繰って言葉にした。

「冬に、鹿獲ったら、たまに腹の中に子がいる。毛のねえぶよぶよ。似てる」

腹に子を抱えた雌鹿を仕留め、腹を裂いたら出てくる胎児。小さくて毛もなく、桃色のぶよぶよとした塊。

そうだ、生まれ落ちてまだひと月とたたない赤ん坊は、鹿の胎児に似ているのだ。掌に載る大きさの、閉じた瞼が妙に大きな獣のなりかけ。

違いがあるとすれば、爪だ。あれには毛がなくても爪だけは立派に備わっていた。蹄のもととなる、二本一対のものがそれぞれの足先に。目の前の赤ん坊の、薄皮のような爪よりは立派だった。

「腹の中の鹿に似てても、この子はもう外で生きている」

陽子はそう言って赤子が纏っている肌着を剝いだ。頬と同じ、つるりとした皮膚に覆われた全身。その股に、小さな突起がついている。ふにゃふにゃとした赤子の体の中でも、とりわけ頼りない器官だ。

「小せえ」

指先で突けば、小鳥が蜘蛛の糸を集めて作った巣のようにふわふわとしている。この赤子が裸で野に置かれていたとして、目ざとい鷹や梟《ふくろう》なら、まずこの柔い部分に嘴《くちばし》を突き立てることだろう。

「男でよかった」

陽子が手を伸ばし、赤子の小さな性器を撫でさすった。犬の頭を撫でる時よりも余程丁寧な手つきだった。陽子は己で決めたという通りに瞼を閉じ、我が子をきちんと見ることはない。しかし表情や仕草から、母らしい可愛がり方をしている。

「女だったらあたしもお母ちゃんみたいに殺そうとしたのかもしれない」

陽子はそう言うと皮の寄せ集めのような性器をきゅっと摘んだ。途端に赤子は顔を歪めて目覚め、ひっ、ひっ、と小さく息を吸う。

「ごめんごめん。ほらお乳やろう」

陽子は何事もなかったかのように肌着を元に戻すと、自分の浴衣の衿《えり》をくつろげた。赤子を抱き上げ、ぱんぱんに張った乳房を取り出す。黒ずんで大きい乳首に小さな唇が触れると、赤子はむにゅむにゅと口を動かして吸い付いた。

こうして赤子は毎日律儀に乳を飲む。熊爪には不思議でたまらない。

生まれたばかりの子が乳を飲むのは鹿も熊も狐も同じだろうが、あれら獣は数週間から数か月で大人と同じものを食するようになる。鳥に至っては殻を割って出てきたその日から虫をもりもり食っている。

しかし、陽子の話では人間の子は半年も乳だけで過ごすというではないか。しかもしばらくは柔い食い物と乳の両方を口にし続けるという。

「なんでだ」

疑問が率直に口に出た。乳を飲ませ終わり、子を横たえた陽子は首をかしげる。

「なんでって、なにが」

「なんで赤ん坊は生きづらい。こんなの、一匹で放り出したらすぐ死ぬ」

熊爪の視線が赤子に注がれているのを感じたのか、陽子はようやく理解したふうに頷いた。

「そういうものだもの。変えようとしても変えられないもの。お乳や守る人がいなきゃすぐ死ぬし、あたしもあんたも今生きてるのは、お乳や守る人がいたせい。たぶん」

「そうなのか」

自分は、自分だけは他の人間と在り方が違うのではないか。熊爪は漠然とそう思ってきた。俺だけは生まれてすぐに肉を齧り、放置されても生き続けられたのではないか。そう思ってていたが、陽子の言う通りならばどうやらそうではないらしい。

自分もこうして無力に女の乳をしゃぶり、自力で起き上がることもできず、糞尿を垂れ流しては浄められてきたのか。

目の前にいる赤子の有様と、確かにあったであろう自分の過去とがどうも繋がらない。出口を失った思考を持て余して、ふと手が伸びた。まろび出たままの陽子の乳房へと触れる。

「飲んでみる?」

悪戯めいた声を出して、陽子が重そうな乳房を両手で支えた。熊爪は膝でにじり寄り、赤子の涎で濡れたままの乳首に顔を寄せる。

唇に含み、少しだけ力を入れて吸うと、自分の体温とほぼ同じ温度の液体が流れ込んできた。

僅かに甘い。飲み込むと今まで飲んだことのない風味が鼻へと抜ける。里近くの農家に頼まれ、熊を仕留めた時に馳走になった牛乳や羊乳などよりもくどく、そして濃い。むしろ血に近いのかもしれない。鹿か、熊か、鶏か、そのどれとも違う知らない血の味のように思えた。

吸い、小さな抵抗を感じつつ飲み下しながら、さっきの陽子の話を思い出す。自分が今生きているということは、自分だって記憶のない赤子の頃にこうして母親の乳房から乳を飲んだはずなのだ。そうして命を繋ぎ止めたはずなのだ。

しかし懐かしさなどまるでない。陽子の母乳は記憶のどこもくすぐってはくれない。確かめるように幾度か吸うが、さほど口にはたまらず、つい力を入れて吸ってしまった。

「もうだめ。足りなくなる」

身を引かれて乳首が口から抜ける。張っていた陽子の乳は少しだけ柔く垂れ下がったように見えた。熊爪は口の中に残った乳の味と匂いを確かめながら、顔を顰めた。

「そんなにうまくねえ」

「おいしいと思ってたの？」

陽子に苦笑いをされて初めて、熊爪は自分が母乳に特別な味を求めていたことに気づいた。陽子は手拭いで乳房を拭くと、浴衣を改めて赤子の隣で横になった。熊の毛皮を引き寄せて被ると、母子の姿はすっかり隠れて一頭の熊が小屋の中でくつろぎ寝ているようにも見える。

外では風が湿り気を帯びた雪を外壁に叩きつけている。竈の火と毛皮と、三人分の体温に満たされて、室内は温かかった。熊爪も母子から少し離れた板の間で毛皮にくるまる。微睡みの中、気づけば陽子と赤子、二人分の寝息に耳をそばだてていることに気が付いた。

山の冬の日々は過ぎていく。朝晩の骨の髄をも凍らせるような日々は変わらないが、昼の陽光が僅かな力を得てきて、ようやく寒さの極みを過ぎた。

その頃になると、晴れ渡って太陽の光が軒の氷柱《つらら》に水滴を滴らせるような日を選び、陽子は小屋から出るようになった。日当たりのいい場所で目を閉じぼうっと木箱の端に座っている。もう身重でもないし、雪が積もっているから転んだところでどうということはないのだが、熊爪は薪割りなどの外仕事の合間にそれを見守る。

人と共に生きるとはこういうことなのだろうか。自分の手足ならば好きに動かせる。犬ならば命令を聞かせられる。しかし陽子は熊爪の望むように突っ込ませてはくれないし、泣く赤子を叱りつけても静かになることはない。望む通りにはならない。

これらがどうしようもなく受け入れがたい存在となった時、己はどう行動するのか。ぼうっと冬の森に顔を向ける陽子を見ながら、熊爪は自然に、これまで唯一共に暮らした存在である養父のことを思い浮かべていた。あれは、俺のことをどう思っていたのか。想像が頭を過ぎる。

山で死に、鹿のように川辺のどこかに彼の頭骨でも埋まっていたなら、それを捜し出して聞いてみれば答えは出るのか。それとも、いくら捜しても死の痕跡が出てこないことこそが彼なりの答えだったのか。

「ああ……」

浅い嘆息と共に、面倒臭えなあ、という言葉が喉元まで浮かぶ。独り生きていた頃ならこんな事は考えなかった。できることなら、今日一日だけでも、冬眠している熊どもが起きて出てきてはくれないだろうか。そうすれば、余計なことを考えず、また独り、もとのように狩りに出ていけるのに。

小屋の中からか細い泣き声が響き渡り、陽子は立ち上がった。陽子なら赤子を泣き止ませられるのだ。熊爪は未だにできないままでいる。


赤子は急には大きくならずとも、日々少しずつ確実に成長していた。生まれた時よりも声が大きくなり、ぱたぱたと動かされる手足は力強くなっていく。目ははっきりと母親を捉えて小さく声を上げ、熊爪を見ては少し驚いた様子で呻き声を上げるようになった。

季節は春に向かって移ろい、空にどんよりと灰色の雲がかかっている。厳冬期の頃と異なり空気の湿り気が多い。冷たくて細かい雪ではなく、重く温かい雪が降ることだろう。永遠とも思えた冬は終わりへと向かっている。その頃ようやく、陽子は熊爪に触れる許可を出した。分娩を終えて少し体が落ち着き、血の道が通うようになったという。

「ふふ。くさい」

垢と脂で湿った熊爪のうなじに鼻先を埋め、陽子は囁いた。この小屋では体を清める習慣がほぼない。冬なら尚更水浴びから遠ざかっている熊爪は体を引く。

かつて良輔の屋敷で風呂を勧められたことが思い出された。あの時はしぶしぶと従っていたが、山で独り暮らす生活にそうした習慣を取り入れる理由はなかった。だが、陽子が少なからず不快と思うのであればどうにかせねばならぬ。

しかし陽子は細い手を伸ばし、熊爪の体を引き寄せる。

「それがいいの」

陽子の肌は柔く、そして弛んでいた。腹も、乳も、少女らしい引き締まったそれから、母体となる経験を経た女特有の緩みのあるものとなっていた。どちらであっても、熊爪は選り好みをしない。

引き寄せ、撫でしゃぶり、相手を慮《おもんぱか》ることなくただただ欲望を突っ込む。作法も愛撫も知らず、それでも陽子は腕の中でよがった。時折、強い口調でここをああしろ、もっと強くしろ、という言葉さえ投げかけながら、眠る赤子の隣で一片の迷いもなく女を曝け出していた。

熊爪は肉の欲と快楽に心身を浸しつつ、同時に、陽子も女なのだな、と裸体を眺める己を感じた。目玉の奥で、もう一つの眼球が妙に冷静に陽子と、陽子に触れる自分の肉体を見ている。さらに舌が陽子の体から噴き出すあらゆる体液を舐めながら、鼻が体臭と性臭を嗅ぎ分ける。どこか春一番に萌え出る植物の味と匂いに似ていた。真っ先に顔を見せる小さな緑やつぶらな花は、そのぶん栄養と毒を同時に内包している。食いすぎれば身を壊すあの苦みの気配を感じる。

陽子を全てひっくるめて感じながら、あったかい沼の穴だ、と熊爪は思う。沢の溜まりや湿原のただ中などで、草に紛れて稀に大きな穴が開いていることがある。中には水草と、枯れ草と、水が満たされていて底というものがない。

その穴は、冬は安全なのだ。土も水も何もかも凍り付いた酷寒の時期に、穴は穴として存在しない。ただの氷の塊だ。しかし春が来て氷が緩み、氷原が湿原に戻ると、その穴はぽっかりと存在してまれに落ちた動物を捕えて沈みこませる。

阿呆な子狐が落ちようが、慌てた母狐まで落ちようが、ただ全てを飲み込んで吐き出すことがない。たまに熊爪が思い出して覗き込んでも、骨や皮などの残骸が浮かんでいることはない。どこに行くのだ。ごく純粋に熊爪は疑問を抱く。穴の奥の深い底に、死んだ獣の骨は積み重なっているのか。それとも冷たい水のせいで、肉ごと白くふやけて腐らずにいるのか。自ら沈んで調べてみる気はもちろんない。

陽子の穴は、その温度を除けば沼の穴の虚ろさを思わせた。力任せに衝いてほじって、一番奥に感じる肉の塊は、実は子宮《こつぼ》ではなくかつて飲み込んだ生き物の残骸ではないのか。その残骸と良輔の欲望が融け合って、そこでぐずる子どもは生まれてきたのではないか……。

最後に、悪夢のような思いつきに搾り取られるように吐精した。

陽子は瞼を閉じたまま笑う。その目をこじ開け、偽りの眼球の代わりに猛りを突っ込んでやりたい気持ちになった。しかしこの女ならばそんな扱われ方でさえ笑って受け入れるのではないか。やはり陽子は沼の穴だった。


雪山の陰で熊爪は息を潜めた。森と雪原のちょうど境にある木の根元に、雪兎がいる。木の幹と雪の間にできた隙間に頭を突っ込み、その奥の草を探している。無防備な姿だ。

急がずに弓に矢をつがえる。手と、腕と、背の筋肉全てを緊張させて、いつ放っても良いように姿勢を固めたままでその時を待つ。

鉄砲の弾は残りが限られているから、自作の弓矢を常用するようになって久しい。弓の方がより集中を要するため、犬を伴わず独りで山に入ることが増えた。

狩りとしては確かに鉄砲の方が簡便で成功率が高い。だが、弓矢を使い続けるうち、かつてよりも動物の挙動をよく見るようになり、またそれに対応して矢を射る速度も上がった。

養父から伝えられたのは銃の技術が主で、弓については殆ど教わっていなかったが、共通する部分も多い。細く長く息を続けて待つ。

ひどく長いようにも、短いようにも思えた頃に、ふいに兎は雪の間から頭を出した。真っ白な全身に、先だけ炭に触れたように黒い毛が生えた耳。その耳が揺れる。

その瞬間に、熊爪は右手で支えていた矢羽根から力を抜いた。

矢が空気を裂く音を耳元で感じた直後、兎が倒れた。

動かないのを遠目で確認して、ゆっくりと近づく。雪に鮮やかな血が飛び散っている。矢尻は兎の首と頭骨の間を貫いていた。上出来だ、と熊爪は思う。これで毛皮として使える面積は広くとれる。

雪兎の白い毛も良い。かつては売ることしか考えていなかったが、白くて綺麗な毛が熊爪の目に眩しい。これなら陽子が喜ぶだろうと思う。

陽子は自らものを見ることを放棄している分、手触りの良いものを好む。熊爪では違いの判らない微細な毛の柔らかさまでも引き合いに出して、ことに兎の毛皮に触れることを好む。

そして彼女は兎の肉についても、炙り肉も茹で肉も好んで食べる。赤子がそのうち乳離れを始めたら、兎のゆで汁で米を柔らかく煮るのだと言っていた。その時は兎は夏毛で茶色くなっているかもしれないが、味に問題はあるまい。

肉の汁で煮た米ならばおそらく美味い。自分も食べたいものだと言ったら、陽子はおかしそうに笑っていた。

熊爪は雪兎から矢を引き抜き、首の動脈を切って木の枝に逆さに吊り下げた。血が抜け次第、小屋へと戻る。

ぽたぽたと鮮血を垂らすのを見つめながら、熊爪は兎の後肢を指先で弄んだ。野に暮らす兎は、顔や上半身は細くとも後ろの肢は獰猛だ。大きく蹴り出して天敵から逃げ、場合によっては鋭い爪を用いて蹴りを繰り出すこともある。

少しだけ、陽子に似ているとも思う。見た目は愛らしいようにも思えるのに、その半身は他を傷つけることを厭わない。

ならば野に暮らすことをやめればいいのに、それか愛らしい顔を捨てればいいのに。矛盾が毛皮の中で息づいている。

耳の先端だけ黒い毛などはまさにその矛盾の象徴で、真っ白な冬毛がここだけ黒いがために熊爪のような存在に見つけられ狩られるのだ。何もかも白ければ、ひっそりと生きていけただろうに。

見えるのに見ない。楽に生きられるのにそうしない。獣の矛盾と女の矛盾は、熊爪の中では等しく理解できないものだった。

まとまらない思考をするうち、兎の血はあらかた止まった。熊爪は兎を雪の上に放り出すと、自分も雪の上に寝転がった。すぐに帰ればいいのだが、道理を捨てて時間を過ごしたいという思いが体を雪に縫い付けている。

熊爪は目を閉じた。瞼の裏が明るい。雪で反射する日光のせいで余計に明るい。そして静かだ。犬の吐息はない。連れてくればよかったとも、連れてこなくてよかったとも思わないが、もしいたとしても特に邪魔には思わない。

それが陽子だったらどうか。赤子だったらどうか。或いは良輔なら。顔しか覚えていない町の人間なら。いずれも、想像するだに嫌だった。人間は自分一人がいい。

理解できないもの。面倒臭いもの。ああ、遠ざけてえ、と思う。肉と毛皮と必要な内臓を取った後の骨や残滓《ざんし》を小屋から遠く離れた場所に投げ捨てるように、なかったことにできたなら。

風が止み、周囲に他の動物の気配はない。一度だけ、風に紛れて鳶の声が聞こえたが、すぐに遠ざかって行った。

「ここで終わりゃいいのに」

今この瞬間に心臓が止まり、眠るように終わっていけたなら、この兎の皮は剝ぎやすいだろうかとか、保存をどうしようなどと考えずに済む。今日は陽子に突っ込めるかも考えなくてもいい。

熊爪は、渡る沢をひとつ、間違えたような気持ちでいた。

目の前には見覚えのない沢が広がっている。

特に断崖があるわけではなく、所々には笹原を分けて歩いた鹿どもの獣道も散見できる。平和な沢だ、ということは分かる。きっと渡ることも遡ることも容易だ。多少の回り道となる可能性はあるが、きっと確実に山を越えられる。

しかし何かが違うのだ。

未知であることは大きな脅威ではない。だが大きな恐れを抱かずとも、未踏の場所というだけで悪い想定が脳裏に芽生え、体に緊張が走る。

つまりは居心地が悪いのだ。変わらぬ小屋で、銃でなくとも狩りが果たせて、犬もいる。そこに望んで陽子を連れてきて、さらに子が生まれた。その変化に慣れて順応し、久しく考えていなかった未来というものに思いを馳せられるようになっても、熊爪の中の一部分がどうしようもなく居心地の悪さを感じている。その解消の手段が分からず、今も熊爪は雪の平原に縫い留められている。

「阿呆だ」

俺は。自分の望む通りに生きているというのに、かつて得られなかったものを両手に抱えながら、何を取り零した気になっているのか。

面倒臭い。このまま死んじまえば何も汚すことなく綺麗なまま終わっちまえるというのに。弓矢ではなく銃を手にしていたならば、無理矢理に全てを自分で終わらせることも可能だったかもしれない。しかし弓矢を選んで手にしたのもまた紛れもなく自分自身なのだ。

背中が冷たい。体温で雪が融けて毛皮や服までしみてきたのだ。起き上がり、背中の雪を払いのけて兎の後肢を掴む。雪の上で冷えていく兎の体が妙に羨ましかった。

「お前も阿呆だ」

ぶら下げながら小屋への道を歩くと、兎の耳先の黒い毛は雪に触れて白く隠れた。その耳を伝った血は熊爪の足跡に沿うようにたまに赤い点を残していた。


その夜、熊爪は少し無理に陽子を抱いた。ちょうど乳を与えられる直前だった赤子は火が点いたように泣くし、陽子は力いっぱい腕を突っ張って拒絶したが、熊爪は一切の遠慮なく抱き潰した。

陽子はいくら拒んでも容れられないと分かると、ぱったりと力を抜いた。腕を伸ばすことも喘ぐこともなく、ただ荒い息を吐いて時間が過ぎるのを待っているようだった。目を閉じたままで熊爪の方を向き、本当は見える目で瞼越しに熊爪を睨んでいた。そんな彼女の冷えた体を揺さぶり、無言の非難を受けながら、熊爪はそのことに却って猛る始末だった。沼を掘る。陽子の温かい沼を掘れるだけ掘って決壊させたら、何かが終わってくれるだろうか。

その思いで全身をぶつけたが、結局は自分の身ひとつ壊せない者が何かを損ねられるはずもない。最後には陽子の体に縋りつくようにして短く射精した。狐の悲鳴のような情けない声が出た。泣いているのは自分の方だった。

熊爪が疲労からぐったりと床に伏せ、荒い息がおさまりきらない中、陽子は緩慢に体を起こした。

全身を覆うような粘ついた汗をぬぐうこともなく、傍で泣きつかれていた赤子を抱き上げる。

「ああ、ばかねえ。寝ちゃって」

寝起きで機嫌悪くひいひいと声を上げる赤子に、熊爪の涎に塗れた乳首を押し付けると、それでも健気に乳を吸い、さらに小さな両手を伸ばして母の乳房にすがりついていた。

熊爪は上体を起こした。行為によるものだけではない、もっと深くて重い疲れが全身を覆っている。

這いつくばるようにして、穏やかに授乳をしている陽子へと近づく。荒い息のままで、乳にむしゃぶりついている赤子へと手を伸ばした。

赤子の細い首は柔い肩肉に埋もれ、大きな一本の皺になっている。背中側から、その首に指先が触れた。

「殺すの？」

陽子の瞼が開いていた。白濁した右目はそのままに、左の黒色の目玉が真っすぐ熊爪へと向けられている。声からは感情が強いて削ぎ落とされていた。

責める気配も、戸惑いも、左の目玉からは蒸発しきっている。死んで地面に伏していた鷲の瞼を無理矢理開くと、こんな眼球をしていた。乾いた目だ。

「わかんねえ」

手を下ろし、その場に座り込んで、熊爪は深く息を吐いた。重い身体からはさらに力が抜け、もう一度手を伸ばして赤子を縊《くび》れと言われてもやれそうにない。

「……熊だら、殺すことある」

頭の中でさえ疲れて、良く見知った山の獣の習性がふと浮かぶ。

「熊は子どもを殺すの？」

陽子の声音には咎める気配も怒りもない。良輔の屋敷にいた頃、犬と遊んでいた時そのままの声だった。

「雄は雌探して、子熊いたら自分がまぐわうのに邪魔だから殺す」

「ふうん」

けっけっ、と赤子が小さく咳をした。陽子は自分の方にもたせかけると、我が子の背をとんとんと叩く。赤子は小さく乳を吐き出した。

陽子の肩で汗と母乳が伝い落ちる。陽子の瞼はいつの間にか閉じている。熊爪は重い頭をもたげ、ぼんやりとその様子を見ていた。

「ねえ」

陽子は落ち着いた赤子を横たえた。口元を拭いてやり、柔らかい髪の毛を撫でるでもなく、緩い手つきで弄ぶ。

「雄の熊は自分の子かそうでないか分かるの？」

「いや」

熊爪はかぶりを振った。

「分かっていねえと思う。前にまぐわったのと同じ雌熊かどうかも分かんねえでいると思う」

「なら自分の子を殺して自分の子を産ませようとしてることもあるんだ」

「たぶん」

「悲しいね」

狩る立場である以上、熊爪は彼らの在りようをよく見てきた。個体の差や行動、それらを知らねば殺すことができない。そう言ったのは養父だったか。

「悲しくはねえ、と思う」

熊の生態を知っていても感情は知らない。それでも熊爪には確信があった。子が殺されたなら母熊は悲しみ怒るだろう。

しかし雄熊は子熊を殺すことに悲しみも惑いも感じない。仮にそれが自分の子であったとしても、目の前のまぐわいとこれから産ませる子のことしか考えないだろう。

「悲しいね。子も殺されて、産まされた子もまた同じ父親に殺されるのかもしれない」

「そうかもしれない」

実際には、広い山では同じ番《つがい》が二年も三年も立て続けに遭遇して子を生すことは少ないだろう。しかし有り得ないことではない。そう思って熊爪は陽子の言葉を肯定した。

疲労が少し紛れて、再び熊爪は手を伸ばす。陽子の指と、赤ん坊の柔い髪の毛に触れた。

大人の髪にも、商売女の髪にもない柔さだった。子兎の腹毛のそれよりなお柔い。

「こんな毛の毛皮あったら、きっと高く売れた」

「ばかだ」

陽子はぷっと噴き出した。赤子は泣き疲れたうえに腹いっぱい乳を飲んだせいか、ふうふう寝息を立てながら深く眠り込んでいる。陽子が手を伸ばして、その首に触れた。

「ここ絞めて、殺すんじゃないの？」

「殺せるって知れたから」

陽子は一瞬首を傾け、本当に何を言っているのか分からない、といった仕草をした。

「殺せるって分かったから、もういい」

要らないと思って殺すこと。要らないとは思わないから殺さないでいること。

二つの道が自分にはあり、どちらも選び得るのだとして、熊爪は赤子の存在を呑んだ。陽子が「そうね」とまた赤ん坊の頭を撫でる。

「そうしようと思えば、いつでもできるものね」

陽子は手を伸ばして熊爪の腕を掴み、赤子を避けた場所で横に転がす。覆いかぶさった陽子の肩から母乳の匂いがして、熊爪は夢中でそれをしゃぶった。

二人ともにもう人間としての暮らしは成り立たず、かといって独り生きていた頃のことももはや遠い。中途半端な状態がいつ終わるのか知れないまま、熊爪と陽子の前にあらゆる道が用意されている。

遠くを見通す目も灯りも伴わないまま、二人はその分かれ道で互いの中身を晒し合っていた。

十二　とも喰らい

外で鶯《うぐいす》が下手糞な鳴き方をする頃になると、赤子は随分大きくなっていた。地面を四つ足で這い回り、抱かれていると両手を伸ばして母の頰を捏《こ》ねようとする。

熊の子みてえだ、と熊爪が言うと、ばかだね、と陽子は笑う。だが、本当に、大きさといい所作といい、冬穴から出て来たばかりの子熊にそっくり似ているのだ。どうせなら人間も、成長したら大人の熊と同様の体軀を得られればいいのに、と思う。

しかし実際は、人間の子は人間の大人程度の大きさにしかなれない。しかも良輔の子であるから、痩せた瓜のようにしか育たないのかもしれない。実際、赤ん坊が笑った時の目の細めかたや、黙っている時に少し突き出すようになった唇の形など、赤ん坊はふとした時に良輔の雰囲気を宿すようになっていた。

成長し、もしも父親のように細い体の割に口ばかりよく回るようになれば、些か面倒くさい。たらふく飯を食わせて育てたならば、熊爪の巨軀に少しは近づけるか。せめて自分で山を駆けて獣を狩れるようになるだろうか。

熊爪は薄ぼんやりと、まだ走れもしない赤ん坊の、十年二十年後の姿を無意識に思い描いていた。

切り株に腰かけ、春の陽に照らされた母子の時間は穏やかで、陽子は瞼の薄い皮膚ごしに陽光を楽しんでいるように見える。

「ああ、春はいいね。雪が融けて、本当に良かった」

熊爪が手にした鉞《まさかり》が木を割る音の合間に、陽子の溜息に似た呟きが聞こえた。余程、冬の寒さと小屋を囲んで鎖《とざ》す雪のことが憎らしかったらしい。

「暖かくなって、林檎《りんご》や蜜柑《みかん》の木植えたら、実がなるかなあ。久しぶりに、果物、食べたい……」

うっとりと、夢見るような陽子の言葉を、熊爪は「ねえぞ」と遮った。

「ここらでそんなもん、育たねえ」

熊爪はきっぱりと言い切った。良輔の屋敷に足を運んでいた頃、林檎や蜜柑、珍しい大粒の葡萄《ぶどう》を供されることがあった。この辺りでは売ってさえいない珍しいものだと念押しされた。熊爪も野生の猿梨や山葡萄にはない強い甘さと心地よい酸味に舌が痺れた覚えがある。良輔は、種を植えてもまず育たないだろうと言っていた。

「そうなの？」

「ああ」

割った薪の束を抱えてそっけなく返事をすると、陽子はむくれたように唇を突き出す。腕の中の赤子が面白そうにきゃっと笑った。

「どうしようもねえ。食いたきゃ生えてるとこ行かなきゃなんねえ」

力の強い熊爪とて、摑みどころのない八目鰻《やつめうなぎ》のような陽子とて、この山の気候をまるごと変えることはできない。果物を口にしたければ山の生活を諦めるしかないのだ。

「そう……」

陽子は残念そうに俯き、赤ん坊の旋毛《つむじ》を指先で弄っていた。そのたびに赤ん坊はあー、うー、と声を上げていた。


またある日、熊爪は小屋の裏にある楢の木へと向かった。後肢を縛った野兎が枝に吊るされている。日の出頃に山に入り、弓矢で仕留めたものだった。今年は雪が融けるのが早かったため、雪兎の換毛が間に合わず、茶色い毛のところどころに白い冬毛が房のように残っている。そのため見つけやすかった。

首の傷からはもう血は滴っていない。解体に移ってもよさそうだった。

縄を外して兎を下ろし、腰に下げていた山刀の切れ味を指先で確認していても、どこか現実感がない。頭よりも手の方が慣れた作業を行っているせいもあり、研いだ刃とは裏腹に頭はなまくらだ。

この時季の野兎は毛皮としては価値が低いから、なめして毛を焼いて革紐を作っておくか。ぼんやりと考えながら、後肢の踵《かかと》のあたりにぐるりと刃を入れ、両太腿の皮を剝ぐ。全て剝いでしまう必要はなく、皮の端を手でつかみ、毛の残っている両後肢を足で踏んだ。

そのまま、上衣を脱がせるように皮を上に一気に引っ張る。毛皮で護られていた兎の白っぽい肉が胴体の形そのままに露出した。

あとは後肢の関節、そして首を切断する。そして、下腹の肉にぐるりと三日月形に切れ目を入れ、皮がついたままの両前肢を持って、自分の足を左右に大きく開く。

兎の体を持ち上げ、手拭いを股間に叩きつける要領で思い切り振り下ろす。すると、切れ目の部分から内臓が勢いよく抜けるのだ。手を汚さずに済む。

「わっ、すごい。すごいねえ」

切り株に座っていた陽子が驚いたように声を上げた。続いて、ねえ見た？　すごいね、と赤子に語り掛けている。

「見てたのか」

「うん」

悪びれることなく陽子は答えた。ここ最近、時折こうして目を開いては、周囲のことを見ていることがある。

いつ見ているのか、見ていないのか、境が分からないため、熊爪にとってはなんともやりづらい。

熊爪は陽子に近づくと、「どけ」とだけ言って、切り株に皮を剝ぎ内臓を抜いた兎を載せた。

前肢の関節を切断して皮が残っている部分を捨てれば、生きていた頃の兎の面影はまるでない。白っぽい肉と細い骨でできた、今夜の晩飯と保存用の干し肉の材料にすぎない。

「すごいね。お肉だ」

また陽子は感嘆の声を上げた。熊爪は関節を切り外していた手を止め、陽子に向き直る。

「なんで、見ることにした?」

熊爪としては当然の疑問に、陽子は片目を開けたままで不思議そうに首を傾げた。

「なんか、見ておこうかなって」

自分で言葉にしたことに納得したのか、うん、と頷いてから言葉を重ねた。

「見て、覚えておこうかと思って」

そう言って、陽子は左腕だけで器用に赤子を支えると、右手で自分の下腹をさすった。

「たぶん、次の子ができた、と思う」

「そうか」

空が曇ってきた、と告げる時と同じ温度で陽子は告白し、熊爪も同じ程度で応じた。

何をもってして女は己が孕んだことを自覚するのか、熊爪は知らない。ただ、陽子がそう言うのであればそうなのだろう、と思った。

熊爪は淡々と手を動かして骨から肉を外した。そして手つきと同じぐらい平静に、陽子の言葉を受け入れていた。喜びは別にない。自分の種が芽吹いたということの実感がわかない。感動がないことに戸惑いつつ、いつか、陽子を殊更ひどく抱いた夜に交わした会話を思い出していた。自らの子を殺してまでも子を作ろうとする雄熊のことだ。

陽子の腹の子はあの晩宿ったのかもしれない。

今、熊爪は雄熊の気持ちが少し分かる。雄の本能は、子を女に産ませるための行為そのものに囚われすぎなのだ。それで実際に孕んだか、孕まなかったかは二の次で、植えつけるという行為それ自体に子が生まれるはずだという満足感を得る。

少なくも、俺は熊に近い。

それとも、陽子の腹が膨れてきたならば違うことを思うだろうか。苦痛の叫びと共に陽子の股を割り裂いて己と血を分けるものが出て来たならば、最初の赤ん坊が産まれた時と異なることを考えるのだろうか。生まれた子が良輔の子よりも自分に似て大柄に育ったなら、満足を得ることになるのだろうか。

よく分からない。自分は今何をしているのか。本当は陽子と赤子はこの小屋におらず、ただ不可思議な夢を見ているだけではないのか。

自分は独り獲物を獲っては毛皮やら肉やらを良輔のもとに売りに行っている身なのではないか。或いは熊と対峙して張り倒され、死を待つ微睡みの中にいるのではないか。それを否定することはできないのだ。俺は。誰にも。

だからその夜も熊爪は陽子を思うさま抱いた。陽子は子がだめになるかもしれないから困る、と言ったが、知ったことではない。良輔の子が腹にいた時は言われるままに堪えたが、自分の子ならば良いではないか。きっと耐えられるし、耐えられなければそれまでだ、という感覚があった。腹の子を自分の身体の延長と見なし、熊爪は甘えきっていた。

それに、陽子の温かい体に突っ込んでいる間は、余計なことを考えずに済む。たとえこれが夢であっても、快楽に溺れる夢ならそれはそれでいい。

体よりも思考が先に融けて、夢もない眠りの果てに愚鈍な朝がくる。いつものように、熊爪は熊の毛皮に包まれて覚醒した。ちょうど朝陽が出た頃なのか、壁の隙間から赤い光が真横に差し込んでいる。

耳の奥に、まだ陽子の嬌声交じりの悲鳴と赤ん坊のけたたましい泣き声が響いているようだ。幻聴の向こうから微かに雉鳩や四十雀の声が聞こえて、起きねば、と思う。

水を汲み、野草を採り、弓の手入れをしてから山に入る。昨日も一昨日も繰り返した行動を、また今日も。

身を起こそうとして、熊爪は首の筋肉が引き攣るのを感じた。

「やっと起きてくれた」

隣で眠っているはずの陽子の声が静かに響いた。いつもなら熊爪の一方的な性欲を受け止めて疲れ果て、赤ん坊が泣き喚かない限りは目を覚まさないというのに。

陽子の声に眠気はなかった。そして、季節初めの雲雀のようなかん高さも失われていた。ただ、湿って、冷たい。

熊爪の首筋も冷たかった。

陽子が目を閉じながら片手で握っている小刀の刃は、喉仏の左側あたりに当てられている。

以前、釧路で戯《たわむ》れに買ってやったものだった。特段素晴らしい切れ味を有するものでも、細工が秀でたものでもない。ただの安物の小刀。だがその刃は、抜き身で冬の外気に晒したように冷たかった。

──何、しようとしてる。

殺意にしては怒りが削がれ、ただ冷たいだけの感触に、熊爪は驚いていた。せめて刃から憤怒か憎悪のどちらかを感じられたなら、考えるよりも体が先に動き、手で刃を握りしめてでも凶行を止めたろう。

しかし、これは違う。何か、自分が理解できない理由でこの女はこうしている。そう直感した故に、何も問えずにいた。

陽子は隣に横たわった状態からゆっくりと上体を起こした。小刀は熊爪の首にぴたりと押し付けられたままだ。

「どうせ終わらせるなら、寝てる時だとつまらないと思って」

にっこりと、早朝の薄闇の中で陽子は微笑んだ。目を閉じ、裸体のまま、かけていた毛皮をはいで裸体の熊爪の胴体にまたがる。その拍子に小刀が首の薄皮にちくりと食い込んだ。小刀の刃と陽子の重み、二つの圧力が熊爪の体を床に縫い留めていた。

「殺すか、俺を」

「うん」

陽子は小さく頷いた。

いつから考えていた、とか、最初からそのつもりで来たのか、と聞くこともできた。

しかしいざ問うても、陽子は確かな答えを言わないだろう。なんとなく、とか、この方がいいと思って、などと、小さく首を傾げながら言うのだ。きっと悪びれることもなく。

「おまえが、自分で、決めたのか」

「うん。そう。あたしが、自分で、決めたの」

結局投じた軸のずれた質問に、陽子は言葉を区切って答えた。宣言のような、自分に言い聞かせるような、妙に間延びした口調だった。

「果物もね。食べたいしね。この子にも、お腹の子にも、色々食べさせたいしね」

傍らで寝ている子と、剝き出しの自分の腹に閉じた瞼を向けて、陽子は言った。瞼ごしに子らと、組み敷いた熊爪の姿を見ていた。

果物云々だけが理由なのではないと熊爪にもわかる。それは大きく育った毒蔦《どくづた》の、ほんの枝分かれした一本に過ぎない。その根は既に、陽子の中で広く深く張り巡らされていたのだ。

そこまで考えて、熊爪は自分の体が本当に重く、腕を持ち上げることもできなくなっていることに気づいた。吐き気を催す直前のような嫌な寒気と酸っぱい唾液の味に、毒を仕込まれたか、と合点がいく。

行為の終わりに飲んだ水だろうか。だとすれば汲み置きの水か柄杓だ。鳥兜《とりかぶと》か、毒茸か。喉の渇きを癒すのに夢中で、味も気にせず立て続けに三杯飲み干したのが悪かっただろうか。

陽子が仕込んだというのであれば、自分はまんまと思惑に引っ掛かったことになる。

ばかなことだ、と熊爪は自分を恥じた。毒餌を撒いて獲物を得る猟師と、毒餌を口にして狩られた獣。どちらも愚かで、そしてどちらかといえば狩られる方がより愚かだ。

自分はそれになったのだ。

陽子の企みに陥れられた怒りよりも、自分が愚かな手に引っ掛かったことに熊爪は絶望を感じ、呆然とした。

「わかってるんでしょ」

陽子が刃先で熊爪をつついて、言った。前のめりになったせいで、体の重みがずしりと増す。

「もうあんたはいなくていいって。いなくて大丈夫って、本当は、わかってたんでしょ」

声を出せば喉仏が刃に当たる。首を動かしても喉に刃がめり込む。どう答えればいいか分からないでいるうちに、陽子は刃を小指の横幅ほど熊爪の喉にめり込ませた。

「どうせ殺されなきゃ死ねないんだし、あんたは」

陽子の声は掠れていた。

——ああ、そうか。

小さな痛みと混乱の中で、熊爪の頭の中心が雷に打たれたように解を得た。

——俺は、生き果たしたのだ。そして、殺されて初めてちゃんと死ねる。

陽子の意図を理解して、熊爪はさらに刃が食い込むのも構わず、頷いた。血が一筋、首を伝っていく感触がある。

陽子の言う通りだ。もういいのだ。終わりにしても良いのだ。その時が、とうとう来た。

熊爪は、痺れた両腕に全力を込めた。ぎこちなく持ち上げ、喉元に突きつけられた小刀を陽子の手ごと摑む。春の肥った蛙よりも小さく頼りない。

陽子はびくりと震え、少し抵抗した。しかし熊爪は握りしめて離さない。刃が喉を横切るように小刀の方向を正し、両手を離した。

「こうすれ」

陽子は呆然として力を抜き、直された角度を保っているだけだった。

「やるなら、最後までやれっ」

腹から声を出し、怒鳴りつけた。自分が小娘に殺されるという状況よりも、半端な志で刃を向けられたことのほうが何倍も苛立たしかった。

「おめえが、決めたんだ。俺が死ぬのを、おめえが決めたんだ。なら、やめんな」

熊爪の怒声に、陽子は一度小刀を引いた。しかし、大きく息を吐くと、直された角度で再び刃を当てる。そのまま、上体を前のめりにした。薄闇の中で、下唇を噛みしめているのがよく見える。

「そうだ。それでいい」

熊爪は安堵の息を吐いた。獣を殺して生きて来た身が殺されるのだとしたら、せめて、熊によるものよりも毅然とした死でなければならない。半端なものであって良い筈がないのだ。

「ちゃんと自分でやれ」

陽子はゆっくりと頷いた。その拍子に、熊爪の胸元にぽたりと滴が落ちる。陽子が己の唇を噛み破り、白い顎を血が伝っていた。

——殺す相手より先に血を流すのは、はんぱもんだ。

猟師でもない。山での暮らしも長くない、ただの細っこい女。その女がこの俺を殺すというなら、相応しい態度があるはずだ。

「ちゃんと、見てれ」

その一言で、陽子は全身をびくりと震わせた。

血の二滴目がまた顎から落ちる。陽子はゆっくりと両瞼を上げた。

白い右目と、正常な左目が熊爪を見下ろしている。泣いていなくて良かったと熊爪は思った。獲物を仕留める時に泣くのは、ばかもののやることだ。もう唇は噛まず、上下の歯を強く固く噛みしめているようだった。

陽子は右手で小刀の柄を握り、刃の背に左手を置いて体重をかけ始めた。荒い息を吐き、腕をがくがく震わせ、全身から脂汗を垂らしていた。白い二つの乳房が垂れ下がり、細かく揺れて無様だった。

——おめえの方が、よほど苦しそうだ。

自分を傷つけるよりも辛そうな陽子の行動は拙《つたな》く、しかし、少しずつ熊爪の体を傷つけた。体重を乗せられた刃は切るというよりも組織を押しつぶしていく。しかしうまく皮膚を破ることができず、陽子ははーっと大きく息を吐いた。

そして、決意したように両手で柄を持つと、唇を噛みしめた。上と下、両方の唇を噛むものだから、可愛らしかった顔がまるで場末の老婆のように歪んでいた。

両の手で柄を握り込み、切先を真下に向けて熊爪の喉仏を狙っている。

――そう、そうだ。

そう思ったと同時に、先端が下りた。しかし、喉の硬い軟骨の中心に刺さることは叶わず、少しだけ右にずれた。

気管の一部と周辺の組織が切り裂かれた。げぷ、という音が熊爪の口からではなく切れた喉のほうから発せられた。細かい血の泡が漏れ出し、他の部分は太い静脈を切断したのか、傷口から鮮血がどくどくと迸った。

陽子は顔を近づけて傷口を見ていた。血泡《ちあわ》が弾け、白い顔に小さな赤い飛沫がいくつも残っている。それも構わず、ただじっと見える側の目で命が損なわれていくさまを見ていた。

――へたくそ。

どうせ見るなら、上手に仕留めて見届ければ良いのだ。

もっと喉笛を深く切り、反対側の血管を切断した方が出血が多かったろう。もう少し刃物の扱い方を教えておけば良かった。

――小刀でなく、もっと大きな刃物、買えば良かった。

そうしたら、陽子の力でももう少し深くこの体を傷つけられたろうに。すぐにこの意識も無に帰すことができたろうに。せめて壁にかけてある山刀を使えば良かったのだ。鹿の首の気管と食道と動脈を両断できる切れ味のあれなら、きっと陽子の手でも人間の首ひとつ綺麗に切れた。どうして、買い与えられた小さな刃物をわざわざ使ったのか。やはり最後になっても陽子のことを理解できる気がしない。

　陽子が熊爪を即死させられなかった故に、痛みも苦痛も、視界を真っ赤に染め上げて熊爪を襲っていた。毒を仕込まれたとはいえ、全身の力を振り絞って抗することもおそらくできた。

　しかし動かなかった。暴れることなく、ここが終いなのだと体と心で理解していた。だから陽子の手際の悪さを残念に思った。

　首から血がどくどくと流れ続けて、思考に靄がかかり始める。ぼんやりと、小屋の周辺に生えている蓬の茂みが蘇った。

　春になると日差しを得ていっせいに白っぽい若芽を出す。腐りかけの肉の臭い消しや怪我をした際の化膿止めにと、便利な草だ。陽子も、教えられて熱心に採っていたことが思い出される。

　芽を摘んでも旺盛な繁茂が損なわれることはなく、芽が葉に、その中央が伸びて幹に、その先端からまた芽が出て、夏頃には熊爪の腰のあたりまで背が伸びる。旺盛な成長だ。

　そして成長に応じて地面に近い葉は枯れていく。

　俺はその葉と同じだ。

　陽子はこれから伸びていく。赤子と、腹の中でできた子も伸びていく。俺は枯れ果てていく役割なのだ。姿を消し、この山のどこかで朽ち果てたであろう養父の考えが、今になって手に取るように分かる。熊爪は矢鱈と静かに、先人に連なる役割を心身に受け入れていた。

　――もういなくていい、って、確かに。

陽子からの宣告を、熊爪は静かに受け入れていた。陽子に、その子たちに、思い入れが深い訳ではない。自分の何かを継いで生きることを期待している訳ではない。所謂《いわゆる》家族などという意識すら希薄だった関係だ。

それでも、熊爪には、彼らが生き、自分が死ぬことに、理屈を超えた納得があった。瞼はもう動かない。中途半端に開いたまま、瞬きもできないまま、小屋の屋根裏だけが霞んで見える。血は相変わらず拍動に合わせてどくどくと流れ続けている。床に接している頭や肩の下に、温かい血が流れ込んで広がった。長くは保ちそうにないな、と緩やかに観念する。

気づけば体にのしかかっていた陽子の重みは消え、代わりに小屋の中には泣き声が響いていた。二つ。大きな声と小さな声が重なり合うようにして、共鳴しあってより大きな歌のようになって小屋の壁を震わせる。陽子は泣きながら支度をしていた。好きで殺して好きに泣く。陽子らしい。

視界は屋根裏から動かせないが、壁に掛けた保存食を背嚢にまとめ、赤ん坊を布で何重にも包んでいる気配がある。

——行くのか。

言葉にならず、代わりに血泡が気管の傷で弾けた。陽子は旅支度の手を止めない。

いい時季を選んだな、と熊爪は思った。雪は融けたが、山も平原も下草も笹も繁ってはおらず、移動の妨げにはならない。腹が減れば、山菜の新芽を採って食えばいい。きっと望む場所、どこまででも行ける。

中途半端に声を出そうとしたせいで、肺腑に血が流れ込み始めた。ただでさえ苦しかった呼吸がいよいよ不能になる。傷の痛みよりも、息を吸って吐くという当然のことができなくなっていく辛さが、熊爪を苦しめた。

鉄砲で獣を撃っていた自分は優しかったのだなと思う。ほぼ一発、一瞬の痛みで体の大事な部分が粉砕され、くたばる。鉄砲から弓に道具を変えても、基本は同じだ。必ず仕留める。たとえ急所から外れたとしても、必ず後を追い、止めを刺した。命を奪うことを諦めなかった。自分は優しかった。稚拙な殺し方しかできない陽子は優しくない。

——まあ、いい。

これからだ。次があるなら、もっとうまくやるがいい。それでこそ、この身が枯れゆく価値がある。

ぜひゅう、と大きく息を吐く。これが最後の呼吸になりそうだった。

最後か、と覚悟しつつ、陽子が発った後のことを想像する。末期までの時間は短く、しかしそれだけに時間を引き延ばされたように熊爪は最後に想像する。

俺の体はどうなる。狐なり鼬《いたち》なり、あるいは好奇心旺盛な烏までもが小屋の中に入り込むだろう。そして俺の肉を食う。

体の形が崩れてきたら、嚙み千切って自分のねぐらに持ち帰るだろう。肉を食いきり、骨についた肉片を最後まで舐めとり、骨が脆くなれば嚙み割って中の髄を啜り上げる。後には何も残らない。

——熊は、だめか。

山に多くの熊がいたとしても、人間の住処にわざわざ近寄るものはまずいない。いや、一頭だけ、来た奴がいた。

阿寒から流れて来たばかな穴持たず。あいつだ。わざわざ小屋の近くで木に背をこすりつけまでした奴が。

こんな時に、あいつみたいに小屋に近づいて欲しいと思うなどとは。

もう、自分は猟師ではなく、狩る側ではなく、狩られる、食われる側になったのだ、と全身で理解した。

俺は熊でも人間でもなく、ただ皮を剝がれた兎のように、枯れて、食われるだけのものになるのだ。

——ここで、血も力もなくして、ようやく。

体が冷えていく。ようやく、もう終わるらしい。終わりがすぐそこにあって、ようやく分かることもあったようだ。死に臨んで初めて知った。

静かな安堵の中で、熊爪は瞼を上げていることも難しくなった。瞼が落ちかけるのと同時に、陽子が小屋から一歩踏み出していく気配がある。

全身の筋肉から力が抜け、首が傾いだ。その拍子に最後に見たのは、光の中に溶けていく陽子の影と、その影の手のあたりが戸に触れている姿だった。

ああ。戸が閉められる。

せめて最後に、開けたままでいてくれ、と熊爪は願った。締め切られていたら自分の体はただ静かに腐っていくだけだ。

——そんなの。もったいねえ。

数多の虫には食われるだろう。でもそれより、自分が食ってきた類の獣どもに食われていたい。自分はあの兎にも満たぬままだ……

しかしもう体は動かせない。懇願しようにも力はなく、そもそも気管の一部が切られているため、息を吐こうとしても血の泡しか出ない。ようだ。

「あんたは、ここにいるの」

暗闇の中で陽子の声がした。犬が、戸口のあたりでキュウと鼻を鳴らして応えているようだ。

「わかった？」

その声を最後に、陽子の足音が遠ざかっていった。戸が閉じられる音は聞こえなかった。確認しようにも、もう瞼は持ち上がらない。

かわりに、投げ出された右手の指先が湿った。自分の血ではない温もりは、犬の鼻先の温もりだった。ばかだ。熊爪は心底、こいつは本当にばかな犬だと思った。行けばいいのに。間もなくただの肉塊となる主人のことなど構わず、陽子についていけばいいのに。

真っ暗なはずの視界さえ、白い靄がかかったように遠のいていく。ただ一つ、最後に行うべきことが浮かんで、それを実行した。

「い、け」

血泡と共に吐き出された最後の命令は、届いた。

指先から温もりが去り、木の床をかすめる犬の爪の音が遠ざかっていく。その音が小屋の外まで続いたのを聞き届けるのと同時に、熊爪は絶命した。


あとは熊爪の知り得ぬ話。

戦争と開発の時流に乗り損ない、明治の世を駆け抜けきれなかった良輔の家は、見る影もなく没落した。

当主はほどなくして重い病を得、療養院で一人寂しく落命したが、寺の墓石に名が刻まれただけで、葬儀ひとつ出されなかったという。

惜しむ者はいた。しかし当主を止められなかった時点で偲ぶ資格はないのだと、誰もが言葉少なにそれぞれの生活を続けた。若い衆の多くが戦争に駆り出され、そのうち幾らかだけが帰ってきた。

白糠からも釧路からも遠く離れた海辺の花街では、一人の盲目の女の存在が男たちの口にのぼるようになった。

幼子を二人抱えていたが、少女然とした見た目との差が却って人気を呼ぶ。誰かが、本当は見えているのではないか、という疑いをかけ、真偽を明らかにしたい者たちのお陰でさらに評判は上がった。

しかし女と見紛《みまご》うほど線の細い男児と、母にあまり似ない骨太の女児にまで胡乱な目を向ける男たちが出始めた頃、彼女は子と共に姿を消した。どこへ行ったかは誰も知らない。いくら印象に残る女といっても時の流れには抗えず、いつしか覚えている者もなくなった。

白糠の山の奥地では、腹に傷痕のある茶色い犬が度々目撃されていた。群れに属さず、一頭で賢く立ち回っては兎や弱った鹿を襲って生きていた。

目撃した猟師たちはこぞってその犬を自分に従わせようと思ったが、決して捕えられなかった。

何年かして、年老いた犬に接触したとある男が、声と餌を投げかけ続け、とうとう手なずけ果たした。最後の主人を得た犬は、猟の際、男を山中の古びた小屋まで導いた。

戸が開いたままの小屋の内部は、獣たちが蹂躙したのか散々に荒らされ、いつ、誰が住んでいたのか推測しようもなかった。

床に残っていた血痕も、人のものか、獣のものか、それさえ判別がつかなかった。犬だけが、その場所の匂いを嗅ぎ、満たされた目をしていた。

初出　小説新潮二〇二二年八月号〜二〇二三年七月号
なお、単行本化にあたり加筆修正を施しています。

装画　丹野杏香

河﨑秋子（かわさき・あきこ）
1979年北海道別海町生まれ。2012年「東陬遺事」で第46回北海道新聞文学賞（創作・評論部門）受賞。14年『颶風の王』で三浦綾子文学賞、同作で15年度ＪＲＡ賞馬事文化賞、19年『肉弾』で第21回大藪春彦賞、20年『土に贖う』で第39回新田次郎文学賞を受賞。他書に『鳩護』『絞め殺しの樹』（直木賞候補作）『鯨の岬』『清浄島』などがある。

ともぐい

著 者

河《かわ》﨑《さき》秋《あき》子《こ》

発 行

2023 年 11 月 20 日

4 刷

2024 年 1 月 25 日

発行者 佐藤隆信

発行所 株式会社新潮社

〒162-8711 東京都新宿区矢来町 71

電話 編集部 03-3266-5411

読者係 03-3266-5111

https://www.shinchosha.co.jp

装幀

新潮社装幀室

印刷所

錦明印刷株式会社

製本所

加藤製本株式会社

乱丁・落丁本は、ご面倒ですが小社読者係宛お送り下さい。

送料小社負担にてお取替えいたします。

価格はカバーに表示してあります。

ISBN978-4-10-355341-0　C0093

戯場國の怪人　乾 緑郎

死せる妹への禁断の恋が江戸を揺るがす！　芝居小屋に立つ奇妙な噂はやがて……蠢く情念、恋着、怨讐、役者の業火。虚実のあわいを描き切る伝奇エンタメの極地。

木挽町のあだ討ち　永井紗耶子

ある雪の降る夜、芝居小屋のすぐそばで、美少年・菊之助によるみごとな仇討ちが成し遂げられた。後に語り草となった大事件には、隠された真相があり……。

ドゥルガーの島　篠田節子

日本人ダイバーがインドネシアで発見した海底遺跡。その真贋をめぐり、人々の欲望が激突する――。現代に残された最後の神秘を追う海洋冒険エンタテインメント！

ラザロの迷宮　神永 学

湖畔の館で開催された謎解きイベント。事件を解決すれば脱出できるというが、発見されたのは本物の死体で――。一行先さえ予測不能のノンストップ・ミステリ。

キツネ狩り　寺嶌 曜

迷宮入り事件の再捜査で使われるのは、犯人を特定できても逮捕できない未知の能力！　全ては事件解決のため、地道な捜査が特殊設定を凌駕する新感覚警察小説。

禍　小田雅久仁

セカイの底を、覗いてみたくないか？　孤高の物語作家による、恐怖と驚愕の到達点に刮目せよ！　臓腑を掻き乱し、骨の髄まで侵蝕する、小説という名の七の熱塊。

厳島
武内涼

兵力四千の毛利元就軍が、七倍の兵を擁する陶晴賢軍を打ち破った「厳島の戦い」。〝戦国三大奇襲〟に数えられる名勝負の陰で繰り広げられる、壮絶な人間ドラマ。

ひむろ飛脚
山本一力

暖冬で氷が作れず、来夏の将軍への「氷献上」は絶望的。そんな加賀藩最大のピンチを知恵と情熱で救う男たちがいた。圧倒的展開で疾走するノンストップ時代小説！

完黙の女
前川裕

男児殺害容疑で逮捕された女は、事件の全てに沈黙を貫き、判決は無罪。しかし別の失踪事件との間に奇妙な共通点が。実在の未解明事件をベースに描く実話ミステリー。

縁切り上等！
離婚弁護士　松岡紬の事件ファイル
新川帆立

幸せな縁切りの極意、お教えします。読めば元気をもらえる、温かなヒューマンドラマにして、個性豊かなキャラクターたちが織りなすリーガル・エンタメ！

プリンシパル
長浦京

大物極道「水嶽本家」の一人娘・綾女。彼女が辿る謀略の遍歴は、やがて戦後日本の闇を呑み込む漆黒の終局へ突き進む！　脳天撃ち抜く、超弩級犯罪巨編、堂々開幕。

名探偵のいけにえ
人民教会殺人事件
白井智之

奇蹟vs.探偵！　病気も怪我もなく、失われた四肢さえ蘇る奇蹟の楽園で起きた、四つの密室殺人。ロジックは、カルト宗教の信仰に勝つことができるか？